徳　間　文　庫

遅すぎた雨の火曜日

笹　沢　左　保

徳　間　書　店

目次

design：coil

第一章

笑う人質

雨が、降っている。

ラブ・ホテルの部屋には、窓がない。だから雨が降っていることを、目では確かめられなかった。しかし、花村理絵には雨が降っていると、はっきりわかるのである。

それも、霧雨に違いない。音もなく、降りしきる雨だった。

今夜の天気は、晴れのち曇りという予報である。だが、夕方から雲が厚くなった。空気も湿っていた。

その湿った空気に、花村理絵は雨の匂(にお)いを嗅(か)いだ。甘くて煙たいような、雨独特の匂いであった。

いまは、屋外の静けさが、花村理絵の心にしみる。聴覚によって、捉(とら)える静寂ではない。心に、伝わってくる。

人間が残らず黙り込んだように、屋外の夜は静まり返っている。それこそ、音もなく雨が降っている証拠だった。

花村理絵は、天井の鏡を見上げた。円形ベッドに仰臥(ぎょうが)した自分の裸身が、ほぼそっくり鏡に映っている。

開きかげんにした両足のあいだに、男の背中が広がっていた。その大月二郎の肩と頭が、理絵の裸身の一部を、覆い隠しているだけであった。

大月二郎の頭が、忙しく移動している。理絵のウエストのくびれ、ヘソの周辺から下腹部にかけて、大月二郎は唇と舌を滑らせているのだ。

大月の後頭部の髪の毛が、真っ黒に光って見える。それと対照的に、花村理絵の裸身は白かった。

ハレーションを起こしそうに、輝くような白さだった。その美しく白い光沢が、餅肌(もちはだ)の滑らかさを立証している。きれいではないかと、いまさらのように理絵は、新発見をしたような気でいた。

思ったより、肉感的な裸身でもあった。胸のふくらみも、豊かでいい形をしている。ウエストのくびれが、充分に食い込んでいた。

そのせいか腰の張り具合、尻(しり)の厚みが適度に強調されている。太腿(ふともも)の肉づきのふくよかさ、すっきりした脚線も悪くない。均整がとれているし、魅力的な肢体(したい)だと理絵は、鏡の中の自分の裸身を観賞していた。

どうしてこれまでは、そのような観賞を怠っていたのか。天井の扉をあけると、鏡が現われるという部屋は、今夜が初めてではない。

この二年間に何十回となく、鏡のあるラブ・ホテルの部屋を利用している。しかし、鏡の中の光景をしみじみ眺めたのは、今夜が初めてであった。

なぜか――。

理由は、簡単である。恥じらいによる一種の嫌悪感があって、一方では心の余裕に欠けていたからなのだ。

だが、今夜は違う。理絵は最初から、性感に酔うといった気分ではいなかった。絶対に、感じないつもりでいた。理絵は大月二郎に、肉体を貸すだけという冷静さを保っている。

冷静でいれば、何を眺めようと抵抗感が伴うことはない。観賞も観察も意のままであった。

鏡の中の新発見も、そうしたことの結果だったのである。理絵は、男とラブ・ホテルのベッドのうえにいる女ではなくなっていた。理絵自身と大月を、冷ややかに傍観している第三者だった。

許されるならば、最後のセックスというのにも、応じたくはなかった。明日また会う友だち同士のように、手を振ってあっさり別れたかったのである。

だが、それでは大月二郎が、納得しなかった。大月は別れる条件として、最後の夜をラブ・ホテルで過ごすことと、理絵に注文をつけたのであった。

無理もない。別れる理由が、いまひとつはっきりしないのだ。理絵のほうから一方的に別れ話を持ち出されて、大月としても黙って引き下がるわけにはいかなかったのだろう。未練、プライド、意地とかいう問題ではなかった。

「本気なのか。間違いなく、本気なんだろうな」

大月二郎は、繰り返し念を押した。

「本気よ」

そのたびに、理絵は薄ら笑いを浮かべた。

「なぜなんだ。どうして、別れなければならないんだ」

「お勤めも、辞めるし……」

「勤めを辞めたからって、おれと別れることはないだろう」

「それが、別れなければならないのよ」

「理由は、何なんだ」

「一身上の都合だわ」

「もっと、具体的に言ってくれ」

「一身上の都合よ。わたしは、別の世界の人間になるの」

「別の世界……」

「だから、あなたとも縁を切るの。そうしないと、あなたに迷惑がかかるもの」

「わからないな」

「わたしは要するに、生まれかわるのよ。これまでとは、違う人生を歩むことになるんだわ」

「どう生まれかわるんだ」

「それは、言えないわね」

「何もかも秘密で、謎めいている。おれたちの二年間の歴史なんて、屁でもないっていうことか」

「二年間の歴史だなんて、ずいぶんオーバーね」

「おれたちは、結婚するつもりでいた。きみにとっては、おれが初めての男だった。おれもそれなりに、責任を感じていたんだから……」

「最初のころはでしょ」

「いまだって、結婚を考えている」

「嘘ばっかり。この半年間だけで、あなたに抱かれたっていう女の子を、わたし三人も知っているわ」

「そんなの、単なる噂(うわさ)だよ」

「いいのよ、ムキにならなくたって。わたしは、気にもしていないんだから……。わたしだって、あなたと結婚したいなんていう気持ち、とっくに捨てちゃったもの。わたしたちの関係って、惰性で持って来たようなもんでしょ」

「お互いに、心の負担になっていたというわけか」

「恋人同士じゃなくて、飽きが来たセックス・フレンドっていうところね。多分、別れてからお互いに、ホッとするんじゃないかしら」

「それにしたって、あまりにも急すぎる。唐突だよ。お母さんが亡くなってからの二カ月間で、きみはすっかり人が変わってしまったな」

「天涯孤独の身の上になって、きっと自由に生きてみたくなったんでしょ」

理絵は、遠くを見やるような目つきになっていた。

「とにかく、最後の夜というのを、ホテルで過ごそうじゃないか」

怒ったような顔で、大月二郎が言った。

これが二人のあいだで、一昨日に交わされたやりとりであった。同じ日に花村理絵は、会社に退職願を出した。理絵の退職は昨日、スーパー『ピープル』の本社で認められた。ここ数日間のうちに理絵のもとへ、退職金の支払い通知書が送られてくることになっている。

理絵は高校を卒業するとすぐに、大手のスーパーマーケット『ピープル』中野店に就職した。以来、在職五年である。『ピープル』中野店の正規の社員としては、もう古株になっていた。同じ『ピープル』の中野店に配属されたのは、大月二郎のほうが二年半も遅かったのだ。

大月二郎は、中野店に三人いる販売主任のひとりであった。いちばん若い販売主任だが、大月にとって理絵は直属の部下ということになる。

しかし、二年前からは上司というよりも、理絵にしてみれば大月は初めての男としか、いいようがなかったのである。恋愛とか結婚とかいう熱が冷めたあとの二人は、肉体関係を持続させるだけの男と女だった。

現在――。

大月二郎は、二十九歳。

花村理絵は、二十三歳になっていた。

大月は、理絵の下腹部に顔を埋めた。大月の唇が、理絵の最も敏感な部分を掘りおこす。彼の舌が、回転を始めた。

理絵は、鏡を見つめた。鏡に映っている情景が、ひどく淫猥な感じであった。目を閉じると、性感の上昇を意識してしまいそうな気がする。

だが、目を見開いていたほうが、視覚的により強い刺激を受けるようでもあった。理絵は薄目にして、鏡に映る光景をぼかした。それでも大月の動きが、はっきりと見えてしまう。

大月がじっとしていないのは、興奮しているからだった。そうなれば、大月の前戯も長続きはしない。

理絵は、両手を握りしめた。敏感に反応する性感を殺して、理絵は耐えることにしたのである。

いまはそれどころではないと思うことで、性感の上昇を自制する。快美感が盛り上がっても、それに意識を向けないようにした。大月の愛撫が、苛立ちを示していた。

理絵がいつものように乱れないからであり、大月自身の興奮も抑えきれなくなっているのだ。

果たして大月は、長く続けられなくなって、前戯を終了した。彼は起き上がって、理絵の腰を引き寄せた。大月は息を弾ませながら、理絵の両足を肩に担ぐようにした。理絵の中心部にあてがわれた大月の硬度が、一気に埋没した。

さすがに理絵は、薄目もあけていられなくなった。

大月の熱い量感が、理絵を貫いて満たした。理絵は喘（あえ）いで、声を洩（も）らした。理絵は歯を食いしばって、それ以上に甘い声が続くことを防いだ。

セックスを通じて、大月に情を残してはならないと、理絵は自分を戒（いまし）めた。絶縁とは、大月と見も知らない他人同士になりきることなのだ。それも、永遠にである。

気持ちのうえでは、割り切れている。大月のことを、愛してはいない。もう半年も前から、腐れ縁だと思うようになっていた。おそらく大月よりも、理絵のほうが未練を持たないことになるだろう。

あとは、理絵の肉体だけであった。何しろ大月が初めての男であり、その後の二年間も理絵は彼しか知らないのである。それが弱みとなって、肉体の情という枷（かせ）になる恐れもあった。

しかし、そうだとしたらなおさら、大月二郎から遠ざからなければならなかった。理絵の男というだけで、大月に迷惑をかけてはならない。

いずれにしても、別れてしまえばいいのだ。間もなく大月のことを、思い出しもしなくなるだろう。大月との最後のセックス、いまの理絵は肉体を彼に貸しているのにすぎない。

二カ月前に、母親の良子が死んだ。貧血を起こして交差点の路上で倒れ、良子はトラックに轢かれた。だが、それが直接の原因の事故死、ということにはならなかった。病院へ運ばれて数日後に、良子は心不全で死亡したのである。

以来、二カ月間で理絵は人が変わったと、大月二郎は指摘する。その指摘は、間違っていない。

母親の急死によって、理絵の人が変わったのは事実だった。

今後の理絵はこれまでと別の世界の人間になる、生まれ変わって違う人生を歩む、天涯孤独をいいことに自由に生きる、とそれらもすべて嘘ではなかった。

「理絵、別れたくない！」

そう叫びながら、大月が律動を荒々しくしていた。

大月は、果てた。理絵の中で、大月の量感が躍動する。それを感じて一時的に、理絵も興奮へ誘われた。理絵は腰を硬直させて、大月に応えた。

しかし、理絵に声はなく、性感も鈍化したままであった。これでいいと、理絵は気がすんだ思いだった。

大月は理絵と並んで腹這いになり、乱れた呼吸を整えている。果てるときに大月は、別れたくないと叫んだ。それは半分も、本音ではないはずである。明日になれば理絵のほうから去っていったことで、大月は気持ちが楽になるに違いない。

「ほんとに、魅力的な顔をしている」

大月が、理絵の横顔を見守って言った。

「いまになって、おかしいわ」

理絵は、苦笑した。

「別れると思うと、何もかもが未練に感じられる。逃がした魚は、大きいっていうことかな」

叫んだばかりの言葉も忘れて、大月は理絵と別れるつもりでいることを白状した。

「あなたのまわりには、大きい魚がたくさんいるじゃないの」

再び理絵は、目をあけた。

天井の鏡を、見ることになる。全裸の男女が、並んでいた。色の浅黒い男は俯伏せに、真っ白な女は仰向けになっているのが、芸術写真のようであった。

理絵は鏡の中の自分の顔を、つくづく眺めてみた。チャーミングな美貌という評判を、否定する必要はなさそうだと、理絵は満足していた。

「住むところは、どうするんだ」

大月が訊いた。

「借家だけど、ひとりで住むには広すぎるわね。それに、わたしだけで住むってことになれば、大家さんから出ていってくれって言われるでしょうね。だから、引っ越すつもりよ」

大月の男の残滓を封じこめるために、理絵は太腿を重ねるようにして股間を引き締めた。

「どこかに、就職するんだろう」

「考えてないわ」

「働かないで、生活できるのか」

「しばらくは、退職金で食べていけるでしょうね」

「その先は……」

「考えてないって、言ったでしょ」

「じゃあ、きみとは二度と、連絡もとれないんだ」

「そうね」

「だったら、おれも何か餞別を、考えなくちゃいけないな」

「わたし、ひとつだけ欲しいものがあるわ」

「おれに、買えるものだろうね」

「買わなくてもいいの。現在、あなたが持っている中古品で、かまわないのよ。あなたはそれを趣味として、確か三挺も持っているはずだわ」

「三挺って、じゃあ……」

「そう、空気銃よ」

「中古の空気銃を、餞別に欲しいっていうのかい」

大月は上体を起こして、理絵の顔をのぞき込んだ。

「三挺も、持っているんだもの。一挺ぐらい、くれたっていいでしょ」

理絵は甘えるように、大月の頰を撫でていた。

「いいさ、やるよ。喜んで、プレゼントするよ。だけど空気銃なんか欲しがって、いったい何に使うんだ」

あっけにとられたように、大月二郎は首を左右に振った。

「さあね」

理絵は、曖昧に笑った。

空気銃を何に使うかは、誰にも口外できないのだ。犯罪に使用することに、間違いはないからであった。別の世界の人間になる、生まれ変わって違う人生を歩む、自由に生きるの意味はすべて、犯罪者になるということを指しているのである。

理絵はこの十日のうちに、重罪を犯すことになる。誘拐犯、場合によっては殺人犯にもなるだろう。

音もなく、雨が降っている。今日は、火曜日だった。花村理絵のこれまでの人生において、重大なことはほとんど雨が降る火曜日に起こっている。

花村理絵が生まれたのも、雨が降りしきる火曜日であったという。

この日、七月二十六日、火曜日——。

花村理絵の住まいは、中野区の江古田にある。

生まれた場所は違うが、花村理絵は二歳のときからこの家で育った。今日までの二十三年間の人生のうち、理絵は二十一年をここで過ごしている。

花村一家にとっては、長い日常生活の歴史がしみ込んでいる木造住宅だった。それらしく、くたびれたかたちで古色蒼然としている二階家である。

この古い家が新築されたときから、花村夫婦は住んでいたのであった。借地、そして借家だった。借地や借家が当たり前な良き時代から、ここでの花村家の歴史は始まっている。

地主でもある大家とは、古い馴染みとなる。むかし気質の大家は、人情というものを大切にした。損得など抜きにして、長年の家賃を取り決めて来た。立ち退きを迫ったりは、一度もしなかった。

二十年前の家の近くには、まだのんびりしたムードが残っていた。緑と空間が多く、人影のない道や静かな夕暮れがあった。それがいまは、人と車が忙しく動き回る住宅の密集地帯になっていた。

まさに、隔世の感がある。

時代が変われば、人情も薄れる。大家も息子の代となり、たちまち古い借家の家賃は、世間並みに引き上げられた。それは、立ち退きを促すための一種のいやがらせでもあった。若い大家としては、古い家を取り壊して高く貸せる建物を新築するか、あるいは土地を売るかしたいのである。

十四カ月前に、最愛の父が病死した。花村洋之助は、急性の狭心症で死んだ。五十五歳だった。

そのことが、若い大家にとっては、いいチャンスとなった。個人タクシーをやっていた父親が死ねば、母娘二人の生活も楽ではなくなる。

「今後は、一戸建ての家に住むなんて贅沢(ぜいたく)は許されないでしょう」

と、若い大家はそれとなく、立ち退きを花村母娘に迫った。

「新しい生活設計を、ぼちぼち考えることにします」

母親の良子はそのように、若い大家の矛先を躱したものだった。

だが、その母親の良子もまた二カ月前に、貧血、交通事故、心不全と重なってこの世を去った。

花村家の崩壊であった。理絵だけが、天涯孤独の身となってあとに残った。

そうなればもう、若い大家の勝利は決まったようなものだった。二十三歳の女ひとりに、一戸建ての家に住むような生活は維持できない。

階下に三間、二階に二間という一軒家は、理絵ひとりだけの住まいとして広すぎる。費用の問題は抜きにしても、落ち着いた生活ができなくなる。

無用の長物であると同時に、親子三人の思い出の花園でもあった。そうした家にひとり住んでいては、寂しくて孤独になるばかりである。

五日ほど前、若い大家に対して理絵のほうから、十日間のうちに立ち退きますと申し出た。

それは、過去との訣別をも意味していた。生まれ変わって、違う世界の人間になる。過去はおろか、人並みな未来も必要とはしないのだ。

住み慣れた家を捨てる。これから先、腰を落ち着ける住まいも無用であった。誘拐に成功して大金を入手できたら、想像も及ばないような場所で、豪勢な暮らしをすることになるだろう。

失敗したら、定住するところは刑務所である。

花村理絵は、新宿へ買物に出向いた。誘拐準備のためだった。自動車の車体に張りつけるステッカーなどを、買い込まなければならない。

理絵は新宿の専門店で、カムフラージュ用の三種類の品物を買った。

まずは、レーシング・ストライプである。車のボディに張りつける帯状のステッカーで、幅は太いのと細いのの二種類、色も赤と黒の二色にした。

理絵の車は、クリーム色であった。その車体に赤と黒のステッカーを、何本も張りつける。そうすると印象が一変して、目撃者に車種や色彩まで錯覚させる。

次は、白いテープのステッカーだった。これは、ナンバープレートの数字を改竄（かいざん）するのに使う。近くで見ればすぐわかるが、走行中の車のナンバーとしては誤魔化しが利くのである。

もうひとつは、ウインドー・フィルムであった。遮光フィルムともいう。車の窓にこれを張りつけると、のぞかれても車内が見えない。

混雑する専門店の店内で、サン・グラスをかけた理絵は、以上のものを買い求めた。ほんの数分の買物時間に、理絵の顔を見守る人間などひとりもいなかった。

る。

理絵は新宿から、都下の調布市へ車を走らせた。首都高速を経て、中央自動車道へはいる。

夏空が、真っ青であった。ただし、蒸し暑い。車のクーラーが、ほとんど効果を発揮していない。サン・グラスをはずした理絵の顔でも、汗が粒になっては尾を引いて流れる。だが、理絵は首筋の汗を、拭き取ろうともしない。

サン・グラスをはずすと、少女のように幼い美貌となる。繊細で、チャーミングな愁い顔だった。最近の理絵には、それに孤独な女のあどけなさが加わった。それでいて、理絵は無表情である。

表情のない顔で、理絵は歌を口ずさむ。ハンドルの左右への遊びが、リズムをとることになる。

振り返れば
人生
思い出ばかり
かの思い出は、六つのとき
あの思い出は、十一歳

その思い出は、十四のとき
この思い出は、十八歳
いまは二十をすぎた
何もない
人生
思い出ばかりを
振り返る

理絵は、同じ歌詞を繰り返す。歌っているという感情は伴わず、言葉を口にしているだけなのだ。聞くのでもなく聞かせるのでもなく、ひとりであることを確認するための歌であった。

調布インターで、中央自動車道を出る。調布市内の上石原へ南下する。多摩川の北側に、各企業の工場が多くなる。その工場地帯の手前に、大洋薬科大学の研究所があった。そこが、目的地である。

これまでに二回ほど立ち寄っているが、大洋薬科大学の研究所への出入りは自由であった。所員との面会を申し込んだあとは、どこを歩き回ろうとチェックされることはなかった。

　理絵は、剣崎研究員に面会を申し入れた。用紙に記入した理絵の名前は、もちろん本名であった。ここで偽名を用いる必要は、まったくないのである。剣崎研究員とは、知り合いだからだった。

　中野区江古田の家のすぐ近所に、剣崎は住んでいた。妻子のいる三十男だが、理絵とは十年来の顔馴染みであった。これまでも調布あたりまで来たときは、大洋薬科大学の研究所の剣崎研究員のところへ、遊びに寄ることにしていた。

　守衛が電話で、剣崎に連絡する。研究所のほうへどうぞと返事があることは、わかりきっているのであった。

　動物実験所のデータ研究室には、剣崎ひとりしかいないということも、理絵は承知していた。そして、データ研究室の奥にある薬品類の管理が、かなりずさんだということを理絵は見抜いていた。

　理絵の目的は、そこからクロロホルムを盗み出すことに、あったのだった。

　腕力や体力を有する人間を誘拐するには、それらの力を拘束してしまわなければならない。若い女の単独誘拐犯が、体力のある男を拉致(らち)するという例がないのは、そこに難点があってのことなのだ。

相手の意識を奪うしか、方法はなかった。しかも、それを容易に実行するには、クロロホルムの効果を頼る以外にないと、理絵は彼女なりに結論づけたのであった。そのために理絵はクロロホルムについて、あれこれと知識を仕入れたのである。

クロロホルム、$CHCl_3$――。

メタンの水素原子三個が、塩素と置換したもの。揮発性が強く、エーテル臭のある無色透明の液体。麻酔作用があって劇物指定、医薬品、分析試薬、溶剤など用途多し。

しかし、個人としてクロロホルムは、簡単に入手できない。素人が使用するものではないので需要がない、値段が安いので利益が薄い、劇物指定のために手続きが煩雑、といった理由から実際には薬局などで市販されていないのである。

それで理絵は、知人が勤務している薬科大学の研究所に、目をつけたのだった。理絵は前回に剣崎の研究所を訪れたとき、ダンボール箱にはいった各種薬品が、そのまま放置されているのを見た。

問屋から大量に取り寄せたものを、そこに置いておくというのが、長年の習慣になっているのだろう。人の出入りがないうえに、薬品を持ち出すのは所内の専門家だけという先入観も、固定しているのに違いない。

「やあ、どうも……」

やはり剣崎はデータ研究室に、彼ひとりきりでいた。

「しばらくです、その後お変わりございませんか」

理絵はにこやかな顔で、精いっぱい陽気に振る舞わなければならなかった。

椅子をすすめられても、腰はおろさない。立ったままでいて、踊るような格好で忙しく動いている。歩き回りながら、研究室の奥へ移動するための布石であった。

「最近はお互いに、さっぱり顔を合わせませんね」

剣崎はスライド写真を操作して、スクリーンから目を離そうともしない。

仕方なく理絵を研究室に迎えたが、初めから剣崎には相手をしようなどといった考えもないのである。口で調子を合わせるだけで剣崎は、理絵の存在すら意識していないのだ。

「そういえば剣崎さんを、家の近くでもお見かけしませんね」

理絵は少しずつ、データ研究室の奥へ足を進めて行く。

「忙しくて、帰りが夜遅くなるからでしょう」

剣崎は真剣になって、スライド写真と手もとの資料とを照合している。

剣崎は理絵のほうを、見ようともしなかった。

「わあ、薬品がずいぶん、置いてあるんですねぇ」

無邪気に感心するふうを、理絵は装っていた。

「毒物や劇物があるから、触らないほうがいいですよ」

離れたところで、剣崎の声が応じた。

さすがにその程度の注意はする気になったのだろうが、剣崎は死角にはいった理絵に対して更に背を向けていた。

データ研究室の奥のドアが、動物実験所へ通じている。その手前の小部屋が、薬品保管室になっていた。保管室とは名ばかりで、乱雑を極めている。素人目には、薬瓶とダンボール箱の山としか映らない。

どれがクロロホルムか、理絵にはわかっていた。手近なダンボール箱の中に、三分の一ぐらいクロロホルムの瓶が残っている。理絵は、劇物の赤ラベルは貼ってある瓶に、手を伸ばした。

「これ、クロロホルムですね」

声を張り上げて、理絵は確かめた。

沈黙を続けていると、怪しまれる恐れもあったのだ。

「そうですよ」

およそ気のない剣崎の声が、くぐもって聞こえた。

「こんなにたくさん、何に使うんですか」

「動物実験のときの麻酔剤に、よく使いますね」

「動物の麻酔ですか」

「あとは、有機溶媒ですね」

「それ、何なんです」

「水に溶けるものと溶けないものを、分離させるのに、クロロホルムを使うんです」

「クロロホルムって、値段がとっても安いんですってね」

「そうね。五百ccの瓶でも、千円はしないでしょう」

「そんなに……」

理絵は五百cc入りの瓶を一本、ダンボール箱の中から抜き取った。

その赤ラベルのクロロホルムの瓶を、理絵は素早くショッピング用の紙袋の中に入れた。紙袋の口に新聞、週刊誌、風呂敷（ふろしき）、バッグなどを積み重ねる。

「クロロホルムに、興味があるんですかね」

急に剣崎の声が、大きくなったようだった。

「いいえ、別に……」

理絵はさりげなく、データ研究室の剣崎の席のほうへ、ゆっくりと引き返していった。

スライド映写をやめた剣崎が、回転椅子ごと向き直っていた。初めて理絵と相対するみたいに、剣崎は白衣の前を開いて笑いかけた。

「三時ですね、お茶でも飲みますか」

時計を見て、剣崎は立ち上がった。

「もう三時ですか、あら大変だわ」

にわか芝居を演じて、理絵は狼狽して見せた。

「何か、約束でも……」

剣崎は、のんびりした顔つきでいた。

「ええ、待ち合わせがあるんです。わたし、帰ります。どうも、お邪魔しました。失礼します」

後ずさりしながらやたらと頭を下げて、理絵は剣崎だけがいるデータ研究室を出た。駐車場へ、足早に向かう。急に恐ろしくなって、理絵は緊張した。剣崎が追ってくるのではないか、待ちなさいと守衛の声がかかるのではないかと、理絵は心臓に鋭い痛みを感じた。

車に乗り込んだ。紙袋を、助手席に置いた。乱暴なスタートを切って、理絵は前方に目を据えた。薬科大学研究所の正門を出た。全身が熱くなって、ホッと力が抜けていく。汗が噴き出した。

これで大丈夫、成功したと思った。理絵の口もとが、自然に綻んだ。予期していたよりも、うまく事が運んだのではないか。大洋薬科大学の研究所から、クロロホルム五百cc入りの瓶が一本消えたことは、永久にわからずじまいだろう。

理絵は、助手席の紙袋を見やった。それには、高価な戦利品が詰まっている。クロロホルムが五百cc、白いテープのステッカー、四種類のレーシング・ストライプ、それに遮光フィルムである。

更に家に帰れば、空気銃があった。昨日の朝、ラブ・ホテルからの帰途、大月二郎のアパートに寄って空気銃を受け取って来たのだった。

もらったのではなく、贈られたのであった。大月二郎も空気銃をプレゼントすることで、余計な考えに捉われたりはしなかったようである。大月二郎と理絵の永遠の別れを、空気銃が記念したのだった。

空気銃はドイツ製のダイアナで、中古品には見えないほど手入れが行き届いていた。鉛の弾丸は、直径が四・五ミリであった。生まれて初めて手にしたスプリング式の空気銃は、理絵の背筋に一種の戦慄を与えた。

大月二郎は取扱い方法を教えたうえで、公安委員会から交付された許可証を理絵によこした。空気銃の使用目的を知らない大月二郎が、理絵はちょっぴり気の毒だった。

準備は、これで整った。

あとはマンションの一室を借りて、誘拐を実行するだけである。中央自動車道へはいると、孤独感がまた理絵を歌わせた。

振り返れば
人生
思い出ばかり……

翌日の午後になって、『ピープル』本社からの退職金支払い通知書が郵送されて来た。退職金は、銀行に振り込まれている。花村理絵は、文京区の後楽園のあたりへ向かった。千川通り、目白通り、春日通りと車を走らせる。

目立つ不動産屋を、捜すためだった。富坂下で、大きな不動産屋を見つけた。賃貸しマンションを借りたいと、理絵は事務所にいた男に申し出た。

条件は、三つであった。

まず文京区白山二丁目の小田桐(おだぎり)病院に近いことだが、この条件は口に出せなかった。さりげなく、目ざす地域を指定しなければならない。

あと二つの条件は駐車場があって、すぐに使える電話付きのマンションということだった。

天は理絵に、味方してくれた。条件にぴったりのマンションが、物件として見つかったのである。『グロス・ハウス』という古いマンションであった。

部屋が十二室あることから、グロスと名付けたらしい。一家族を一ダースと数えれば、十二ダースでグロスとなる。しかし、一家族が一ダースにしては、各室ともあまり広い間取りではなかった。

和室と洋間、ダイニング・キッチン、浴室とトイレだけである。三人以上の家族には、窮屈な部屋だった。五階建てのマンションで、地階が駐車場になっていた。理絵が借りるべき部屋は、最上階にあった。

その五〇二号室に案内されて、理絵は驚きの目を見はった。

一区画の住宅密集地帯を挟んで、その向こうに小田桐病院の建物が、そっくり見えるのであった。四階建てのビルのような病院の建物の手前には、小田桐家の私邸と広い庭があるはずだった。

理絵は即座に、グロス・ハウスの五〇二号室を借りることに決めた。不動産屋に手金を払って、理絵は意気揚々と帰宅した。その日のうちに理絵は、大家に立ち退きを通告した。

大家は喜んで、立ち退き料と称する現金を届けて来た。ついでに家具調度品から食器類に至るまでの所帯道具のほとんどを、適当に処分してくれることを大家は引き受けた。

土曜日の午前中に、銀行預金を引き出した。再び富坂下の不動産屋を訪れて、賃貸契約と支払いをすませた。半月も住まないマンションの部屋のために、敷金や礼金を払うのはもったいない。

だが、人生に一度の大博奕(ばくち)に、余分な出費は付きものである。また、目的を遂げたらすぐさま、借りたばかりの部屋を引き払うというのも、やむを得ないことだった。グロス・ハウスの五〇二号室は、いわば犯罪者の臨時のアジトなのであった。

日曜日に、引っ越しをした。

運んだ荷物は、小型トラック一台分にすぎなかった。両親の匂いが残っているものは、すべて捨てて来た。

新しい家具と、理絵が買った品物だけを運送屋に任せた。古いものといえば、両親の位(い)牌(はい)を含めての仏壇ぐらいであった。引っ越したその日に、新しい住まいは、すっかり片付いた。

月曜日になって散歩がてら、小田桐病院の近辺を歩き回ってみた。しかし、病院の前を通りすぎるときは、さすがに緊張した。敵陣を、偵察するような気分になるのだ。

まるで、縁のない病院ではない。理絵は二十三年前、雨が降る火曜日にこの病院で生まれたのである。

理絵を生んだ母親が、どこの何者であるかは、いまだにわかっていない。生死不明であり、どんな母親だったのか興味も湧かなかった。ただ理絵を生んだだけの女など、どうでもいい。

夫に死なれたばかりの女であり、すでに何人かの子持ちだったという。生むだけが精いっぱいで、理絵までとても育てられないという境遇にある未亡人であったらしい。生まれたときから理絵は、養女としてもらわれる運命にあったのだ。

当時の小田桐病院は、医院に毛が生えたような規模で、内科と外科、それに産婦人科しかなかったそうである。

もちろん理絵の記憶にはないが、古い校舎を思わせるような病院の建物だったという。院長の小田桐直人は三十五歳で、父親から譲られた病院の経営に、四苦八苦の状態であった。

三十歳になっていた妻の霧江とのあいだに子どもがなく、小田桐直人は養子をもらい受けようという気になっていた。そんなときに、理絵が小田桐病院で誕生したのである。

理絵を生んだ未亡人も、情が湧かないうちに養子にやりたいと言い出した。そこで小田桐直人と霧江が、二人の実子として理絵を入籍したのであった。

理絵は小田桐夫婦の実子として、二歳になるまでこの土地で育ったということになる。

理絵が花村洋之助と良子の養女になったのは、二歳になって間もなくのことだった。

そのころ花村洋之助と良子は、小田桐病院で働いていた。洋之助は小田桐病院の運転手兼守衛で、良子は看護婦であった。この花村夫婦もまた、結婚して八年にもなるのに、子どもができなかった。

理絵が二歳のとき、花村夫婦はそろって小田桐病院を退職することになった。花村洋之助が、タクシー会社に勤めることを、決意したためだった。

勤務時間が複雑なタクシーの運転手に、夫婦共稼ぎというのは酷であった。それで、住み込みで働いていた小田桐病院を出た花村夫婦は、中野区の江古田に家を借りて新生活を始めたのである。

その機に花村夫婦は、理絵を養女として迎えているのだ。当然、花村夫婦は小田桐直人と霧江に懇願されて、自分たちにも子どもがいないことから、理絵を養女にしたのに違いない。

理絵は自分が花村夫婦の養女であることを、小学生のときから承知していた。戸籍を見れば、その点は明白である。戸籍上は小田桐直人と霧江の長女として、出生届けがなされているのだった。

だから理絵はつい二カ月前まで、小田桐夫婦の実子であることを信じきっていた。そして理絵はそのことを、まったく問題にしていなかったのであった。

花村夫婦は、親として最高といえた。理絵はこの世で花村洋之助を第一に、良子を二番目に愛していたのである。花村家の親子三人の仲がいいことは、近所でも評判だったくらいなのだ。

花村夫婦は理絵にとって、実の親以上の親であった。

そうしたことから理絵は、戸籍上の実の親についてては無関心でいた。小田桐夫婦がどこにいて何をしているのか、理絵は質問したこともなかった。

夢にも見たことがないし、頭に思い浮かべるときがなかったからだろう。それだけに、小田桐夫婦も実の親でないと知ったとき、理絵はかなり面喰(めんくら)った。

その話は死の直前に、良子から聞かされた。

遺言というわけではないが、みずからの死を察知した人間には、言い残しておきたいことがあるものだった。もう理絵に真実を伝える者は自分しかいないと、良子は重大なことを告白したのである。

そのうちのひとつが、理絵は小田桐夫婦の実の子ではないということであった。実の父親は、理絵が生まれる前にすでに死亡していた。

実の母親は小田桐病院で理絵を生んだだけであり、その後の消息についてては何もわかっていない。

小田桐夫婦が半ば頼まれ、半ばその気があって、理絵を実子として入籍した。しかし、その小田桐夫婦も二年後には、理絵を養女に出すことを希望した。

当時の小田桐病院には、共稼ぎの花村夫婦が住み込んでいた。花村夫婦にも子どもがいなくて、養子をもらおうかという話が出ていた。

その花村夫婦が小田桐病院を退職して、文京区から中野区へ移り住むというときでもあった。そうした花村夫婦に、小田桐夫婦は理絵を押しつけたと、いえないこともないのである。

何とも、釈然としない話だった。

なぜ小田桐夫婦は、いったん実子として入籍した理絵を、養子に出さなければならなかったのだろうか。

二歳まで育てて他人にくれてしまうくらいなら、最初からわが子にしなければいいのだ。だからこそ、養子をまた養子に出すという例は、珍しいのではないか。

それに、花村夫婦が小田桐病院で働いているうちは、養子縁組みの話などなかったというのも、また気になることであった。花村夫婦が小田桐病院を出て、別の世界で生きるということが決まったとたんに、小田桐夫婦は養子の話を持ち出しているのである。

　ほかにも、子どもを欲しがっている夫婦は少なくない。だが、小田桐夫婦は時間をかけて、適当な養い親を見つけようともしない。使用人に押しつけるという最も安易な方法を、小田桐夫婦は選んでいるのだった。そこには、解決を急いでいる人間の焦りが感じられる。

「ひとつには小田桐先生も奥さまも、あんたに情が伴わなかったんだろうね」

　病室のベッドでの告白に、良子はそのような言葉を付け加えた。

「それは、当然でしょうね」

　理絵は、うなずいた。

　その点は、大いに納得できるのである。情が湧けば、仔犬だろうと手放せない。

「ご夫婦とも、生まれたときからわが子として育てれば、自然に親子の情が湧くものと思っていたんだわ」

　青白い顔で、良子は笑った。

　良子が死亡する三日前の告白であった。

「でも、そうはいかなかったのね」

　理絵も釣られて、口もとを綻ばせた。

「性格の問題か、そうでなければウマが合わなかったのかね」

「赤ン坊とウマが合うも、合わないもないでしょう」

「院長先生も奥さまも、薄情なところがあったから、やっぱり性格だろうか」
「自分の血筋とか血統とかに執着する人だったら、やっぱり本物の愛情が湧かないんじゃないの」
「生みの親より育ての親っていうけど、肌を接しているだけで、情愛は深くなるものなんだけどね」
「自分の実の子じゃないという意識が先行していたら、いつまでたっても他人の子は他人の子でしょうね」
「それだから何の未練もなく、あんたを手放せたんだろうけど……」
「でも、それなりの理由がなければ、おかしいと思うわ」
「理由なんて、決まっているじゃないの」
「わたしにはわからないわ」
「奥さまが妊娠したのよ」
「そうか」
「わたしたちに理絵をもらってくれっていう話を持ちかけて来たとき、奥さまはもう妊娠していらしたんだろうね」
「そのことを、隠していたっていうわけね」

「それは言いにくいわよ。妊娠したから養女の理絵はいらなくなりましたって、受け取られてしまうもの」

「それが事実なら、仕方がないじゃないの」

「そういうことは、隠しておいたほうが利口よ」

「利口っていうより、きたないんじゃないの」

「人間の根性なんて、そんなものなんだろうね」

「でも、諦めていた子どもが、急にできるなんてことがあるの」

「それが、皮肉なもんなのよ。身体は欠陥はないのに、どうしても子どもができない。もう駄目だろうって、諦めて養子をもらう。とたんに奥さんが妊娠するっていう話、よくあるんじゃないの」

「それで、病院を辞めて遠くへ引っ越すことになった花村さんご夫妻に、わたしを押しつけたってことなのね。つまり、知らぬが仏の花村さんご夫妻を、うまく利用したっていうわけよ」

「はっきり、言っておきますけどね。お父さんもわたしも、あんたを押しつけられて自分たちの子どもにしたんじゃありませんからね」

「よくわかっています」

「あんたが欲しくて、わが子だと思って養女にしたのよ。入籍できたのは半年後だったけど……」

「はい、二十一年間にわたる実績が、それを証明しております」

「それ以来、院長先生も奥さまも、お父さんやわたしには会いたがらなかったものね。やっぱりそういう秘密を弱みとして、わたしたちに握られたくなかっただろうね」

「だけど二十一年間、盆暮れにはちゃんと小田桐さんのところへ、お中元やお歳暮を届けて来たじゃないの」

「それは、こっちの礼儀というものでしょ。でも、院長先生や奥さまは知らん顔で、年賀状だってくださらないもの。わたしたちは、お出入り禁止みたいなものだったのよ」

「あちらさんは、完全な絶縁をお望みだったのね」

「考えてみれば、寂しい話だけど……」

「それで、その実のお子さまは、ご健在なんですか」

「お子さんのことだけは、風の便りに聞いて、よく知っているわ。お子さんは、二人いらっしゃるのよ」

「二人もできたの」

「男の子が二人、長男が哲也さんで哲学の哲に百円也の也と書くの」

「その哲也君こそ、わたしが邪魔になる時期にできた子ね」

「次男が雅也さんで、優雅の雅という字だって聞いたわ」

「そうなると哲也君は、わたしと二つ違い……」

「いまは、二十一っていうことね。次男のほうは十八歳で、今年の春から大学生だそうだわ」

「大学は、どこなの」

「雅也は、東大ですってよ」

「優秀じゃないの。それで、哲也君のほうは……」

「何だか、聞いたこともない大学みたい。それも二浪ぐらいして、三流大学にやっとはいれたんだって、お父さんが言ってたわ」

「次男と対照的に、長男はまるで駄目なのね」

「二浪して三流大学に、寄付金ではいったっていうんだから……」

そこで良子は、ニヤリとした。

小田桐夫婦をいまだに、良子は快く思っていないのだ。そのために良子は、小田桐夫妻の長男の不出来を、喜んでいるのかもしれなかった。

「じゃあ、哲也は二十一歳でも、まだ大学二年なのね」

理絵は哲也という青年の存在を、このときに初めて意識したのであった。

その後の調べで理絵は更に具体的に、小田桐哲也という青年の輪郭について摑(つか)んでいた。

小田桐哲也は、典型的なぐうたら息子であった。

小田桐直人は冷徹にして辣腕(らつわん)という評判どおり、病院経営を事業として成功させた。かつては医院に毛が生えたような規模だったそうだが、それが今日では個人病院としては一流の小田桐総合病院に発展している。

いまは大変な資産家ということで、その裕福さを知られる小田桐家でもあった。多少の悪評もあることを裏付けるように、小田桐家の人々は豪勢な生活を許されているという。そうなると、哲也は金持ちのドラ息子というべきかもしれない。

長身の美男子であって、小遣いは好きなだけ浪費できる。中学生のころから女にチヤホヤされて、その方面でもかなり奔放な体験を積んだようである。いわゆる軟派ということで、非行少年だったのだ。

高校もやっとのことで卒業し、浪人時代は母親にも暴力を振るったらしい。二浪したのちに東西大学に寄付金の保証ではいったが、もちろん真面目(まじめ)に通学するはずはなかった。常に違う顔の女を連れ歩き、遊興の日々に車と酒の彩(いろどり)を添えている。

この手のつけられない不良学生を今回、理絵は誘拐する計画でいるのである。つまり、小田桐哲也こそ、理絵の標的なのであった。

病院の南側に、小田桐邸がある。同じ敷地内だが、病院と小田桐邸のあいだには庭園が広がっていた。庭園を囲む樹木と、ゴルフの練習用のネットが、病院と小田桐邸の境界を仕切っていた。

小田桐邸は、鉄筋コンクリートの三階建てである。アーチ型の鉄柵の門が幅広く、やたらと大理石が目立つ玄関のポーチが見えている。

ガレージが、車の四、五台も納まりそうに大きい。緑が多いので、セミの声でも聞こえて来そうだった。敷石と一部の砂利道に、樹木の影が落ちていた。風に揺れる木の葉の緑の濃淡が、目にしみるようである。

花村理絵は木かげを選んで歩き、高い塀に沿って裏門へ回った。真夏の午後の静寂が、眠気を誘うようであった。住宅が多いのに、奇妙に人影を見かけない。理絵はサン・グラスをかけた。

小田桐邸の裏門と向かい合って、古い二階家がある。その二階の窓に、若い女の姿を見かけた。洗ったハンカチを、軒下のロープに干している。十九か二十ぐらいのOL風で、もちろん娘だろう。

化粧っ気はないが、色の白い美人だった。女は路上の理絵に目もくれず、ハンカチばかりを何枚も干している。

「カズコ……！」

狭い庭になっているらしい地上から、女の声が呼びかけた。

「なあに」

二階の窓の娘が、真下に目を落とした。

「もっとよく絞ってから、干したらどうなの。わたしの頭に、水がかかったわ」

母親と思われる女が、笑った声で文句をつけている。

「水を撒いて、丁度いいじゃないの」

二階の娘が、ニヤリとした。

娘は、カズコと呼ばれた。どういう字を書くのかは、知る必要もない。理絵は門の前を通りすぎながら、玄関の表札に目を走らせた。

『神崎』とあった。神崎カズコ――と、理絵は記憶に刻んだ。神崎カズコという名前を利用しようと、理絵は思いついたのである。小田桐哲也を誘い出すには、女を絡めなければならないと、理絵なりの判断があったのだ。

だが、女の名前を使うにしても、それが架空であっては効果が半減する。近所に住んでいる女というのは、われながらうまい思いつきだと、理絵はホッとしていた。

その夜、理絵は眠れなかった。いよいよ、決行のときを迎えたのだった。理絵は寝具のうえで、繰り返し例の歌を口ずさんだ。何度くらい繰り返したか、理絵自身にもわからなかった。

いまは二十をすぎた
何もない
人生
思い出ばかりを
振り返る

理絵は、暗い天井を見上げて歌い続けた。悲しくはないが、首筋に水滴を落とされるような孤独感を覚える。犯罪者心理というより、この世に味方がひとりもいないことを痛感させられるのだった。

八月二日の午前四時に、理絵は五〇二号室を出た。地下の駐車場へ向かう。まだ無人のこの世であり、駐車場に並ぶ乗用車も眠っているようであった。

理絵の車には、シートカバーが掛けてある。日曜日に車をここへ運んだときから、そうしてあるのだった。したがって、理絵の車がクリーム色だということを知る者は、このマンションにひとりもいなかった。

シートカバーを取り除くと、理絵はまず窓ガラスに遮光フィルムを張る作業から始めた。フロント・ガラス以外の窓ガラスに、残らず遮光フィルムを張っていく。そうした作業が、理絵は嫌いではない。丹念に、丁寧に作業を進める。

きれいに張れたことで、理絵は大いに満足した。これで前方からのぞき込まれない限り、社内の光景は見定めにくくなる。次に黒二本と赤二本のステッカーを、車体に張りつける作業に移った。

最初に透明のテープを張り、そのうえにステッカーを重ねる。そうしておけば、簡単に素早く剝ぎ取ることができるのだった。車のボンネット、屋根、トランクと四本のステッカーを張りつけた。

車体の両サイドにも、同じようにステッカーによる線を描いた。幅広の黒に幅のない赤のステッカー、幅広の赤に幅のない黒のステッカーを、それぞれ間隔を詰めてという順序で張った。

最後の作業は、ナンバープレートの数字の偽造であった。白いテープを適当な長さに切って、数字の一部分を消していくのである。全体を改めるわけではないから、簡単にすむ作業だった。

4を1に、見せかけた。

8を3に、見せかけた。

それだけで、まるで違うナンバーになる。

シートカバーを元どおりにすると、理絵は五〇二号室へ引き揚げた。空気銃、ロープ、クロロホルムを点検した。小田桐家の電話番号を記したメモ用紙を、理絵はにらみつけるようにした。

この電話番号は、間違っていなかった。昨夜の十一時に、テストしてみたのである。電話はちゃんと、小田桐家にかかった。

「小田桐でございます」

お手伝いらしい女の声が、すぐ電話に出た。

「恐れ入りますが、哲也さんいらっしゃいますか」

理絵は、甲高く声を作った。

「ただいま、お風呂にはいっておいでですけど……」

お手伝いは、そう言った。

もし小田桐哲也に替わるようであれば、その前に電話を切ってしまわなければならなかった。小田桐哲也が入浴中とは、このうえなく好都合であった。

「そうですか、ではまたのちほど……」

渡りに舟とばかりに、理絵は電話を切った。

これで、小田桐哲也が在宅することも、確認できたのである。夜の十一時すぎに、風呂にはいってから出かけるということは、まずないだろう。

昨夜の哲也は、家で寝たはずだった。ぐうたら息子が、早起きするとは考えられない。小田桐哲也は間違いなく、自宅で今朝を迎えることになる。その哲也がベッドの中にいるうちに、誘いの電話をかけるのであった。

理絵は、ひたすら待ち続ける。

午前八時になった。

理絵は、化粧に取りかかった。時間をかけて、入念にメイクアップする。自分の顔をいじっていると、不思議と気持ちが落ち着いた。

午前九時に、化粧を終えた。鏡の中には、自信を持ってもいい魅力的な美貌があった。その美貌に、理絵は笑いかけた。しかし、本物の笑顔にはならなかったし、目がひどく寂しそうだった。

ついに、そのときが訪れた。

理絵は、電話機の前に正座した。緊張感が、胸を圧迫する。理絵は、目をつぶった。いまなら、まだ間に合う。思い留(とど)まれば、善良な市民でいられる。計画を実行に移せば、そった。
　誘拐の成功率は、ゼロという話を聞いたことがある。まして女が、男を誘拐するのであ
った。
　おそらく、失敗に終わることだろう。理絵は逮捕されて、服役という灰色の人生を送ら
なければならない。そうわかっていて、なぜ中止しないのか。
　理絵は脳裏に、花村洋之助と良子の顔を思い描いた。養父母は、微笑を浮かべていた。
首を振ったり、怒ったりもしない。花村洋之助も良子も、理絵がやろうとしていることに、
反対はしていないのだ。
　理絵は、目をあけた。
　電話機に手を伸ばした。
　送受器を、軽く握った。強く握り直して、送受器を持ち上げた。
　八月二日――。
　この日も、火曜日であった。だが、雨天にはほど遠く、夏空が真っ青に晴れ上がってい
た。
　いまからでも間に合うと、コール・サインを耳にしながら思う。しかし、それは理絵自
身が臆病風に吹かれるのを、冷やかしてのことであった。自嘲ではなく、みずからをか

だった。

らかうような気持ちが、働いているのである。つまり理絵の心はすでに、決まっていたの

理絵は、コール・サインを数えていた。緊張はしているが、意思が揺らぐことはない。心臓に痛みがあっても、電話を切ることには結びつかない。理絵は開き直ったときのように、冷静になっている自分を感じていた。

「小田桐でございます」

昨夜と同じ女の声が、電話に出た。

四十をすぎているお手伝いだと、理絵は勝手に決めていた。

「恐れ入りますが、哲也さんをお願いします」

理絵も意識的に、昨夜のような甲高い声を出していた。

「まだ、お休みだと思いますが……」

「申し訳ないんですけど、急用がありまして……」

「失礼ですけど、どちらさまでございましょうか」

「カズコとおっしゃってくだされば、わかるんですけど……」

「カズコさんですね」

「はい」

「少々、お待ちください」

お手伝いの声があわてたように消えた。

哲也と特別の関係にあるガール・フレンドと、お手伝いは感じ取ったのかも知れない。

「すみません」

理絵は、顔の汗を拭うようにした。

実際には、汗など噴き出していなかった。だが、顔だけが火照るように、熱くなっていたのである。

長い時間が、すぎたような気がした。待たされたのは二、三分だろうが、十分ぐらいの時間の経過に感じられた。小田桐哲也が電話に出ることを拒んでいるのかと、理絵は不安を覚えていた。

いや、哲也が女からの電話に、出ないはずはなかった。カズコという名前に心当たりがなければ、別の意味での興味を抱くことになるだろう。

手間どっているのは、哲也がなかなか目を覚まさないからではないか。ぐうたら息子というのは、寝起きも悪いものだ。やがて、送受器を手にするときの気配が、理絵の耳に伝わって来た。

「はい、哲也だけど……」

男の無愛想な声が、いきなりそういう応じ方をした。

声そのものは、悪くなかった。男っぽい低音が、理絵の耳をくすぐった。しかし、投げやりな口調であって、自分が不機嫌であることを威張っているように聞こえた。やはり、寝起きが悪いのである。

「ごめんなさいね、おやすみのところを起こしてしまって……」

鼻にかかった声で、理絵は甘えた。

「カズコさんって、いったい誰なんですかね」

怪しむように、哲也は訊いた。

「神崎です」

理絵は息をとめて、相手の反応を窺（うかが）った。

「神崎カズコさん……」

哲也は、ピンとこないようであった。

カズコという名前に、心当たりがないだけではなかった。哲也は近所に住む神崎カズコにも、接触したことがないのである。理絵としては、そのほうがやりやすい。

「思い出していただけないかしら」

作り声を維持することに、理絵は疲れを覚えていた。

「ええ、お宅の裏に住んでいます」

「神崎さんって……」

「ああ、あの神崎さんですか」

「カズコです。どうぞ、よろしく」

「こちらこそ……」

「初めましてというのも、何となくおかしいでしょ」

「いつも、お見かけはするんですけど、近寄りがたい美人なもんで……」

「どうも、ありがとうございます」

「カズコさんは確か、銀行にお勤めでしたよね」

「はい」

「ところで、どういう風の吹き回しなんですか。まだ話したこともないカズコさんが、電話をくださるなんて……」

「実は厚かましいお願いがありまして、怒られるのも覚悟のうえで、図々しくお電話したんです」

「魅力的な美人だから頼まれごとをして、怒ったりするはずがないでしょう」

「だったら、よろしいでしょうか」

「どんなことでも、お引き受けしますよ」

「デートの申し込みに、応じていただきたいんです」

「あなたとデートできるんですか」

「いいえ、わたしではないんです。わたしのお友だちなんですけど……」

「その友だちというのは、もちろん女性なんでしょうね」

「大月さんといって、男性にとてもモテる人なんです。その大月さんが、もう病気みたいにあなたにお熱になってしまって、どうしてもデートしたいから取り持って欲しいって、わたしに手を合わせて頼むんです」

「その女性とぼくは、会ったことがあるんですか」

「この近くのマンションに住んでいて、あなたとは何度か道ですれ違ったことがあるんだそうです」

「道ですれ違っただけですか」

「それで、あなたに恋い焦れているんだから、いまどき考えられない話でしょ。ですけど、彼女は本気なんです。ひと目惚れの片思いで、ほんとうに病人になってしまいそうなんです」

「光栄ですけど」

「じゃあ、お願いできますか」

「あなたに頼まれて、いやと言えますか」

「嬉しい！」

「それで、ぼくはどうすればいいんです」

「彼女、いまからすぐに飛んで来ます」

「いまからですか」

「だって、彼女はこの電話の結果を、首を長くして待っているんですもの」

「今日は午後から、箱根の別荘へ行くことになっているんですよ」

「明日からいらっしゃるってわけには、いかないんでしょうか」

「そうですね。何とか、予定を変更することにしましょう」

「申し訳ありません」

「正直なところ、あなたとデートしたいんですけどね」

「でしたら、いまから三十分後に……」

「三十分って、そんなに早くですか」

「彼女はこの近くに住んでいるんだし、一時間だって待ってはいられないでしょう」

「わかりました」

「落ち合う場所は、お宅の門の前ということにします」

「門の前でなんて……」

哲也の声が、笑っていた。

「彼女は門の前に、車を停めていますから……」

理絵は、電話を切ることを急いでいた。

作り声が、苦しくなって来たからである。それに、哲也に考える時間を与えることは、危険であった。哲也がこの話を家族のひとりに聞かせるだけの疑問を抱けば、もはや誘拐計画は計画として通用しなくなる。

「大月さんでしたね」

哲也は、そう念を押した。

大月という別れた男の姓を借りたことに、理絵はちょっぴり良心の痛みを感じていた。

「どうぞ、よろしくお願いします」

理絵は、電話を切った。

時間を確かめてから、理絵は着替えを始めた。黄色いワンピースの裾は、膝うえ十センチであった。白いベルトに合わせて、バッグも靴も白にした。再び地階の駐車場へ、足を運ぶことになる。

駐車場に残っているのは、理絵の車一台だけだった。シートカバーを取り除いて、理絵は運転席に乗り込んだ。胸を張って、ハンドルを握る。

何の感慨もなく、理絵は『矢は放たれた』とだけ思った。

グロス・ハウスをあとにして、白山通りへ出た。遠回りをすることになるが、交差点は避けなければならない。信号待ちのときに後方の車の運転者が、ナンバーを誤魔化した小細工に気づく恐れがあるからだった。

間もなく一方通行の道にはいり、春日通りへ抜けた。白山御殿前の交差点の手前で右折して、小石川植物園を左に見ながら、再び白山二丁目を走ることになる。小田桐邸の門が見えた。

電話をかけてから、三十分が過ぎている。門の前に、若い男が立っていた。背が高くて、甘いマスクをしている。彫りが深くて、整った顔立ちであった。それにハーフがかった甘さが加わって、予想していた以上に魅力的な美男子だった。

髪の毛を短く刈り込んで、スポーツマンというタイプに見せている。印象は男の清潔感と精悍さが強調され、ぐうたら息子という感じではなかった。

真っ白なTシャツにズボンという服装で、サン・グラスを手に持っていた。さりげない軽装ではあるが、なかなかのオシャレだった。Tシャツとズボンが、同じ白さに統一されている。クリーム色の靴という点にも、気配りが感じられた。

　小田桐哲也は約束の時間よりも早く、門の前に出ていた。性格的に、時間を厳守するというわけではないだろう。小田桐哲也の理絵に対する期待と関心が、それだけ強いというふうに解釈すべきだった。

　つまり小田桐哲也は、女好きなのである。女にモテるうえに、好色で浮気なのだ。そのほうが、理絵には都合がいい。理絵にとって小田桐哲也は、御しやすい男ということになる。

　徐行させた車を、小田桐哲也の前で停めた。助手席のドアの外に、小田桐哲也はいた。あたりに人影はなく、彼の影だけが地上に落ちている。理絵は、助手席の窓をあけた。小田桐哲也が、車内をのぞき込んだ。

「大月さんですか」

　小田桐哲也の口から、歯の白さがこぼれた。

　女への自信が、感じられる笑顔であった。照れることもなく、理絵の目を見つめている。まずは女の美醜を、見定めているのだった。

「ええ」

　サン・グラスをはずさずに、理絵は恥じらいの笑みを浮かべた。

かつては、義弟だった男である。おそらく数カ月間にすぎなかっただろうが、戸籍上の姉と弟だったのだ。しかし、小田桐哲也はそのことを、まったく知らずにいる。理絵を初対面の赤の他人と、小田桐哲也は決め込んでいる。

そのことが理絵には、何となく滑稽であった。

「乗っていいんですね」

小田桐哲也が言った。

理絵の美貌に、彼は満足したのであった。

「どうぞ、ボロ車ですけど……」

理絵には、人質を捕捉したという緊張感がなかった。人質のほうから、車へ乗り込んで来たせいだろうか。あるいは一時期、義理の姉弟だったという気持ちが、やはり働いているからかもしれない。いずれにしても、これで人質は確保できたのだ。

「どこへ、行くんです」

小田桐哲也は無遠慮に、理絵の横顔を見据えていた。

「わたしのお部屋に、お招きしたいんですけど……」

理絵は、声を小さくした。

「結構ですね」

小田桐哲也は、また白い歯をのぞかせた。

「じゃあ……」

理絵は、アクセルを踏んだ。

帰りは、急がなければならない。回り道をする必要もなく、最短距離をたどることになる。寺院の多い一帯を抜けると、もうグロス・ハウスは目の前であった。地階の駐車場へ、理絵は車を乗り入れた。

「このマンションですか」

驚いたように、小田桐哲也は目を見はった。

「近いでしょ」

理絵は、シートカバーを広げた。

「近くに住んでいらっしゃるということは、神崎さんから聞きましたけど……」

小田桐哲也は、シートカバーで車を覆う作業を手伝った。

「すみません」

理絵は、頭を下げた。

「でも、どうしてシートを、かぶせるんです」

小田桐哲也が訊いた。

当然の疑問である。地階の駐車場に停めた車を、防水加工のシートカバーで覆う必要はなかった。

「わたし車に関しては、妙に潔癖なんです。車体や窓ガラスに、触られるのがいやなんです」

咄嗟に思いついた嘘を口にしながら、理絵は顔が熱くなるのを感じた。

「男に関しては、どうなんですか」

「やっぱり、潔癖です」

「例外なく……？」

「もちろん、例外はあります」

「どういう男だったら、例外になるんですか」

「好きな人でしたら……」

「じゃあ、ぼくなんかは、どうなんでしょうね」

「カズコさんから、お聞きになりませんでしたか」

「あの話、ほんとうなんですか」

「ええ」

「本気にして、いいんですね」

「ええ」

「だけど、信じられないな」

「わたし、必死なんです。そうでなければ、女のほうからこんなに積極的に、誘ったりしますか」

「証拠が見たい」

小田桐哲也は、厚かましい男に急変していた。

「証拠って……」

エレベーターのほうへ、理絵は足を運んだ。

「こういうことをしても、怒らないかどうかが証拠になる」

小田桐哲也は肩を並べると、理絵の腰に手を回した。

「怒るはずはないでしょ」

理絵は、顔を伏せて言った。

女に飢えている若い男ではない。自信と余裕が、感じられる。それでいて、女には手が早い。小田桐哲也は、そうしたタイプの女たらしなのだ。次から次へと女を誘惑し、遍歴することを楽しんでいる。

そういう意味では、典型的なプレイボーイである。

エレベーターの中で、小田桐哲也は大胆に理絵を抱き寄せた。唇を重ねたりする時間はないことを、承知のうえでそうするのであった。女が戸惑うのを、眺めて楽しんでいるのだ。

理絵も、逆らうわけにはいかなかった。小田桐哲也の胸に、理絵は頭を押しつけた。義理の姉弟だったこともある、という意識はまるで湧かない。理絵は明らかに、小田桐哲也に男を感じていた。

「お部屋へ、行ってから……」

理絵は、羞恥(しゅうち)の風情を示した。

「そんなに、好きかい」

小田桐哲也は、気安い言葉遣いになっていた。

「好きよ」

「神崎さんは、まるで病人みたいに大変なお熱だと言っていた」

「ほんとなの」

「深い仲になったら、もっと夢中になるんじゃないかな」

「当然、そうなるでしょうね」

「だけど、ぼくは拘束されたり、独占されたりするのが嫌いなんだ」

「わかっているわ。わたし、あなたがその気になったときに、愛されるだけでいいの」

「そう」

小田桐哲也は、理絵の髪の毛を撫(な)でつけるようにした。

「だから、嫌いにならないで……」

理絵は、自分の過剰な演技と台詞(せりふ)が、おかしくなった。

クロロホルムによって、小田桐哲也を昏睡(こんすい)させる。そのうえで、哲也の手足をロープで厳重に縛り上げる。縛り上げた哲也を、更にベッドに繫(つな)ぐ。意識を取り戻した哲也が、ひどく暴れるようであれば、空気銃を突きつけて脅しつける。

理絵はクロロホルムの用い方についても、研究と工夫を終えていた。何しろ女が大の男に襲いかかって、クロロホルムを嗅(か)がせるのである。最も効果的な方法によらなければ、とても目的は果たせない。

クロロホルムの揮発性は、空気よりも重いという。したがって、下から嗅がせるのでは、有効といえなかった。仰向けになっている相手の顔に、クロロホルムを押しつけたほうが効き目が早い。

しかも、口と鼻を同時に覆って、空気とともに吸わせなければならない。理絵は、長方形の箱を用意した。箱の中に、ガーゼが詰めてあった。ガーゼに、クロロホルムをしみ込ませる。そして、箱を哲也の口と鼻に、押しつけるというわけである。問題は、どうやって哲也を、仰向けに寝かせるかだった。ただ横になるだけではなく、そのときの哲也は油断しきっていなければならない。五〇二号室に落ち着いてからの哲也は、しきりと理絵に話しかけた。何かを、探り出そうとするのであった。理絵に対する警戒心が、哲也には残っているのだ。いきなりマンションの部屋に男を招き入れた理絵が、哲也は何となく信頼できないのだろう。

理絵に下心があるのではないかと、哲也は疑っている。そのような哲也が、油断しきった状態で横になったりするはずはない。時間の経過が気になって、理絵は焦りを覚えていた。

結局は色仕掛けによって、哲也の警戒心を麻痺させるしかなかった。理絵はさりげなく、哲也を洋間へ誘った。六畳の洋間にはシングルのベッドのほかに、小さなテーブルと椅子が置いてあるだけだった。

理絵は哲也に椅子をすすめて、テーブルのうえに紅茶とウイスキーを運んだ。哲也はウイスキーを、紅茶に垂らすということをしなかった。ウイスキーに睡眠薬といった混ぜものがしてあったらと、用心してのことかもしれなかった。

「ごめんなさいね、狭いところへ連れ込んだりして……」

理絵は、ベッドに腰をおろした。

「それより、うちの病院が近くにあることで、何となく甘い気分になれないな」

哲也は、窓の外を眺めやった。

「窓もカーテンも、しめてしまったら……」

「暑苦しいよ」

「クーラーで、寒くなるわ」

「どうして、ホテルにしなかったの」

「だって、初めてのデートで、いきなりホテルへ行くなんて……」

「ホテルだろうとこの部屋だろうと、やることは同じじゃないか」

「それに、わたしこのお部屋を、あなたに見せたかったの」

「どうしてだい」

「住んでいるところを見れば、わたしの正体がわかるでしょ。妙な下心があってあなたに近づいたなんて、わたし思われたくないんですもの」

「ここへ来たって、あんたの正体はわからない」

「要するに、平凡な独身女性だってことは、はっきりしたでしょ」

「平凡かな」

「平凡よ」

「ひとりでマンションに住んで、遊んでいられる身分なんだろう」

「あら、働いているわ」

「勤めているのかい」

「ええ」

「勤め先は、どこなんだ」

「ピープルの本社よ」

「スーパーの……？」

「ええ」

「ＯＬの給料で、マンション住まいができるのかな」

「実家から、送金してもらっているもの」

「実家って、郷里のことかい」

「そう」

「郷里は、どこなの」

「長野県よ」

「ドアのプレートに、大月理絵ってあったけど、本名なのかな」

「もちろんよ」

「まるで、女優の芸名みたいだ」

「そうかしら」

「恋人は……」

「いるはずないでしょ」

「でも、最近までいたんだろう」

「半年ぐらい前に、さよならしたわ。その後、好きになったのはあなただけよ」

「神崎さんとは、どういう知り合いなの」

「中学のときの同級生なの」

「どこの中学だい」

「ねえ、いつまで身元調べを続けたら、気がすむの。わたしって、そんなにいいかげんな女に見えるのかしら」

「いや、そんなつもりじゃないよ」

「わたし、あなたに恋をしているの。だから、デートしたかったの。ただ、それだけのことなのよ」

「わかった、ごめんなさい」

哲也は、立ち上がった。

「変に疑ったりするなんて、ひどいわ」

理絵は、本気になって怒った顔をした。

どうやら、それが効果的だったらしい。哲也は多少、あわてていた。怒らせまいとするのは、理絵に未練がある証拠であった。未練を持つというのは、理絵を信用したことを意味している。

「悪かった」

ベッドに並んですわって、哲也は理絵の肩を抱いた。

「好きな人から、意地悪をされるなんて……」

理絵は思いきって、哲也の首に両腕を巻きつけた。

「理絵さん、許してくれ」

哲也は、囁(ささや)くように言った。

一瞬、理絵は左右の太腿を、強く閉じていた。哲也の声と息が、理絵の耳に響くように触れたのである。とたんに、予期していなかった性感が、理絵の身体の中心部へ走ったのだった。

「理絵って呼んで……」

耳を遠ざけるようにして、理絵は哲也を見上げた。

「理絵……」

「嬉しいわ。ねえ、わたし夢の世界にいるみたい」

「夢じゃないよ」

「わたしのこと、好きになりそう？」

「理絵は、魅力的だもの」

「ほんとね」

「やっぱり、窓とカーテンしめたほうがよさそうだ」

「シャワーも、浴びるでしょ」

「うん」

「そのあいだに、お部屋を涼しくしておくわ」

理絵は、腰を浮かせた。

「じゃあ、シャワーを浴びよう」

Tシャツを脱ぐ気配を、哲也は示した。

ついに獲物が網にかかったと、新品のバス・タオルを取り出しながら理絵は思った。シャワーを使った哲也は、バス・タオルを巻いただけの姿で浴室から出てくる。寝室は心地よく冷えていて、真っ白なシーツに覆われたベッドが目の前にある。

人間の心理として、裸身をベッドに横たえたくなるだろう。哲也は、仰向けになる。気持ちがよければ、思わず目を閉じる。その瞬間を狙って哲也の口と鼻に、長方形の箱を押しつけるのであった。

「理絵は、シャワーを浴びないの」

哲也が言った。

「あなたのあとに……」

理絵は振り返って、哲也の筋肉の盛り上がった胸を見やった。

「まだ、一緒にっていうわけには、いかないだろうね」

哲也は、ニヤリとした。

屈託なく、笑っている人質であった。

古いマンションである。冷房は各室のクーラーに、頼るしかなかった。窓とカーテンをしめきった寝室に、理絵はクーラーの冷気を入れた。

暗くなった部屋で、理絵は哲也がシャワーを使う音を聞いた。理絵は哲也のズボン、Tシャツ、それに靴下をまとめて椅子のうえに置いた。そうしながら理絵は、部屋が暗くなったことも好都合だと思った。

ダイニング・キッチンへ行き、理絵は長方形の箱とクロロホルムの瓶を取り出した。長方形の合成樹脂の箱には、ガーゼがたっぷりと詰め込んである。

五百cc入りの瓶から長方形の箱の中へ、クロロホルムを流し込む。余分に使っても仕方がないと承知していたが、理絵は四十ccぐらいのクロロホルムにガーゼを浸していた。作業が、難しかったからである。

マスクをかけても、息をとめなければならなかった。それに、顔をそむけたうえに目も閉じて、クロロホルムを扱うのだった。手にはゴム手袋をはめているので、指を器用に使うこともできない。

箱の底の空気穴から、クロロホルムが漏れたのも、やむを得なかった。理絵はゴム手袋をはずした手と、流し台の内側を勢いよく出した水で洗った。

マスクとゴム手袋は、ゴミ入れに捨てた。かなり急いだつもりだが、これだけの作業に約十分間を要した。

丁度そのころ、浴室が静かになった。ダイニング・キッチンから、浴室のドアが半分だけ見える。

そのドアがあいて、バス・タオルを巻いた哲也の裸身が、チラッと理絵の目をよぎった。

ダイニング・キッチンのほうを見ようとしないで、哲也は寝室へはいっていった。ついに、最も緊張すべきときが訪れた。長方形の箱を後ろ手に持って、理絵は寝室へ向かった。

寝室のドアはあいていて、冷気が流れ出ている。

寝るばかりにセットされたベッドに、哲也は腰をおろしていた。暗がりの中に、シーツの白さだけが浮かび上がっている。哲也の浅黒い裸身と、紺色のバス・タオルは、シルエットになっているのにすぎない。

「涼しくて、気持ちいいでしょう」

寝室内にはいって理絵は、ベッドの枕もとのほうへ足を進めた。

「うん」

哲也は寝転がって、ベッドのうえに大の字になった。

いまだ――と、理絵は胸のうちで自分を叱咤した。哲也が起き上がったら、もうチャンスは訪れないかもしれない。一瞬のチャンスこそ、このうえもなく貴重なのである。

「わたし、シャワーを浴びてくるわね」

目をつぶった哲也の顔を、理絵は見おろした。

「早くね。何だか、眠くなりそうだ」

哲也は口もとに、笑いを漂わせていた。

その哲也の顔に、理絵は振りおろすようにして、長方形の箱を押しつけた。長方形の箱とともにガーゼが、哲也の鼻と口を覆ったのを、理絵は確認した。

哲也は目を見開いて、反射的に起き上がろうとした。哲也の手が、理絵の両腕を摑んだ。強い力で哲也は、理絵の両腕を押しのけようとする。

理絵も、必死だった。ここで失敗したら理絵は、哲也に殴り倒されたうえで、警察へ突き出されることになる。理絵は両手両足を、踏ん張るようにした。

しかし、クロロホルムの効果は、確かなものであった。ハッとなった瞬間から、哲也はクロロホルムを吸い続けていたのだ。たちまち長方形の箱を顔からはずそうとして、首を左右に振るという哲也の動きが鈍くなった。

理絵の両腕を摑んでいる手からも力が抜けて、哲也は再び目を閉じていた。哲也の全身が弛緩（しかん）したことで、昏睡が演技ではないとわかった。

理絵は、長方形の箱を取り除いた。それでも、哲也は動こうとしなかった。本物だと、理絵は思った。

息遣いが、乱れていた。理絵は肩で喘（あえ）ぎながらキッチンへ走り、長方形の箱を冷蔵庫の中へ投げ込んだ。冷蔵庫の中は空っぽで、クロロホルムの瓶しかはいっていなかった。

寝室に戻ると、理絵はロープを用意した。ブリーフしか身につけていない哲也なので、バス・タオルをそのままに縛り上げることにした。

　哲也の両足首と、両膝をそろえて縛った。腕は後ろ手にして、両手首を厳重に縛った。余ったロープを残らず使って、哲也をベッドに縛りつける。

　哲也とベッドをひとつにして、首、胸、腰、膝、足首の五カ所にロープを回した。ロープが不足して、各所とも三重にしか回せなかったが、見たところはそれだけで十分だった。

　いくら力のある大の男だろうと、身体三カ所とベッド五カ所のロープを解いて、自力で脱出するということは不可能である。理絵はロープの結び目を、ひとつひとつ点検して、改めて安心した。

　小一時間かかっての大変な重労働であり、理絵は疲れ果てていた。クーラーの冷気など役立たずで、理絵は水を浴びたように汗をかいていた。

　だが、休んではいられなかった。人質は、二十一歳の男なのである。事を長引かせれば、理絵のほうが不利になる。短期決戦で臨まなければならない。短時間のうちに身代金を手に入れて、誘拐を終了させるのであった。

　理絵は、五分間だけ休憩した。休んでいるあいだも、理絵は電話機を見据えていた。脅迫電話の内容は、すでにシナリオとして完成されている。理絵はそのシナリオを、頭の中で読み返したのだった。

五分がすぎた。

理絵は、送受器に手を伸ばした。クロロホルムを嗅がせて縛り上げた人質が、すでに隣室にいるのであった。そう考えればもはや、躊躇（ちゅうちょ）していられる理絵ではなかった。

最初の電話である。

逆探知の心配は、まったくなかった。少しぐらい話が長くなっても、差し支えなかろうと、理絵は自分に言い聞かせた。だが、理絵はコール・サインを耳をしながら、さすがに息苦しくなるような緊張感を覚えていた。

「もしもし、小田桐でございます」

コール・サインがやんで、女の声が電話に出た。

理絵が、知っている声ではなかった。つまり、お手伝いではないのである。別のお手伝いなのだろうか。声自体も澄んでいるが、何か取り澄ました感じがする。口のきき方も、上品であった。

あるいは、小田桐霧江——。

そう思いながら、理絵はハンカチを口にあてがった。

「院長か奥さん、おりますか」

理絵は言った。

ハンカチで口を押さえるだけではなく、声もまるで違う低音に作っている。しかし、女の声であることは、どうにも誤魔化せない。それで理絵は初めから、男の言葉遣いを真似たりはしなかった。

ただし、脅迫電話である以上、やさしく話しかけるわけにはいかなかった。理絵はできるだけそっけない口調と、ぞんざいな言葉を選ぶつもりでいた。

「わたくしが、小田桐の家内でございますけど、あなたさまは……」

果たして女の声は、そのような応じ方をした。

「じゃあ、あんたが哲也君の母親ってことなんだね」

理絵は、声に抑揚をつけまいと努めた。

「あなた、どなたなんですか」

小田桐霧江は、咎めるように語調を鋭くしていた。

「そんなことは、どうでもいいんだよ。それより明日の晩までに、二億円を用意してもらいたいんだけどね」

いまになって理絵は、すっかり落ち着いている自分を感じた。

「いいかげんにしてください、こんな悪戯なんて……」

怒った声の霧江は、いまにも電話を切りそうな剣幕だった。

理絵は、苦笑を禁じ得なかった。理絵がいま話をしている相手は、二年間だけ母親だったことがある女なのだ。もちろん霧江のほうは、そんなふうに思ってもいない。しかも、理絵はかつての養母に、二億円を用意せよと脅しかけているのである。

人生とか運命とかいうものはおもしろいと、理絵は声に出して笑いたいくらいだった。理絵が落ち着いたのも、そうした余裕を得てのことだろう。

「悪戯じゃないんだけどね」

気をとり直して理絵は、ぶっきらぼうな言い方をした。

「じゃあ、何ですか二億円を用意しろなんて……」

霧江は、息を弾ませていた。

心臓でも悪いのか、そうでなければ興奮しやすい性質なのだろう。

「何ですかもないのよ、二億円を用意してくれってことなの」

「何のために……」

「身代金に、決まっているでしょ」

「身代金……！」

「そうよ」

「誰のための身代金なんですか」

「お宅の息子さんを、預かっているんだけどね」

「息子……」

「あんた、哲也のおふくろさんなんでしょ」

「ええ、そうですよ」

「だったら院長と相談して、息子の身代金の用意に取りかかるべきじゃないの」

「哲也は、どこにいるんです」

「ここに、いるけどね」

「だったら、電話に出してください」

「それは、できない相談よ」

「じゃあ、哲也が誘拐されたなんて、本気にしろというほうが無理でしょ。哲也が誘拐されたという証拠が、まるでないんですからね」

「哲也君、お宅にいないでしょうが」

「哲也は、子どもじゃないんです。そうしたいときには勝手に出かけるし、家にいないことのほうが多いんですよ」

「哲也君は今夜、家に帰らないからね。それが、誘拐されたっていう証拠だよ」

「あの子の外泊なんて、珍しくありません。三日も四日も無断で、外泊することだってあるんですからね」

「あんた、息子が殺されてもかまわないっていうんだね」

「そんな脅しには、乗りませんよ。あなた、哲也の友だちか知り合いなんでしょ。哲也に頼まれたか、そうでなければ哲也とグルになって、妙なことを企んでいるんじゃないですか」

「あんたって、自分の息子のことを信用していないんだね」

「そんなことはありませんよ。ただ、哲也が誘拐されるなんて、あり得ないことだと言っているんです。二十一歳の男が誘拐されたっていう話、聞いたことがありますか」

「外国では大の男が、何人も誘拐されたり殺されたりしているよ」

「それは、多分に政治色が濃くて、大がかりな誘拐グループの犯行でしょ。日本では、身代金だけが目当ての単独犯によって、二十一歳の男子が誘拐されたなんて前例はありませんよ」

「だったら、これが初めてのケースってことになるんじゃないの」

「あなた、女性でしょ。それもまだ若いみたいね」

「それが、どうしたっていうのよ」

「若い女の子が一人前の男を誘拐したなんて、いったい誰が信じますか」

「わたしひとりだと思ったら、大間違いだよ。ほかにも、仲間がいるんだからね」

「それなら仲間の代表というのを、電話に出してくれませんか」

「わたしが、代表なのよ」

「じゃあ、誰でもいいから仲間のひとりを、電話に出してください」

「あんた、どうしても信じないんだね」

「だって、証拠がないんですもの」

「わかった。それなら、こっちの勝手にさせてもらうよ！」

　理絵は、怒声を発していた。

　相手に真意が通じない焦燥感に、理絵は腹立たしさを覚えたのである。こっちは真剣なのに、先方は冗談と受け取っている。いつまでたっても、埒（らち）があかない。そういう場合は、真剣でいるほうが怒りを爆発させるものだった。

　初めて、霧江が沈黙した。

　理絵の怒声に、本物を感じたのだろう。悪戯や冗談ではない。哲也が一枚嚙（か）んでの狂言でもない。もしかすると哲也はほんとうに誘拐されて、その誘拐犯人が電話をかけて来ているのかもしれない。

　そうした思いに一瞬、霧江は捉われたのに違いにない。

「勝手にするって……」

霧江の声は、いくぶん弱々しくなっていった。

「哲也は当分、帰さないからね。一週間ぐらい哲也を預かっておけば、そっちも本気にするんじゃないの。そのうち、哲也の耳を切り取って送ってやるわ。そうなってから、後悔しなさんなよ」

憎しみをこめて、理絵はそう言った。

いまになって理絵は、驚くこともなく受け答えする霧江という女に、憎悪の念を抱いたのである。

「とにかく、主人には伝えますから……」

多少あわてたらしく、霧江は再び息を弾ませていた。

「その前に、お手伝いに訊いてごらん。昨夜の十一時に、正体不明の女から電話があった。今朝の九時に、カズコと名乗る女から電話があって、哲也は誘い出された。この二点について、お手伝いに事実かどうか、確かめてみるんだね」

理絵は深く、息を吸い込んだ。

「わかりました」

別人のように、神妙な霧江になっていた。

「念のために言っておくけど、警察に届けたりしたら、哲也の命の安全は保証できなくなるからね」

理絵はそこで、一方的に電話を切った。

ハンカチを投げ捨てて、理絵は深呼吸を繰り返した。急に汗が噴き出して、電話機や膝のうえに、ポタポタと滴り落ちた。

理絵は自分の考えが甘かったことを、痛烈に思い知らされていた。

脅迫電話をかけても、相手がそれを信じないのではないかということまでは、考えが及ばなかったのである。誘拐犯人としては、初歩的なミスであった。

まず男と女の違いというものに、大きな問題があった。

もし哲也が二十一歳の娘であって、男の声で誘拐を告げる電話がかかったら、霧江は一瞬にして顔色を失ったことだろう。小田桐家はたちまち、大混乱に陥るはずだった。

だが、誘拐された哲也が二十一歳の男で、犯人が若い女ということになると悪戯か冗談、あるいは狂言と受け取られるのであった。『お願いだから息子を返してください』と、哀願する親もいない。

この男と女の違いというものを、理絵は計算に入れてなかったのだ。脅迫電話をかける前に、哲也誘拐を立証することから、始めなければならなかったのである。しかし、それはもう手遅れであり、脅迫電話の効果が半減したことは否めない。

いずれにしても、短期決戦は難しくなった。

誘拐を立証するには当分、哲也の身を拘束するほかに方法がない。五日以上も哲也が行方不明になっていれば、小田桐家でもそれなりの反応を示すことになるだろう。小田桐直人か霧江のどちらかが、誘拐だと騒ぎ出すに違いない。

しかし、哲也を長期間にわたり拘束しておくことが、果たして可能だろうか。このマンションの部屋にしても、何日間もの監禁の場所には向いていない。いまのところ理絵に、哲也を殺すことはできそうにない。

頼れるものは、クロロホルムに空気銃――。

晴天の火曜日である。雨の火曜日でなければツキはないのだと、理絵は十一時半という時間を確かめていた。

第二章

奇妙な逃亡

買物に、出かけた。食糧を、確保しておかなければならない。車は、使えなかった。理絵は、白山通りにあるスーパーマーケットまで、歩いていった。

買うものは、インスタント食品ばかりであった。あとはサンドイッチに、牛乳ということになる。少なくとも、三、四日分の食料品を、買い求めなければならなかった。だが、三、四日の籠城が可能かどうか、理絵は自信を失っていた。

三、四日も哲也を、ベッドに縛りつけておくことからして、かなり難しい。何かを食べさせる、あるいは用便のときなどは、哲也の手や足を自由にしてやらなければならない。そうした場合、哲也が逆襲に転じる恐れがある。

もし哲也が大声で喚き立てたりしたら、マンションの住人の耳に届くことだろう。隣室の音声が聞こえることはないが、部屋の前を通りかかった人間の耳にはいる。そうなれば、助けを求める声がすると、一一〇番に通報されるだろう。

いずれにしても、哲也を長く監禁しておくのは危険だった。しかし、長期戦に持ち込まない限り、哲也が誘拐されたことを、彼の両親が信じようとしないのだ。非常に危険な長期戦に挑むわけで、不可能を可能にするという困難さであった。

理絵は早くも、窮地に立たされていた。男の共犯者がいてくれたらと、弱音のひとつも吐きたくなる。だが、理絵の知り合いに、誘拐の片棒を担ぐような人間はいなかった。理絵は、犯罪者の孤独な気持ちを、味わっていた。

マンションの部屋に帰ると、哲也が意識を取り戻していた。ロープが弛むということもなく、哲也が暴れた形跡は認められなかった。

哲也は、おとなしく縛られたままでいる。ロープがなければ、ベッドに寝転がっているのと変わらない。そのうえ、哲也の表情には厳しさもなかった。

もちろん、恐怖している顔ではない。怒っているようにも、見えなかった。理絵をナメきっているのか、当たり前な顔つきでいる。理絵を眺めやって、哲也の目が笑っているようだった。

食料品を、ダイニング・キッチンのテーブルのうえに並べた。そうしてから理絵は、空気銃を手にして寝室へはいった。理絵はカーテンをあけて、室内を明るくした。

「やっぱり、こういうことだったのか」

理絵の背中に、哲也が声をかけて来た。

「やっぱりだなんて、予測していたみたいな言い方ね」

ベッドの足もとに立って、理絵は哲也に空気銃の銃口を向けた。

「何かあるとは、思っていたさ。あんたが嘘（うそ）をついているってことは、初めからわかっていたしね」

哲也は、ニヤリとした。

「嘘……」

理絵は、固い表情になっていた。

まるで加害者と被害者が、逆のようであった。加害者のほうに余裕がなくて、被害者は笑いを浮かべているのである。

「神崎カズコの名前で、電話をかけて来たじゃないか。神崎カズコは、結婚して横浜に住んでいる。たまに実家へ帰ってくるだけだ。そのカズコさんがどうして神崎姓を名乗って、おれに夢中だという友だちを紹介したりするんだ」

「そう、そういうことだったの」

「銀行に勤めていると言っても、あんたは否定しなかった。カズコさんは結婚する前に、勤めをやめているんだぜ」

「よく、わかったわ」

「あんたは郷里が長野県だと言っておきながら、カズコさんとは中学が一緒だったなんて、すぐにバレるような嘘もついている」

「いくつも嘘を見抜いていて、どうしてわたしの誘いに応じたの」

「悪乗りっていうやつかな。若い女がいったい何を企んでいるのかってことに、興味があったんだよ。それに、あんたに会ったとたん多少の危険は覚悟のうえで、あんたに付き合ってみたいという気になった。あんたがあまりにも、魅力的な美人だったもんでね」

「断わっておくけど、遊びや冗談でやっていることじゃないのよ」

「そうらしいね」

「暴れたり大声を出したりしたら、またクロロホルムを吸ってもらうわ」

「クロロホルムは、勘弁してもらいたい。頭が痛くて、しようがない」

「これだって、弾丸がこめてあるんですからね」

「ダイアナだろう。ドイツ製の空気銃じゃないか」

「もし何かあったら、顔を狙って撃つつもりよ」

「暴れもしないし、大声を出したりもしないさ」

「いい心掛けだわ」

「ただ、おれを捕虜にした目的だけは、知っておきたいね」

「捕虜じゃなくて、あなたは人質よ」

「人質……」

「そう、身代金と交換する人質だわ」

「じゃあ、おれは誘拐されたってことじゃないか」

「そのとおり、わたしはあなたを誘拐したのよ」

「身代金の額は、どのくらいなんだ」

「二億円だわ」

「おれに二億円の値がついたとは、嬉しくなるような話だ。それでもう、身代金要求の電話をかけたのかい」

「ええ」

「誰と話したんだ」

「院長夫人よ」

「おふくろか。おれが誘拐されたなんて、おふくろは信じなかったんじゃないのか」

「三分の二は、狂言か悪戯かと思っているわ。三分の一は、あるいはという気持ちでいるわね」

「まずいな」

哲也は初めて、表情を引きしめた。

「何が、まずいの」

理絵は、演技しているとは思えない哲也の顔を見て、不安を覚えていた。

「あんたの身に、危険が迫るっていうことだよ」

哲也は、眉をひそめていた。

「そんな脅しは、通用しないわ」

理絵は鼻の先で笑って、精いっぱいの虚勢を張った。

「いや、真面目な話だ。おふくろは、おやじに脅迫電話があったことを報告する。おやじは、信じても信じなくても、いちおう警察に連絡する」

「まさか、人質の命にかかわることじゃないの」

「おやじは、屈服させられることを何よりも嫌う。脅迫されたりしたら、逆に強気に出るだろう。それに、おやじはトラブルがあると、その場ですぐに警察へ通報する。おやじは、自分に迷惑が及ぶようなことは、すべて警察に任せるという考え方でいる。そのために税金を払っているというのが、おやじの口癖でね」

「自分の子どもが誘拐されて、警察に知らせたら人質の命はないって言われているのよ。そうなれば、話は別でしょ」

「甘いよ、理絵さん。おやじという人間を、知らなすぎる。身代金なんて、千円だって出さないだろう。そればかりか、おやじは警察に犯人逮捕を早めるためにと、公開捜査を求めると思うよ」

「そんなことを言って、わたしを怖(お)じ気(け)づかせようって魂胆ね」

「おれは、事実を言っているんだ。理絵さんが誘拐犯人として逮捕されるのを、おれは見ていられない。とにかく警察が公開捜査に踏みきる前に、どこか遠くへ移動したほうがいい」

「そんなことをしたら、あなたに逃げられるだけだわ」

理絵は、哲也の顔を見守った。

「おれは、逃げない。あんたに、興味と好意を抱いている。おれは理絵さんと、一緒にいるつもりだよ」

真摯(しんし)な眼差(まなざ)しで、哲也は何度も深くうなずいた。

妙な話になって来た。

人質が犯人に対して、興味と好意を示している。逃げるどころか行動をともにしたいと、人質のほうから犯人に申し出ているのだった。

犯人が逮捕されることを、人質が恐れている。いまのうちに、どこかへ移動したほうが安全だと、人質が犯人にすすめているのである。

誘拐事件で、このような犯人と人質のあり方というものは、前代未聞といえるだろう。実に奇妙な犯人と人質の関係であった。ただし、人質の本心はわからない。当然のことながら、理絵は哲也の言葉を、まるで信じていなかった。

夜を迎えて、哲也に食事をとらせた。また哲也は二度ばかり、トイレに立たせることを求めた。そのたびに理絵は、哲也の手か足のいずれかを、自由にしてやらなければならなかった。

食事の最中も、理絵は空気銃を手にしていた。トイレに向かうときは、後ろから哲也の背中に、空気銃を突きつけて従った。哲也がベッドに戻れば、理絵はロープで厳重に縛り上げた。

しかし、哲也がその気になれば、逃げることも決して不可能ではなかった。哲也と理絵では、腕力や体力に差がありすぎる。哲也が理絵を殴るか蹴(け)るかすれば、勝負は一発で決まるはずである。

空気銃など、簡単に奪い取られてしまう。哲也に馬乗りになられたら、理絵には抵抗する術もない。ロープで縛り上げられるのは、理絵のほうであった。

だが、哲也は理絵の指示に従って、それに逆らうような素振りさえ見せなかった。逃げる意思がないことを、哲也は行動によって証明したようなものだった。

哲也には何の魂胆もないと、理絵は思いたくなっていた。理絵を殴り倒したうえで、縛り上げることが可能なのに、哲也はそうしなかったのである。そのように装っているのだとしたら、それこそ無意味な芝居ということになる。

しかし、油断は禁物だと、理絵はみずからを戒めた。理絵にとっては、長い夜が始まった。

もちろん、ネグリジェに着替えたり、横になったりはできなかった。理絵は椅子に腰を据えて、空気銃を構えていた。哲也が目を覚ましているうちは、居眠りすることも許されない。

九時まで哲也は、テレビのプロ野球の中継を見ていた。九時からは、二時間ドラマが始まった。皮肉なことに、誘拐がテーマのサスペンス・ドラマであった。

そのドラマは、理絵も見ることになった。

ドラマが終わって、理絵はテレビを消した。静寂が、眠気を誘う。眠ってはならないと思うと、余計に眠くなる。

「警察が公開捜査を始めたら、理絵さんはおれを殺すつもりかい」

笑いのない顔で、哲也が言った。

「そうするより、仕方がないでしょうね」

目を大きく見開いて、理絵は立ち上がっていた。

眠気を追い払うためにも、歩き回ったほうがいいだろうと、理絵は思ったのである。

「理絵さんに、人は殺せないだろう」

哲也は、首を振った。

「わからないわよ」

理絵はベッドに沿って、右へ左へと往復を始めていた。

「じゃあ、どうやっておれを殺すんだ」

「ロープで、首を絞めるわ」

「殺されるとなれば、おれも本気で抵抗するぞ」

「こっちだって、本気であなたを殺そうとするのよ」

「やっぱり、あんたにはできることじゃない」

「もし何なら、試してみましょうか」

「人が殺せるような理絵さんだったら、おれが魅せられたりするはずはない」

「魅せられた……」

「おれは、理絵さんの魅力に参っている。おれは自分の好みに、こうまでぴったりの女性というものを今日まで知らなかった。好みのタイプというだけではない。ちょっぴりニヒルだけど、何かに燃えているという感じの理絵さんが、おれにとってはこのうえなく魅力なんだな」

「色仕掛けで、わたしを油断させようっていうわけなの」

「おれは、本心を明かしているんだ。いまのおれが、いちばん望んでいることは何か、理絵さんにわかるかな」

「ここから、逃げ出すことでしょ」

「だったらもう、実行に移しているよ」

「じゃあ、何がいちばんお望みなの」

「理絵さんを、抱くことだ」

「そんな暢気(のんき)なことを、よく言っていられるわね」

「理絵さんを、抱きたい。だから、逃げたりしないで、こうして理絵さんと一緒にいるんじゃないか」

「いいかげんにしたら、どうなの」

「二億円が手にはいったら、どんなふうに使うんだ」

「外国へ行くか、それが難しかったら日本のどこかで、優雅に暮らすわ」

「いいな。おれもそういう理絵さんと、一緒に生活したいね。しかし、残念ながら、夢物語に終わる」

「どうして、夢物語なの」

「金が手にはいらないからさ」

「やってみなければ、わからないでしょ」

「さっき言ったけど、おやじは千円だって出さないよ。したがって、あんたの計画は徒労に終わる。だからこそ、あんたの身の安全を、なおさら願いたくなるんだ。明日にでも、遠くへ逃げよう」

「逃げるところなんて、どこにもありはしないわ」

「それが、あるんだ」

「どこなの」

「別荘だよ」

「小田桐の別荘ね」

「そうだ」

「あんたが行くはずだった箱根の別荘でしょ」

「違う。箱根の別荘はまだ新しくて、家族の全員がよく利用している。週末になれば、おやじやおふくろも箱根の別荘へ行く。そんなところに、おれたちが潜伏するなんてことは、できるわけがない」

「ほかにも、別荘があるの」

「おれたちは山荘と呼んでいるけど、北軽井沢に別荘がある。敷地も広くて、林の奥に建物があって、潜伏するには持ってこいの場所だ」

「その別荘は、誰も利用しないのね」

「七月の初めに、おふくろとお手伝いが掃除をするために一泊した。だけど、今年はもっぱら箱根の別荘を利用して、北軽井沢へは誰も行かないことになっている」

「そう」

理絵は、椅子にすわった。

「まさか、おれたちが北軽井沢の小田桐山荘に隠れているとは、誰も思わないだろう。それに食料品も貯蔵してあるし、一カ月間ぐらいは外へ出ることもなく暮らせるんだ。どう、絶好じゃないか」

哲也は、目を輝かせていた。

「電話も、あるのね」

理絵は訊いた。

「もちろん、あるさ」

素晴らしいことを思いついたというように、哲也は満足の笑みを浮かべていた。

人質が自分の別荘に潜伏しようと、意外なことを提案した。確かに、盲点である。誘拐犯人ともども人質である哲也が、小田桐家の別荘にいるとは、想像が及ぶ人間もいないはずだった。

逃げるつもりはない、理絵と一緒にいたいというのが哲也の本音だとしたら、小田桐家の別荘は間違いなく安全地帯であった。問題は、哲也が嘘をついていないかどうかである。その点を確かめてから、北軽井沢の別荘に向かってもいいのではないかと、理絵は心を動かされていた。

哲也は沈黙し、三十分もしないうちに寝息を立て始めていた。理絵も、睡魔に襲われた。何度も、時計に目をやった。理絵が最後に確認した時間は、午前二時であった。

車を運転している。理絵は、歌を口ずさむ。晴れ晴れとした気分だが、車はどこともわからない山道を走り続けている。助手席には、札束が山積みになっている。数えなくても現金で二億円あると、理絵にはわかっている。

しかし、こうしたことが、現実にあり得るだろうか。身代金二億円など、そう簡単に手にはいるはずはなかった。それに、見たこともない景色の中を、どこへ向けて車を走らせているのか。

これは、夢なのだ——。

夢を見ているのに違いないと、理絵は思った。理絵は夢の中で、夢を見ていることに気づいたのである。同時に理絵は、目を覚まそうと努めていた。

夢を見ることは、眠っているという証拠だった。いまの理絵は、眠ることを許されない。目を覚まさなければならないのだと、理絵はもがくような気持ちになっていた。息苦しさを感じながら、水面へ浮き上がるように、理絵は目を開くことができた。ハッとなって、理絵は姿勢を正した。

椅子に腰かけたままで、眠っていたのである。椅子から落ちることはなかったが、尻や背中がかなりずれた格好でいた。空気銃も、膝のあいだに落ち込んでいた。

電気がつけっぱなしなので、室内は明るかった。ベッドのうえに、哲也の姿があった。ロープなどに異常も認められず、哲也は身動きひとつしなかった。寝顔を、横へ向けている。

時計を見た。

五時を少々、すぎていた。ほんの十分ぐらいウトウトした気でいたが、三時間も眠ってしまったのだ。この一週間の緊張の連続が、人質を確保したことでの気の緩みと、疲れを呼んだのだろう。

理絵は、立ち上がった。シャワーを浴びることを、思い立ったのだ。完全に目を覚まして、すっきりした気分になるには、シャワーを浴びるのが最も効果的であった。それに昨日からの汗を、理絵は流したかった。

浴室の前で、理絵は全裸になった。窓のない浴室には、電気をつけなければならなかった。

古ぼけたうえに小さなバスタブが、浴室の半分を占めている。バスタブを使わなければ、あとの半分でシャワーを浴びるのがやっとであった。

ガスに点火しても、すぐには熱い湯にならない。だが、狭い浴室でのんびりと、湯が沸くのを待ってはいられなかった。夏向きではあったが、理絵は微温湯(ぬるまゆ)のシャワーを浴びた。

丹念に全身を洗い終えたころ、ようやくシャワーからは熱湯が出るようになった。真っ白な理絵の裸身に、赤みが射していた。その裸身にバス・タオルを巻きつけて、理絵は浴室を出た。

しかし、浴室のドアを後ろ手にしめたところで、理絵はその場に立ちすくむ結果となった。

「きゃっ！」

理絵は叫んだ。

目の前に、哲也が突っ立っていたのである。

哲也の手足には、ロープが巻かれていなかった。哲也は、完全に自由であった。そのうえ哲也は、左手に空気銃を持っていた。空気銃は脱いだ衣服とともに、浴室の前に置いてあったのである。

理絵は、バス・タオルのうえから胸をかかえるようにして、逃げ腰になっていた。だが、背後は浴室のドアで塞（ふさ）がれているし、逃げ場などどこにもなかった。理絵の顔から、恐怖感が血の気を奪った。

形勢逆転であった。これから哲也に、どのような目に遭わされるかわからない。しかも、そのあとには警察に突き出されるという絶望的な事態が、理絵を待っているのだった。空洞になった頭の中が、理絵の目の前を真っ暗にした。

全身の力が抜けて、膝の震えがひどくなった。

立っていられなくなって、理絵は浴室のドアに凭（もた）れかかった。背中がドアを滑って、理絵は小さくしゃがみ込んだ。バス・タオルの前が割れ、固く合わせただけの太腿（ふともも）がむき出しになった。

「三時間も眠ったのは、油断ということになる」

哲也が言った。

居丈高に理絵を脅す、という口調ではなかった。その代わりに、哲也の声には嘲(あざけ)るような笑いが含まれていた。

理絵には、返す言葉がなかった。絶望感が、理絵の気力を萎(な)えさせている。何を言っても仕方がないと思うし、思考力も麻痺(まひ)しているのだった。

「素人が縛ったロープなんて、時間さえかければどうにでもなる。あんたが眠っている三時間のうちに、身体とベッドのロープを残らず、ほどいてしまったよ。あとは縛られた状態にロープを巻きつけて、狸(たぬき)寝入りをしていればよかった」

哲也はやや離れている和室へ、空気銃を投げ捨てた。空気銃を理絵に向けたりするつもりは、哲也にもないようである。同時に哲也には、この部屋から逃げ出すという意思も、働いていないのであった。

理絵は、哲也の足もとから徐々に、視線を上げていった。理絵の目が、哲也の全身を確かめた。哲也は、ズボンもはいていなかった。

哲也が身につけているのは、ブリーフのみであった。当然、哲也には服を着てこの部屋を出て行くだけの時間的な余裕が、あったのである。

だが、哲也は靴下さえ、はこうとしていない。哲也は裸も変わらない姿で、浴室から出てくる理絵を待ち受けていたわけである。

理絵はそのことに疑問を感ずるより、不安を覚えていたのであった。

「どうする気なの」

思いきって理絵は、哲也の顔を見上げた。

「まずは、おれが自由だっていうことを、認めてもらいたい」

哲也は、白い歯をのぞかせた。

「認めるわ」

「にもかかわらず、おれはここを逃げ出したりはしなかった」

「どうしてなの」

「おれに逃げるつもりはない、あんたと一緒にいたいんだと言ったじゃないか。その言葉に嘘はないっていうことを、こうして証明しているんだ」

「そう」

「もちろん、あんたを誘拐犯人として、警察に突き出すなんてことは考えてもいない。おれはこのまま、あんたの人質でいるよ。ただし、逃げたり抵抗したりする心配はない人質なんだから、ベッドに縛りつけることも、クロロホルムを嗅がせることも、それに空気銃も必要ないだろう」

「わたしに、危害を加えることもないというのね」

理絵は、溜め息をついた。

「さあ、いつまでそんなところに、しゃがみ込んでいるんだ」

哲也が両手を、差しのべた。

心身ともに打ちのめされたようで、理絵も哲也の力を借りなければ、立ち上がれそうになかった。理絵は遠慮がちに、哲也の両手を握った。

哲也は強い力で、理絵を引き起こした。理絵は眼前に、肩幅と胸が広い哲也の上半身を見た。まるでプロのスポーツ選手のように、肩や腕の筋肉が盛り上がっている。分厚い胸が、作りもののように感じられた。

その胸にいったん引き寄せておいて、哲也は理絵を軽々と抱き上げた。それに逆らう暇もなく、理絵の裸身は宙に浮いていた。

みずからの身体の位置の高さによって、理絵は哲也が長身であることを、改めて思い知らされた。

「何をするのよ」

理絵は、あわてた。

しかし、理絵は哲也の胸の中で、暴れることができなかった。激しく手足を動かしたりすれば、巻きつけたバス・タオルの前が開いてしまう。のけぞって身体を水平に伸ばすことぐらいが、理絵にとって可能な防備の姿勢であった。

寝室のベッドのうえへ、哲也は理絵を運んだ。何本ものロープが部屋の一隅に、寄せ集めるように積み上げてあった。シーツに覆われたベッドのうえには、枕があるだけだった。

哲也の魂胆は、わかりきっている。理絵は必死になって、腹這いになろうと努めた。よく考えてみれば、無駄な抵抗であった。湯上がりの裸身に、バス・タオルを巻いただけという無防備の状態にある。

理絵には、空気銃という武器もない。哲也は身体のどこにも、拘束を受けていなかった。そのようにハンデなしでは、争うところまでいかない相手なのだ。

事実、理絵は苦もなく、押さえつけられていた。哲也の身体は、盤石の重みを感じさせた。

その体重に、理絵は押し潰されそうであった。摑まれた手首や絡み合った足に、理絵は痛みを覚えていた。体格がいいとか長身だとかではなく、大男と言いたくなるような哲也の力に、理絵は圧倒されていた。

しかも、理絵には助けを求めることが、許されないのであった。たとえドアの外に警官がいたとしても、理絵は大声を出すことができないのである。

重罪を犯した人間はいかなる場合も、自分ひとりだけで危機を突破しなければならない。それが不可能なときは、みずから墓穴を掘ったものとして、観念するほかはなかった。いまの理絵が、それに当てはまる。

救援も望めないとすれば、理絵には手の打ちようがなかった。誘拐犯人が人質の反撃に遭(あ)って、それに抗しきれなくなったのだ。それにしても、誘拐犯人が人質に凌辱(りょうじょく)されるといった話は、前代未聞の珍事ということになるだろう。

ついに理絵は、俯伏(うつぶ)せになれなかった。哲也の力に負けて、理絵は仰向けに押さえ込まれた。

そのうえに、哲也が身体を重ねて来た。そうしながら哲也は、バス・タオルを剝(は)ぎ取った。

理絵は、抵抗をやめた。哲也の身体を押しのければ、彼の目の前に全裸の姿をさらすことになる。

「やめて、痛いわ」

理絵は顔をしかめて、手首の痛みを訴えた。

「お互いに、仲よくしたほうがいいんじゃないのか」

理絵の両手首を、哲也が解放した。

「危害は加えないっていう約束でしょ」

顔をそむけたうえに、理絵は固く目を閉じていた。

「危害を、加えているんじゃないよ。おれの何よりの望みは、あんたを抱きたいことだって言っただろう」

哲也は理絵の肩を、抱きしめるようにした。

「そんなの、一方的すぎるわ」

「じゃあ、あんたのやったことは、一方的すぎないっていうのか」

「わたしのやったことは、犯罪なんですもの。犯罪はすべて、一方的な行為よ」

「しかし、あんたはいま、約束ってことを持ちだした。約束をしたり約束を守ったりするのは、敵同士じゃないっていうことだ。たとえ誘拐犯人と人質だろうと、おれたちは愛し合ったっておかしくないんだよ」

「馬鹿げた理屈だわ。何度も言うようだけど、わたし遊んでいるわけじゃないのよ」

「おれだって、遊んでなんかいない」

「あなたは、ふざけているわ」

「おれは、あんたが欲しい。ただ、それだけなんだ」

「こういうときにそんな気になれるのが、ふざけているっていう証拠でしょ」

「おれは、これ以上に好みのタイプはないという異性を、あんたに感じてしまっている。ひと目惚れというやつかもしれない。そうなると、おれの性格や現在の状況からいって、一刻も早く愛し合いたいっていう気持ちに駆られる」

「要するにあなたは、わたしのことをナメきっているのよ」

「そうじゃない。おれたちはもう、協力者の間柄にあるんだ」

「だったらなおさら、セックスを強要するなんておかしいわ」

「おれは、あんたが好きになった。だから、男と女になりたい」

「わたしは、いやよ」

「あんたは抱かれるつもりで、おれをここへ連れ込んだ」

「それは、誘拐するための手段でしょ」

「だったら、おれはあんたに償いを要求する」

「償い……？」

「あんたは、おれを人質に取った。そのうえクロロホルムを嗅がせておれを意識不明にさせたり、ベッドに縛りつけたりして手荒に扱った。いまのおれは、その償いをあんたに求めても、いいんじゃないのかな」

「そう、そういうことなの」

「とにかく、おれは、無理やりに犯すっていうことが、嫌いなんだよ」

哲也は指先で、理絵の横顔にかかっている髪の毛を払いのけた。

「わたしだって、犯されるなんていやだわ」

理絵は、目をあけた。

かつては義理の姉弟だったということを、ここで持ち出したらどうだろうか。ふとそんな考えが、理絵の頭をよぎった。だが、大して意味のあることではないと、否定的な思いが強まった。

おそらく、哲也はその話を本気にしないだろう。哲也も戸籍謄本などを見て、理絵という義理の姉がいたことを知っているに違いない。

しかし、いま目の前にいる理絵が、その義理の姉だという証拠はひとつもない。むしろ哲也はそれを、理絵の新たな策略として受け取るのではないか。

万が一、哲也がその話を信じたとしても、ただそれだけのことに終わるだろう。生まれたばかりのころのことで、哲也には何の記憶もないのだ。義理の姉弟という実感など、湧くはずはなかった。

義理の姉弟といっても、まったくの他人同士なのである。まして、一緒に暮らしたこともない。男と女になることに、抵抗感を覚えるほうが不思議だった。

それに理絵はこの段階で、哲也に正体を知られたくなかった。義理の姉弟でいた時期があったことを、哲也に告白するとすれば、それは計画が失敗に終わったときぐらいではないだろうか。

妥協するしかなかった。いまのところは、哲也が勝利者なのだ。勝利者に償いを求められたら、それには応じなければならない。避けられない危機とわかった以上、諦めなければならなかった。

「電気を消して……」

理絵は枕に手を伸ばした。

哲也が電気を消すために、上体を起こした。

理絵は下腹部を隠すように両膝を立てて、柔らかくて大きい平枕を顔のうえに置いた。電気を消しても、室内は暗くならない。外はすでに、夏の朝を迎えている。真っ暗になるのは、枕の下だけだった。

「理絵さん」

再び理絵のうえに、哲也の裸身が重なった。

理絵は、顔のない女になっている。それは、顔を不可侵地域とすることも、意味しているのであった。つまり唇や首筋に触れられることを、理絵は拒否したのである。哲也の自由に任せるのは、あくまで胸から下ということだった。

その意味を読み取ったのか、哲也は理絵の顔のうえの枕を、押しのけることもなかった。哲也の唇は、理絵の胸のふくらみを滑った。哲也の唇はゆっくりと回転しながら、半球型のふくらみに螺旋(らせん)状の線を描いた。理絵の性感も目覚めない代わりに、不快感や嫌悪感がまるでなかった。

理絵は、人形になりきらなければならない。そうした理絵にとって、嫌悪感が伴わないことは不安だった。しかし、相手はまだ若い男であり、丹念な愛撫(あいぶ)に時間を費すはずはない。技巧的にも稚拙に決まっていると、理絵は枕の下で繰り返しつぶやいていた。

そうした理絵の判断は、あまりにも一般的すぎたようだ。年下の男ということで、理絵は哲也の生理的な一面を、軽く見ていたのかもしれない。

そのような自分の認識が甘かったことを、理絵は間もなく知らされたのであった。哲也はすぐに息を乱して、彼自身を埋め込んでくるという理絵の予想は、当たらなかったのである。

哲也は、冷静であった。何かに打ち込むように、哲也は理絵の胸のふくらみを愛撫することに専念している。その愛撫も、かなり技巧的であった。唇の触れ具合、舌の動かし方、それに歯の応用にも、一種独特なものが感じられる。通りいっぺんの愛撫ではなく、個性的な特殊性を帯びている。

つまり、哲也は落ち着き払って、彼流の技巧を加えているのだった。どうしていいのかわからない、あるいはやみくもに舐め回すといった迷いや粗雑さが、哲也の愛撫にはないのである。

手慣れている、という余裕を感じさせる。そういう技巧と余裕は、多くの経験によって会得したものなのだ。

哲也の唇は繰り返し、理絵の白い丘に螺旋状の線を描く。乾いた唇の先端で、微かに触れるような感触を与える。それは羽毛か毛筆の感触を、思い起こさせた。

同時に哲也の濡れた舌が、字を書くような動き方で滑らかに触れる。更にその合間に、哲也の歯が軽く噛むようにして、柔らかい刺激を与えるのであった。

そのようにしながら、哲也の愛撫全体が少しずつ、半球型のふくらみの頂上を目ざしていくのである。

哲也の愛撫を望んでいる女であれば、そのコースが徐々に頂上に近づいていくことに、神経を集中するだろう。それが早く頂上に到達することを、女は期待せずにいられなくなる。

だが、そのことを承知のうえで、哲也は逆に愛撫のコースを下降させたりする。もどかしさに、女はいっそう興奮させられる。焦らされることによって、女の性感は鋭敏になる。

哲也はその点を、ちゃんと心得ているのだ。

前戯段階で女を焦らすことを知っていれば、男の技巧としては一人前であった。哲也の左手は、理絵のもう一方の乳房に触れている。

しかし、思い出したように指を動かす程度で、手そのものはただ添えてあるだけだった。

哲也の右手は、理絵の下腹部へ伸びている。その右手にしても下腹部の茂みをまさぐるぐらいで、思わせぶりに存在を示しているのにすぎなかった。

それらもまた、女を焦らすためのさりげない愛撫、ということになる。

以上のような判断は、理絵の経験に基くものではなかった。理絵自身、それほど経験を積んではいない。理絵が知っている男は、大月二郎ひとりだけなのだ。

大月二郎によって理絵は、前戯段階におけるオルガスムスというものだけを教えられた。

いやでも理絵は、大月と哲也を比較してしまう。その比較の結果は、大月の愛撫のほうがはるかに単調で平板ということだった。月並みと、いったらいいだろうか。

理絵はいま初めて哲也の愛撫に、技巧的なやり方があるものだということを、感じ取ったのであった。

そうしたことから理絵は彼女なりに、哲也はかなりの熟練者だという判断を下したのである。

そして理絵は、戸惑いを覚えていた。こんなはずではなかったと、気持ちを引き締めずにはいられなかった。

それでいて理絵は、決して不快な気分を味わってはいなかったのだ。アテがはずれたことで、しまったとも思わない。もちろん、哲也が愛撫に専念することに、腹を立てたりもしなかった。

哲也が稚拙どころか、なかなかのテクニシャンだったことに、理絵は失望もしなかったのである。むしろ、いきなり女体の中に割り込んではこない哲也であることに、理絵はホッとしていたのであった。

哲也は少年時代から、数多くの女を知っているという話を、理絵は思い出していた。ただ女をモノにする、というだけのプレイボーイではない。

哲也はモテるということを武器にして、多くの女を経験したらしい。彼はおそらく女を征服し、女に征服され、女を翻弄(ほんろう)し、女に恥をかかされ、女に失敗し、女から教えられ、という過程を経て来ているのだろう。

女によって傷つきながら、哲也はセックスの修練を積んで来たのかもしれない。その証拠に哲也は、男のセックスは女を歓喜させるためのものだということを、二十一歳にして看破している。

三十代や四十代でも、セックスが拙劣な男は珍しくないという。確かにセックスは経験次第のもので、年齢には無関係なのだろうと、理絵は認識を改めつつあった。

そのことがまた、理絵にとっては大きな不安になる。

依然として理絵は、哲也の丹念な愛撫に嫌悪感を覚えていないのだ。やめてくれれば、それに越したことはない。

しかし、哲也の愛撫を拒んだり、前戯の省略を要求したりという積極的な理絵の意思は、完全に鳴りをひそめている。瞬間的にではあるが、哲也の愛撫に引き込まれるような気分になるときもあった。

幸か不幸か、理絵の胸のふくらみ全体は、敏感なほうではなかった。形よく量感のある女の胸は鈍感なものだと、大月二郎がよく言っていた。

そのせいか、哲也の技巧的な愛撫によっても、強い性感を呼び起こされることはなさそうだった。

だが、その頂点にあるピンク色の蕾(つぼみ)が、熱さを増していることは、理絵にも否定できなかった。

そのことに理絵は、不安を感じているのであった。理絵の女体のどこかに、哲也の愛撫を歓迎している部分があるのではないかと、思いたくもなる。

なぜ、嫌悪しないのか。

どうして、生理的な不快感に欠けているのか。

かつて義理の姉弟だったことがある、という親近感のせいだろうか。いや、それだけではない。理絵にとって哲也の容姿が、好みだということもあるのだ。

容姿という外見をはじめ、表情、喋(しゃべ)り方、声、仕草など総体的なものには、理屈抜きの好みがある。恋の始まりはほとんど、そうした好意的にならざるを得ない相手の印象から、起こるものであった。

そういう意味で、哲也は理絵の好みのタイプなのかもしれない。

それに加えて理絵は哲也に、若い男のひたむきさを感じていたのだった。人質としてこれからも、ずっと理絵と一緒にいたい。だから逃げもしないし、理絵には協力する。そうまでしても理絵を抱きたいと、哲也は迫って来たのである。

それも嘘ではないらしいと、理絵の心のどこかで甘い気持ちが受けとめている。そういうことが、哲也に対する理絵の好意になっているのに違いない。

しかし、まだ哲也に気を許すことはできないし、心身ともに深い仲になってはならないのだ。

哲也にナメられることはこの際、絶対に許されない。二人のあいだにある垣根を取り除いたり、中途半端に妥協したりするのは、とんでもないことである。

いまは哲也に、身体を貸しているだけなのであった。心も感情もなく、肉体も死んでいる人形でいなければならない。

そのように理絵は枕の下で、改めて自戒の呼びかけを行っていた。

ようやく哲也の唇と舌が、理絵の胸のふくらみの頂上に達していた。

それでもすぐには、ピンク色の蕾に触れようとしなかった。

哲也の唇と舌は、そのまわりをゆっくりと這い回っている。明らかに利絵の意識を、そこだけに向けさせようと努めているのだった。

理絵は空っぽになりそうになる頭の中へ、みずからを緊張させるような思惑を、次々に送り込むことにした。

哲也は、信用できない男だ。

哲也は油断させておいて、理絵を警察に引き渡すつもりでいる。

誘拐犯人として逮捕されたら、理絵の人生は終わったも同然である。

長いあいだの刑務所暮らしは、きっと苦痛の連続に違いない。

あの世で、父や母は何と言うだろうか。

誘拐による身代金奪取には、必ず成功しなければならない。

いまはまだ、その途中なのだ。

小田桐直人を、憎悪しよう。

その息子の哲也も、嫌うのが当然ではないか。

哲也は人質だということを、忘れてはならない――。

と、理絵は自分をけしかけるように、非常事態宣言を繰り返した。そうすることによって、一時的には緊張感を取り戻せた。だが、正直なところ完全には、気をそらすことができなかった。作りものの思考は絶えず、正反対の気持ちによって阻害された。

いまは、大丈夫だ。

哲也を信じても、いいのではないか。

警察に逮捕されたり、刑務所へ送られたりすることなど、絶対にあり得ない。

哲也の求めに応じたからには、それらしくしなければならない。

無理に犯されるということにしたくなければ、もっと素直に応じるべきではないか――。

と、妙にひねくれたもうひとりの理絵の声が、反論を続けるのである。

緊張感がふとそれると、その瞬間に理絵の意識は、熱くなっている乳首へ走る。哲也の唇と舌が描いている円は、次第に範囲を縮めていく。

生きている人間の神経は、どうしようもなくそこへ集中してしまう。

とたんに枕の下で、理絵は息苦しくなる。知らず知らずのうちに、理絵の腕に力がはいる。顔全体を圧迫するほど、理絵の両手が強く枕を押さえつける、それでなおさら、呼吸が困難になる。

哲也の唇が、ピンク色の蕾に触れた。回転する舌が、あやすように蕾の側面にまとわりついた。

熱くなったときから、蕾は埋もれた状態にはなかった。すでに理絵の乳首は、可憐にも奮い立っていたのだった。哲也の唇と舌の軽い接触に、その乳首が更に凝固するのを理絵は感じた。

それだけでも、一種の反応であった。しかも、乳首が凝固するしないの反応は、理絵の支配圏外にあるのだった。乳首が勝手に凝固する反応を、意思によって抑制することはできなかった。

そのうえ、凝固したことで、そこには性感が生じた。乳首に限っては理絵の場合も、鈍感ということにはならなかったのである。

枕の下で、理絵は息をとめた。

感じてはいけないと、理絵はあわててわが身に指令を送った。その指令には、効果があった。

感じないように努めることで、性感を殺すというのは、決して難しくない。特に女は感情によって、コントロールできるのであった。

しかし、その感情が本物でなければ、自制は長続きしない。指令を発したときだけ不感の状態になっても、次の瞬間には性感が蘇(よみがえ)っている。

感じたり感じなかったりの繰り返しになり、理絵の気持ちも揺れ動く。性感を受け付けまいとする自制心と、性感を享受したがる欲望とが、相争うことになる。自分との闘いだった。

哲也は凝固した蕾の側面の一方を、歯で支えるようにしていた。そうしながら舌の先で転がし、唇が躍るように動く蕾を吸い取るのであった。

理絵にとっては、ひどく技巧的な愛撫である。というより理絵は初めて、そのような技巧を経験したのだった。特に軽く噛むように歯が触れていて、唇と舌のあいだに吸い込まれるという愛撫に、理絵はこれまで知らなかった性感を誘発されていた。

新鮮で、複雑な性感であった。

痙攣（けいれん）するように、理絵の胸が震えた。湧き上がるだけだった性感が、放たれた矢のように走りそうになった。

矢が走る先は、身体の中心部である。それだけは防がなければならないと、理絵は必死の抵抗を試みる。性感の矢が身体の中心部へ届く前に、何とかそれを払い落とすのであった。

理絵は全身に、力を漲（みなぎ）らせた。立てている膝を、いっそう高くした。両手で枕の端を、握りしめていた。息を乱さないように、呼吸を整えた。

性感の矢が何本か、下腹部へ走った。その電流のような響きを途中で消しとめた。だが、続いて生じた電流は、下腹部へはっきりと航跡を描いていた。

ほんの少しではあったが、理絵の腰が弾んだようだった。理絵は太腿に思いきり力を入れて身体の中心部に達した電流を鈍らせた。

まだ息も殺しているし、声は洩（も）らしていなかった。声を出さないということには、自信があった。頭の中まで狂おしくならなければ、意識的に声を封ずることは可能なのである。

だが、息苦しさだけは、どうにもならなくなっていた。心臓の鼓動が早くなれば、呼吸も忙（せわ）しくなる。そうした生理的な作用まで、押さえ込むことは不可能だった。枕で顔を圧迫することも、それに拍車をかける結果となっていた。

喘（あえ）ぎたくなる。

だが、喘ぎは禁物であった。喘ぐことによって、胸が大きく波打ってしまう。理絵の胸が波打てば、哲也はそれを反応と受け取るだろう。

理絵は枕の下に、狭い空間を作った。呼吸をいくらかでも、楽にするためであった。理絵はその狭い空間で、密かに小さく喘いでいたのである。

理絵には、忍耐しかなかった。

同時に、忍耐にも限りがあるということも、否定できないのであった。

すでに性感の通り道が、できてしまっているようだ。

性感の矢は五本に三本の割りで、理絵の身体の中心部に到達している。下腹部に達した電流は、そこに甘い麻痺感を作り始めていた。

そうなると、電流を途中で断ち切ることも億劫になってくる。努力する気持ちを、投げ出したくなる。

性感を妨げる必要はないと、全身を弛緩させたくなる誘惑に駆られた。それが、忍耐の限界というものだった。

「お願いよ！」

理絵は思わず、枕の下で叫んでいた。

「何だい」

哲也が、顔を上げた。

理絵の言葉に応じるあいだだけでも、哲也の愛撫は中断される。理絵はそのことに気づいて、あわてて次の言葉を捜していた。

「早く……」

理絵は言った。

それは、結合を促す意味にも、受け取れる。しかし、理絵としては前戯の中止を、要求したのであった。

哲也もそのように、察したようだった。理絵は結合を求めているのではなく、結合を急かしているのである。すなわち理絵は、前戯によって歓喜の反応を示すことを恐れていると、哲也は読み取ったのに違いない。

「そうは、いかないさ」

理絵よりも余裕のある哲也の声は、自信に満ちていた。

逆効果であった。哲也は再び、理絵の裸身に顔を押しつけていた。哲也の唇と舌は、理絵の胸からウエストのほうへ滑っていった。

理絵はウエストのくびれに、強い感覚を与えられた。哲也の唇と舌は腹部全体を、ゆっくりと何周かしたあと、餌を見つけた魚のように、急にその部分に達したのである。

例によって哲也は、ウエストのくびれへ理絵の神経を集めさせるように、思わせぶりな徘徊(はいかい)を繰り返してから、ようやくという感じで目的地に到達したのだった。

ウエストのくびれも、性感帯になっている。

全身が総毛立つという表面的な性感だけではなく、もっと深いところに食い込んでくるような感覚も掘り起こされる。鋭角と鈍角の二種類の性感がひとつになって、衝撃的な波紋を描くのであった。

重々しい性感は下腹部へ走り、鋭角的なほうは頭に響く。

理絵には、そのように感じられる。いずれにしても理絵は、ウエストのくびれへの愛撫が、嫌いではなかった。大月二郎は手抜きをして、前戯を省略するときでも、理絵のウエストのくびれだけは必ず攻めたものである。

理絵が、興奮するからだった。少なくとも大月には、そう受け取れたのだろう。その部分への愛撫に、理絵は特に大きな声を出したり、激しく上半身をよじったりするのであった。

だが、相手が哲也となれば、それは困ることなのだ。身悶(みもだ)えする、あるいは声を洩らすといった反応を、示してはならない。いままでも理絵は、心身ともに疲れ果てる闘いを、続けて来たのである。

そのうえ、そうした忍耐も、限界に達している。

そんなときに理絵が感じやすい部分に、哲也は愛撫を加えようとしているのだった。一段と厳しい拷問に、理絵は耐えなければならない。

もちろん、耐えられないからと、拷問に負けるわけにはいかないのだ。立てた両膝を固く合わせて、理絵は左右の太腿に力を入れた。

緊張感が、更に強まった。

そのくせ理絵の神経は、ウエストのくびれに集まっている。

哲也の一方の手が、理絵の膝頭を押さえつけていた。理絵が膝を伸ばすことを、求めているのであった。

それには、応じられなかった。膝を伸ばすと、緊張感が持続しない。全身をベッドに委ねて、休むという状態になる。そのために、気持ちも緩んでしまう。

両足を弛緩させれば、下半身から力が抜けていく。

それは男を受け入れたい、という肉体の反応にもなりかねない。理絵は、両膝の守りを固めた。

しかし、哲也の攻めのほうも、簡単には引き下がらなかった。哲也としては、どうしても身体を重ねたいのである。そういう格好にならないと、ウエストのくびれへの愛撫が窮屈になるのだ。

哲也は理絵の膝のうえに、身体を置いていた。その重みには、抗しきれなかった。両膝が横に倒れれば、哲也の体重が痛みを強いる。やむを得ず、理絵は膝を伸ばすことになる。理絵の下半身は、哲也によって完全に組み敷かれていた。

「いやよ」

理絵は言った。

「どうしてだ」

哲也が訊いた。

その質問には、答えられなかった。哲也は、冷静である。呼吸を、乱してもいない。むしろ理絵のほうが、息を弾ませている。大月にはなかった哲也のそうした余裕が、ますます理絵を不安にさせる。

次の瞬間、理絵は顔のうえの枕を抱きしめていた。ウエストのくびれに、衝撃的な性感が生じたのだった。身悶えるということはなかったが、理絵の腰が哲也の下で浮き上がったはずである。

哲也はウエストのくびれを、強烈に吸っている。その部分の柔らかい皮と肉は、哲也の口の中に吸い込まれているかもしれなかった。

キス・マークが付くという表現では、上品でおとなしすぎる。そこには、皮下出血による真っ赤な斑点が、残るに違いない。多少の痛みもまじっているが、性感のほうがはるかに強かった。

身体の芯が、熱くなっている。頭の中には、霧のような麻痺感が広がっていく。理絵は抱きしめた枕の下で、顔を左右に動かしていた。

声を出すまいとすることに、理絵は懸命になっているのだった。だが、そのことだけに全力を尽くせば、ほかがお留守になる。いつの間にか上体をよじり、横向きの姿勢になりかけていた。

その動きに合わせて、腰もひねろうと努めている。理絵は右腕で抱きしめた枕カバーを、左手で引きちぎらんばかりに握りしめていた。

もはや、隠しきれない反応であった。哲也は自信を得たように、丹念に強力に愛撫を続けている。しかも、同じウエストのくびれを吸うにしても、哲也は場所というものを選んでいる。

理絵が最も感じやすいように、場所と角度と強さに変化を持たせている。その点が、実に的確だった。

大月の場合とは、明らかに違いがあった。このままだと、これまでになく興奮させられるのではないかと、理絵の頭の中に無責任な考えがあった。

なぜ、哲也の愛撫に、逆らわなければならないのか。

どうして、性感を拷問にして耐えなければならないのか。

何のために、意地を張るのか。

すでに理絵の肉体は、反応してしまっている。それに理絵は、哲也とのセックスに応じるということで、妥協しているのである。いまさら性感だけを拒むのは、無意味なことであった。

性感を得ようと、努力しているわけではない。自然に、感じてしまうのだ。それは、理絵にも欲望があって、哲也を嫌ってはいないという証拠である。そのことを素直に、認めるべきではないか。

哲也がウエストのくびれから、顔を離したようだった。ホッとしたような気持ちが、理絵を訪れた。しかし、理絵の胸は波打っているし、ぐったりとなった身体に力がはいらない。

理絵は枕の下で、忙しく呼吸を繰り返した。このときの理絵は、哲也の愛撫がどこへ移行するかを考えていなかった。これですべての前戯が終了したわけではないということを、理絵は忘れていたのであった。

それだけに太腿を押し広げる哲也の力に、理絵は愕然(がくぜん)とさせられたのである。それだけは、拒まなければならない前戯だった。理絵はあわてて、下肢を閉じようとした。だが、すでに開かれている両膝は、動かしようもなかった。

「駄目よ！」

顔のうえの枕を押しのけて、理絵は叫んでいた。

「また、始まった」

哲也の笑った声が、理絵の下腹部の茂みに息を吹きかけた。

「駄目なのよ！」

理絵は、上体を起こした。

目を閉じている。哲也がどこに位置しているかを、見る勇気がなかったのだ。上体を起こしたのは、下半身をずらそうとするためであった。

「なぜ、駄目なんだ」

哲也は吹きかける熱い息を、理絵の太腿の付け根に移していた。

「初めてのときから、そんなことをするもんじゃないわ」

「まさか、恥ずかしいっていうんじゃないだろうね」

「馴れ馴れしいっていうことよ。わたしたち、愛し合っている男と女じゃないのよ」

「おれは、愛し合っているつもりだ」

「冗談じゃないわ。わたしは追いつめられて、仕方なく応じているんじゃないの！」

理絵は天井へ向けて、大きな声を発していた。

「そういうことにしておきたいんだろう。だから、あんたは感じてしまうことを、恐れているんだ」

哲也は問答無用というように、理絵の下腹部に顔を埋めた。

理絵に、返す言葉はなかった。感じてしまうことを恐れている——と、哲也は理絵の心理状態の一部を、読み取っているのだった。哲也は、自信を持っている。

それは、これまでの愛撫に理絵が反応を示しながら、必死になって自制していたということを、ちゃんと承知している哲也だからである。

理絵は、諦めなければならなかった。哲也の実力行使も、防ぎようがないのだ。それに、感じてしまうことを恐れていると見抜かれている以上、逆らうのはかえって惨めであった。

悪あがき、ということになる。

理絵は起こしていた上体を、叩きつけるようにベッドに戻した。とたんに理絵は、熱さに溶けるような感覚を、花芯に受けとめていた。

哲也の唇が、理絵の花芯を柔らかく捉えたのであった。哲也の舌の先が、小さな動きによって埋れている芽を掘り起こす。掘り起こされた芽は、半球型の小粒の真珠となって姿を現わす。

哲也の舌は回転して、ピンク色になった真珠の側面に触れる。あるいは、真珠の頂上に集中して、哲也の舌先が接触する。哲也の舌の動きは微妙に変化し、技巧的な回転を続けていた。

同時に哲也の唇が花芯全体を、強弱のアクセントをつけながら、押し包み吸引する。そうする一方で、哲也は理絵の花弁に触れる指を遊ばせていた。

感じまいとする理絵の努力は、もう無駄というものだった。これまでの愛撫が、理絵の肉体をある程度、支配してしまっている。理絵の身体の芯に、甘い蓄積物を残しているのである。

もっと端的に表現すれば、理絵は性的に興奮させられているのであった。そういう状態にある理絵の肉体に、いまは最も直接的な前戯が施されているのだ。

しかも、哲也の唇と舌による前戯は、巧みというほかはない。訓練されての技術を、感じさせる。

そうした複雑な技術や変化に富んだ技巧というものを、理絵は大月二郎から教えられていなかった。

そのために理絵は、知らず知らずのうちに敏感にさせられていた。初めての経験では、対策の立てようがない。

未知の性感といえるものが、噴き上げるように湧出する。性感というより、快美感であった。

それが、身体の芯に残されている甘い蓄積物にも、火を放つことになる。その結果、快美感は厚みを増すように、いっそう強まるのであった。

理絵の下肢の筋肉が、固くなっていた。力がはいるので、盛り上がるように腰が浮いてしまうときがある。それらは、快美感を享受しての身体の動きだった。

理絵の胸は、忙しく上下していた。激しい喘ぎも、もはや抑えようがなかった。理絵の顔には、汗ばんでいるような光沢が浮いていた。

特に瞼の光沢が強かった。閉じられて一筋の線になった目で、そろった睫毛が震えていた。

眉間に寄せた皺が深くなるたびに、瞼の光沢に変化が生じた。鼻孔が、ふくらんでは縮まる。

白い歯が残らずのぞくほど、口を開いていた。舌の先で唇を舐め回すということを、理絵は無意識のうちに繰り返している。口から洩れる激しい息の中には、微かながら声もまじっていた。

思い出したように、理絵は弱々しく首を振る。

それが、感じまいとする自制心の、せめてもの表われだった。だが、理絵の頭の中にはすでに、甘美な麻痺感がバラ色の雲となって充満していた。

相手が哲也だという意識を、捨てきってしまえばいいのだ。

大月だと思えばいい。

そうでなければ、理想の恋人みたいな男を想像すればいい。

いや、やはり相手は、哲也なのである。哲也を、愛してはいない。哲也の中身とか心とかいうものが、まだまったくわかっていないのだった。

しかし、哲也が好きだということは、あり得る。

哲也という男を、信じては危険である。哲也を、信じなければいいのだ。信じたりはしないが、いまの理絵は哲也が好きになっている——。

そのように妥協することで、理絵は自分を納得させていた。納得すると同時に、理絵の意思も自制心も消えた。自分が自分でなくなった理絵の肉体は解放され、上昇を続ける性感を迎え入れた。

身体の中心部が、燃えるように熱くなった。膨張した快美感が熱湯のように、沸々と煮立っている。

同じ快美感のはずなのに、いままで理絵の知らなかった強烈さが加わっている。それは、身体の芯を締めつけるような一定のリズムであり、甘美な麻痺感を強める脈動であった。

「ああ!」

理絵の口から、声がほとばしり出した。

ついに理絵は、はっきりとした声を洩らしたのである。それも、悲鳴のように甲高い声だった。

ひとたび洩らしたことで、理絵の声はとまらなくなっていた。

忍耐の限界を超えたのであって、もう理絵には声を洩らすまいとする意思もなかった。身体の芯で煮えたぎる陶酔感を讃美する声が、断続的に洩れるということにはならなかった。

とめようがなくなった理絵の声は、長く尾を引く悲鳴となって続いた。そうした声を哲也に聞かれたくない、という気持ちだけはまだ理絵に残っていた。

理絵の両手が、ベッドのうえを探った。右手が、枕に触れた。

引き寄せた枕を、理絵は再び顔のうえに置いた。多少くぐもりはしたが、枕の下の声は小さくならなかった。

それでも恥ずかしさが、いくらか鈍ったことで、理絵は安心した。安心したことが、むしろ理絵の声を大きくさせていた。その声に合わせるように、枕が左右に揺れた。枕を顔のうえで抱きしめたまま、理絵が激しく首を振っているからだった。

理絵は枕に、汗の湿りを感じた。

肉を溶解させるような麻痺感が、限界を思わせるほど強く、身体の芯を締めつけている。熱湯となった快美感が、いまにも沸騰しそうであった。

それは、理絵の身体の中心部に、哲也の指が侵入したせいでもある。哲也の指が、新たに異質の性感を呼び起こしているのだった。理絵は抵抗感を覚えずに、哲也の指を迎え入れていた。

豊潤な蜜が、その部分を満たしている証拠であった。

その現象によって、一方的な性行為ではないということが、完全に実証されたのである。愛し合う男と女であった。哲也もこれで犯すということにはならないと思いながら、理絵の蜜の豊潤さを確かめているのに違いない。

そのうえ、前戯によるオルガスムスが、訪れようとしている。性感は急角度の上昇線を描いて、九合目に達していた。身体の芯で熱湯が沸騰すれば、絶頂感を迎えることになるのだった。

「いけないわ！」

首を振りながら、理絵は叫んでいた。もちろん、哲也は応じない。

「駄目！　こんなの、いけないわ！」

理絵は、泣き声を出した。

理絵の裸身に、うねりが押し寄せた。

「お願い、哲也さん！」

理絵は、哲也の名前を呼んだ。

それは、哲也への甘い哀願といえた。

なぜ理絵が前戯の中止を求めるのか、哲也にはわかっているはずである。

理絵はすでに、狂乱に近い反応を示している。

そうした反応は当の理絵よりも、哲也のほうが具体的に見極めているのだった。哲也は当然、理絵の性感が頂点に達する直前にあることを、察知している。

ところが、そういうときになって理絵は、前戯をやめてくれと哀願したのであった。つまり、理絵はオルガスムスに達してしまうことを、恐れているのである。

それは、どうしてなのか。

もちろん、単なる羞恥心によるものではなかった。

いまの理絵にはセックスなど、意識外のことでなければならない。極度の緊張感を伴う犯罪を遂行中の人間に、性欲は無縁であった。まして、理絵は女である。

理絵の頭の中にあるのは、誘拐という犯罪をいかに成功させるか、ということだけだったのだ。

しかし、哲也という人質の反撃に遭い、形勢は逆転した。その結果、人質が誘拐犯人の肉体を求める、という前代未聞の事態を招くことになった。

絶体絶命の危機に追いやられて、理絵は哲也の前に屈伏することを余儀なくされた。したがって、それはあくまで、哲也の一方的なセックスということになる。

理絵の意思は、働いていない。哲也に肉体を貸すだけであって、理絵にはかかわりないことだった。理絵の感情も性感も、眠っていなければならなかった。

だが、技巧的で丹念な愛撫という哲也の予想外の反撃に遭って、理絵は人形でいられなくなったのである。哲也に対する一種の親しみと好感、という理絵の感情がまず片目をあけた。

続いて、哲也の熱っぽく巧みな愛撫によって、理絵の性感が目を覚ました。このときから、哲也と理絵の必死の攻防が、始まったのであった。

理絵を陶酔の世界へ、誘おうと努める哲也。

哲也の愛撫に負けまいと、性感を自制する理絵。

そして、劣勢に回ったのは、理絵のほうだった。理絵は和睦したり降伏したりで、次々と陣地を放棄していった。残るは、本丸だけとなった。

その本丸も、哲也の本格的な前戯に、陥落寸前のときを迎えている。オルガスムスという本丸が陥落すれば、理絵は全面的に敗北する。

人形でいるはずの理絵が、狂乱のうちに歓喜する。不感症の状態にいなければならない理絵が、事もあろうにオルガスムスを極めてしまう。

それらはあまりにも好色な女、淫らにすぎる理絵として、耐えられない屈辱となる。意地もプライドも捨てきった惨めな姿を、哲也の目の前にさらすことになる。同時に理絵は、最大の弱みを哲也に握られることにもなるのであった。

それに加えて、今後の計画や行動にも大きく影響する。人質と誘拐犯人の立場が、男と女の関係に変わるかもしれない。理絵にとって、哲也との決定的な妥協だけは、絶対に許されないのだ。

だから理絵は何としてでも、本丸を守り通そうとする。オルガスムスの訪れを、阻止しなければならない。

しかし、そうすることもすでに、理絵の意のままにはならなくなっている。ほかに方法は、ひとつしかない。哲也の前戯を、中止させることであった。

そのように哲也は、理絵の追いつめられた心境を読み取っている。そうした哲也が、理絵の哀願を受け入れたりするはずはなかった。

あとひと押しで、理絵は陥落する。そう思えば哲也は、理絵を陥落させることに全力を尽くす。理絵の甘い哀願にしても、彼女の絶対的な本心とはいいきれないのだ。

哲也の舌先の回転は、ますます熱っぽくなっていた。理絵のピンク色の真珠に入魂の磨きをかけるように、哲也の舌先は緩急自在の接触を続ける。

それに合わせて哲也の指も、理絵の泉の鋭敏な部分に、圧迫感と摩擦を加える動きを速めていた。

理絵はみずからの豊潤な蜜の音を、耳にしたような気がした。

「いや……！」

理絵は叫んで、両手で耳を塞いだ。

性感は二色の糸となって絡み合い、ジーンと音を立てそうに上昇する。快美感の熱湯は、いまにも沸騰しそうであった。一枚の紙を突き破れば、そこにオルガスムスが待ち受けているというふうに、理絵には感じられた。

いくら頼んでも、哲也は前戯を中止しない。

何とか哲也に、前戯を中止させる方法はないだろうか。理絵が達してしまえば、哲也は前戯を終えるはずである。それだと、理絵は思った。

　演技をすればいいのだ。

　オルガスムスに達したように、見せかけるのであった。それを真に受けて、哲也は前戯を終了する。そうなれば理絵は、たちまち冷静さを取り戻せる。

　セックスが終わってから、実は演技だったのだと鼻で笑ってやればいい。

「ああ、もう駄目！」

　理絵は意識的に、声を大きくした。

　さっそく、演技に取りかかったのである。息を必要以上に乱して、暴れるみたいに上体を動かす。哲也の身体の下で、荒っぽく両足を伸縮させる。

　おそらく、こんな状態になるのだろうという想像に基いて、理絵はやたらと身悶えたのであった。声もややオーバーに張り上げたし、何度か哲也の名前も呼んでみた。だが、そうしながら理絵は、それが演技という気がしなくなっていた。

　いつの間にか、演技と実際との区別が、判然としなくなったのだ。演技を始めてから、かえって興奮度が強まった。性感もむしろ、鮮烈になっていた。

　演技が一種の自己暗示になるということを、理絵は計算に入れていなかったのである。女の場合は特に、そういった傾向が強い。演技を続けているうちに、それがそのまま本気になってしまうことは珍しくない。

そういう意味で、セックスにも演技が必要だとされている。歓喜を過剰に演技することで、本物のオルガスムスに到達できるという女の例は、決して少なくないのであった。いまも理絵の演技というものが性感の上昇に拍車をかけたのだ。

理絵にとっては、逆効果ということになる。

しかし、直ちに演技をやめるということも、理絵には不可能であった。演技と実際の区別が、つかなくなっているのである。そうなっては、もはや逃れようもない奔流に、身を任すより仕方がなかった。

身体の芯の甘美な麻痺感が、盛り上がるように強まっていた。

性感が急速にしかも際限なく、上昇していくようだった。もうとっくに頂上を通りすぎてしまったように、理絵には感じられた。性感は理絵の脳天に衝撃を与え、頭の中のバラ色の雲が激しく渦を巻いた。

「駄目よ、いけないわ！」

喉に痛みが刻まれるような声を、理絵は繰り返し吐き散らしていた。

哲也の名前を口走らないことが、演技ではない証拠といえた。

泣き喚く表情で、理絵はのけぞった。誰かに横取りされるのを恐れるように、あわてて理絵は枕を胸に抱きしめていた。

間違いなく、到達感が訪れているのだった。

演技ではなかった。本丸が陥落して、理絵は全面的な敗北を認めているのである。したがって、哲也も前戯を終了させなければならない。

大月二郎であれば、もう理絵に身体を重ねている。

だが、哲也は依然として、上体を起こそうともしない。大月二郎としか比較できない理絵の判断によれば、哲也のセックスは異常ということになるのであった。

哲也の舌の回転はやや円周を縮めて、速度も遅くなっていた。彼の唇は理絵の花芯全体を、やや小さく捉えたうえで、吸引力を増している。

哲也の指もいまは、理絵をソフトに満たしているだけであった。そのように変化を与えてはいるが、哲也の前戯が終了したということにはならないのである。

なぜだが、理絵にはわからなかった。敗北した理絵の姿を、もっと楽しんでいたいのか。

あるいは理絵の到達を、信じていないのか。

そうでなければ、それが哲也の性癖というものなのか。いずれにしても無意味なことだと、理絵は思っていた。

ところが間もなく、自分の推測がすべて的はずれだったことを、理絵は知らされたのであった。

哲也は理絵の到達感を、オルガスムスと見做(みな)していなかったのである。

それに対して理絵は、それをオルガスムスとばかり思い込んでいた。同時に理絵はこれまでの経験により、一度達したあとの性感はそのまま鈍化するものと、決めてかかっていたのだった。

そこに大きな違いがあった。

理絵はみずからの認識を、改めなければならなかった。理絵なりの到達感が、少しも鈍化しなかったのである。それどころか、哲也の前戯の続行が理絵の快美感を脈打つように膨張させていくのだった。

それこそ理絵には、未知なる経験であった。

理絵の身体の芯には、甘い麻痺感がそっくり残っている。

灼(や)けるような熱さがなおも、下腹部に性感を芽生えさせていた。快美感の沸騰も、まったく弱まってはいない。

そしてそれらは、一斉に上昇度を強めていく。

以前にも増して強烈な快感が、理絵の身体の中心部を浸蝕(しんしょく)した。痺(しび)れると表現したくなる甘美な感覚が、一カ所に凝固作用を進めていくようだった。

「いやよ！」

そう叫んだあと、理絵の声は再びとまらなくなっていた。

理絵にはもう、演技も敗北もなかった。肉体を主役として、素直な理絵になりきっていた。いや、理絵はこれから訪れるはずの未知の絶頂感を、密（ひそ）かに求めていたのだった。そういう意味で理絵は、一変したのである。

理絵は、じっとしていられなかった。肉を灼き、骨まで溶解させるような快感に、耐えられなくなっていたのだ。理絵は、逃げようとする。

大きくのけぞっては、腰を引くようにする。その動きに従って理絵の裸身は、尺取り虫のように少しずつ位置を変えていく。脳天が頭を支えて、理絵の顎（あご）の先は天井へ向けられる。折れそうな状態のままで、激しく首を振り続ける。乱れた髪の毛が、散っては理絵の顔にまつわり付く。

その髪の毛まで濡らしている顔の汗が、ベッドの端へ飛んだ。

うねりが上体に押し寄せて、浮き上がった背中が湾曲する。胸に枕を抱きしめているというのも、まだ余裕のうちであった。不安定な上体を支えるためには、枕などにはかまっていられなかった。

理絵は、枕を投げ捨てた。

汗に濡れた枕が、ベッドのうえから消えた。

理絵は両腕を、左右へ伸ばした。理絵の裸体は、やや左寄りに斜めになっていた。それで左手はベッドの縁に、右手は中央部に投げ出された。そうした両手がそれぞれ、シーツを握りしめていた。

フイゴのような喘ぎが、甲高い声を送りだす。その歌うようなソプラノに、一定の間隔を置いて呻(うめ)き声が加わっていた。

「どうかなる！」

理絵の悲鳴は長く尾を引いて、湿り気を帯びているような部屋の空気を震わせた。

嵐のような絶頂感が訪れることを、理絵は予感していたのだった。性感はすでに上昇しきっていて、頂点に食い込むように留(とど)まっている。

身体の芯で、甘美な麻痺感が粉砕された。そこには無数の陶酔の破片が飛び交い、ピンク色のガラス玉のようにちりばめられた。痺れる快感が、理絵の中心部を絞るように引き締めた。

腰を硬直させたことで、理絵の尻が浮き上がった。踏ん張るようにした両足に、筋が攣(つ)れるくらいの力がはいった。太腿に痙攣(けいれん)が走り、腰がとめどなく弾んだ。

両手に握ったシーツが持ち上がり、理絵の胸のうえまで引き寄せられていた。

快美感の熱湯が沸騰点を超えて、凄まじい勢いで噴き上げた。その熱湯が真っ赤な蒸気とともに、身体の芯を突き抜ける絶頂感となったのであった。

理絵は初めて知る強烈なオルガスムスというものを、はっきりと感じ取っていた。それには、間違いなくこれ以上はない到達感、という実感が伴っていた。

「ほんと、ほんとなのよ！」

理絵は、絶叫した。

その言葉の意味が、理絵にはわかろうはずはなかった。無意識に口走っていることであり、おそらく今度こそほんとうに絶頂感を極めたと、理絵は哲也に訴えたかったのに違いない。

理絵の両足が哲也を押しのけるように、膝を立てながらベッドを蹴りつけた。横へ向けようとして腰をひねり、上体は半ばシーツにくるまって伸びきっていた。ベッドからはずれた頭と、髪の毛が力なく垂れ下った。

ようやく、理絵の身体が静止した。

前戯の終了を告げるように、哲也の顔が離れていったのである。

まだ胸と腹が波を打っている理絵の裸身を、哲也が引っ張るようにした。理絵もそれに協力して、ベッドの中央へ身体を移動させた。

哲也の顔を、見ることはできなかった。また、目をあけるだけの気力もない。絶頂感は薄れてしまっていたが、陶酔の余韻は残っている。喘ぎもまだ激しいし、理絵は新たに汗が噴き出すのを感じていた。

狂乱したという自覚が、理絵にはあった。だが、そのような事実に対して、改めて敗北感を味わうことはなかった。ただ理絵としては、不思議な気がしてならない。悲しいような、そして嬉しいような夢を見ているみたいだった。

理絵の下肢を開いて、哲也がそれを持ち上げた。

理絵はどこも隠さずに、哲也の目に裸身をさらしている。それが当然のことのように思えるし、どうでもいいという気分でもあった。もちろん逆らうこともなく、哲也のされるがままになっていた。

折られた膝を、哲也の重みが圧迫した。哲也の灼熱感が、理絵の花弁にあてがわれた。嫌悪感はまるでない。その逆といってもいい。哲也の侵入を心待ちにして、理絵は息をひそめていた。

哲也の量感が、埋め込まれてくる。豊潤すぎるほどの蜜が、哲也の膨張感を容易に迎え入れていた。

理絵はのけぞって、声を洩らした。それはまさに、予測し得なかった結果だった。本来ならば、理絵の過剰な蜜が哲也のその部分を、歓迎するように受け入れるといったことには、絶対にならなかったはずである。拒絶しがちな理絵の身体に、哲也が無理やり侵入するということにならなければ、おかしかったのだ。

しかし、理絵は陶酔の余韻が再び発火しそうな身体の中に、哲也の灼けた鉄柱のような硬度を、気持ちの安らぎとともに包含しているのであった。

不可解としか、言いようがなかった。

これからまた、理絵の性感は上昇することになるのだろう。

ただ、結合による歓喜をいまだに知らないということが、いまの理絵の気を楽にさせていた。

「やっぱり、あんたは素晴らしいよ」

身体を重ねて来た哲也が、理絵の耳もとでささやいた。

理絵に、言葉はなかった。代わりに理絵は、激しく息を乱すことでそれに応じた。

哲也は、力強い律動を続けている。

その律動にも、技巧的な変化が感じられた。大月二郎の単調なセックスしか知らない理絵にとっては、アクセントの強弱がはっきりしているという変化が、ひどく刺激的であった。

理絵は年下の哲也によって、初めて大人っぽい技巧を教えられたのである。前戯段階でのオルガスムスが、新たな刺激によって重々しい陶酔感に、変化しつつあった。高度な性感が、上昇していく。

前戯での快美感は、熱湯に譬(たと)えられる。しかし、結合してからの快感には、重みと粘着力のようなものが含まれていた。鋭さはないが、深く浸透するような快美感の濃度というものが、はるかに強調されるのだった。

単なる熱湯ではない。煮えたぎる蜜、あるいは水飴(みずあめ)というように譬えたい。それが更に煮つまると、溶岩のようにも感じられそうであった。

またしても、理絵の喘ぎが激しくなる。哲也のリズムに合わせての理絵の声も、絶えることがなくなっていた。

もう恥じらうこともないし、自分を殺す必要もない。自制するどころか、濃度の高い性感が限りなく上昇することを、理絵は願っていた。

だが、同時に絶頂感に達することはないという気楽さも、理絵にはあったのである。もし絶頂感を極めるようなことになったらと、身構えたりしないですむのだった。理絵はただされるがままに、性感の上昇に身を任せていればよかった。

ようやく哲也の息が、忙しく弾むようになっていた。そうした哲也に情を感じるようで、理絵は嬉しい興奮を覚えていた。それが習慣になったみたいに、理絵は両手でシーツを握っている。

理絵の甘い呻き声に、甲高く叫ぶ言葉が加わった。まるで意味不明の言葉だが、理絵としては何となく感嘆詞を投げかけているようなつもりだった。

「理絵は、素敵だ。こんな素晴らしいのは、初めてだよ」

哲也が理絵の肉体の機能を称賛して、もう持続させる努力をしないことを、それとなく匂わせた。

理絵は、それを歓迎した。哲也が果てることに、不満はなかった。理絵も未知の性感に、歓喜しているのだった。ただエクスタシーに達することが、無理なだけであった。それはやむを得ないことであり、現在の性感の上昇度で、理絵は十分だったのである。

理絵の身体の芯で、煮えたぎる蜜が膨張を続けている。そこに哲也の絶頂感を迎えれば、理絵の陶酔も深まるに違いない。

哲也に肉体の機能を称賛されたことも、理絵を悪い気にはさせなかった。この場限りの演出でも、お世辞でもかまわない。理絵はその哲也の言葉を、本気にしたかった。

やがて哲也の律動が激しくなり、速度を加えて理絵を深々と貫くようになった。哲也が果てることを告げると、理絵の性感は急上昇した。

哲也が理絵の名前を連呼して、呻きながら腰を揺すった。理絵の中で、哲也の硬度が熱さを増した。彼の量感が脈搏(みゃくう)っているのを、理絵ははっきりと感じ取った。

理絵の性感も、煮えたぎる蜜が渦を巻くように上昇した。腰に力をこめて、理絵はのけぞった。大きく開いた口から、長く叫ぶような声がほとばしり出た。

そのまま理絵は、全身を硬直させた。もちろん理絵の性感が、絶頂にまでのぼりつめることはなかった。しかし、気持ちのうえでの充足感もあって、理絵は一種の到達性に満ちたりていた。

快い疲労感が、身体を弛緩させた。忙しい息遣いが、発汗を更に促した。理絵は目を閉じて動かずにいた。理絵のうえで、哲也が重くなった。

その重さが何となく、理絵を安心させるようだった。理絵は自分の肉体が、哲也に馴染(なじ)んだことを感じていた。だが、性感が鈍化することで冷静になるに従い、理絵は自己嫌悪に陥り始めた。

肉体が哲也に馴染んだことを、理絵は否定したかった。哲也とのセックスに順応し、精神的にも満足した自分が、腹立たしくなっていた。

いったいこれは、どういうことなのか。肉体だけでなく、心まで負けてしまったのか。この淫乱(いんらん)女めと、理絵は自分を呪(のろ)った。誘拐計画はどうなると考えただけで、惨めな気持ちになるのであった。

それでいて理絵は、哲也を憎むことができなかった。接している肌と肌のあいだで、二人の汗がまじり合うことにも、不快感を覚えないのである。

「おれ、あんたに夢中になりそうだよ。いや、もう夢中になっている」

理絵のうえから転げ落ちて、哲也は両腕を頭上に伸ばした。

哲也に背を向けるようにして、理絵は沈黙を続けた。口にすべき言葉が、まったくなかった。というよりも、何も言えない理絵だったのだ。

「おれ絶対に、あんたを失いたくない」

哲也が指先で、理絵の背中に文字を書いた。

スキダヨ——と、書いたようである。

「理絵だって、おれのことが嫌いじゃなくなっただろう」

哲也は背後から、理絵に抱きついた。

その哲也の言葉には、セックスに反応した女に対する男の自信が感じられた。つまり、肉体関係に歓喜したくらいだから、理絵が自分を嫌っているはずはないと、哲也は断定しているのだった。

理絵は、顔を熱くしていた。恥ずかしかったのではない。恥をかかされたような屈辱感を、覚えたのであった。しかも、理絵には返す言葉がないのである。哲也の指摘を、甘んじて受け入れなければならない。

「わたし、どうかしていたんだわ」

理絵は、小さくつぶやいた。

それがまた、いかにも弁解がましい言い分で、理絵はいっそう恥ずかしくなる。汗で湿っている髪の毛を、理絵は両手でかき回すようにした。

「あんたはもう、おれのものだ」

哲也は、理絵の胸に手を回した。

「ふざけないで！」

理絵は思わず、声を張り上げていた。

瞬間的に、理絵はカッとなったのだ。哲也に対してではなく、自分に腹が立ってのことであった。

「ふざけてなんていないよ」

「あなたはやっぱり、わたしを犯したのよ」

「犯した……？」

「抵抗できない状態にわたしを追いつめたうえで、セックスを強要したじゃないの。強姦（ごうかん）と、変わりないわ」

「犯されているのに、女は歓びを感じるものなのかい」

「犯しておいて、おれのものだなんて、ふざけているじゃないの」

「まあ、いいや。気に入らないんじゃ仕方がない」

「ナメられて、たまるもんですか」

「だったら、おれはもうあんたのものだっていうことに、しておこうじゃないか。それなら、文句ないだろう、おれはもともとあんたの人質なんだし、これからも人質でいるつもりなんだ」

「今後もわたしを犯すのが目的で、人質でいようっていうんじゃないの」

「おれは女を犯すのが嫌いだって、言ったじゃないか」

「はっきり、断わっておくわ。一度だけわたしを抱きたい、というあなたの要求は満たされたのよ。だから、もうこれで終わりなんだからね」

「それはないだろう。おれを夢中にさせておいて、もう終わりだなんて……」

仰向けにさせた理絵の裸身に、哲也は再びのしかかろうとした。

「やめてよ！」

理絵は、哲也を押しのけた。

「おれは、本気なんだ」

怒ったような顔で、哲也は理絵にすがりついた。

「一度許したからって、そうはいかないわよ。わたしを、甘く見ないでちょうだい！」

ベッドから落ちて、理絵は床にすわり込んでいた。

ニュースの時間を待っては、必ずテレビを見た。

だが、誘拐事件の報道はまったくなかった。小田桐家では、哲也誘拐を信じていない。あるいは、警察に届けていない。そうでなければ、警察が誘拐事件ということで公表を差し控えている。

そのうちのいずれかであれば当然、誘拐事件が報道されることはないのである。夕方の五時のニュースを最後に、理絵は諦めることにした。

しかし、このままでは理絵のほうが、苛立つだけであった。今後の行動のとりようがなく、出るか出ないかわからない結果を待っていても仕方がない。

小田桐家の出方を、窺う必要がある。敵が反応を示さなければ、攻めることも守ることもできなかった。もう一度、小田桐家へ電話を入れてみようと、理絵は思い立っていた。

電話機を前にした理絵に、哲也が寄り添った。ワンピースを着た理絵に、哲也はズボンをはいただけの半裸の体温を押しつける。理絵は哲也を、にらみつけた。

「黙って聞いているだけだ。絶対に、声を立てたりはしない」

真面目な顔で言って、哲也は理絵の肩に手を回した。

理絵は姿勢を正しく、送受器を握った。最初の脅迫電話のときのようには、息苦しさも緊張感もなかった。孤独な犯罪者、という気分にもならない。

もう度胸がついているし、哲也が一緒にいるということで何となく心強いのだ。肩を抱いている哲也の腕を、理絵が振りほどこうとしないのは、そのせいであった。

哲也を拒んではいるが、彼の体温に励まされている。それもやはり哲也とのセックスに、心ならずも燃えてしまった理絵の肉体の甘えというものだろうか。

電話に向けて声を発したりしないという哲也の言葉にしても、理絵はあっさり信じているのであった。

「小田桐でございます」

霧江の声が、電話に出た。

電話を待っていた、という感じではなかった。霧江の声も、曇ってはいない。霧江が電話に出たのは、偶然のことだったのに違いない。

「院長に、伝えたかい」

ハンカチをあてがった口で、理絵はそう言った。

「ああ……」

霧江は一瞬にして、張りを失った声になっていた。

なあんだ、お前さんか――と、霧江は言いたいところなのだろう。つまり、息子を誘拐された母親の緊張感など、霧江にはまるでないということになる。

「院長に伝えたかって、訊いているんだけどね」

理絵は早くも、失望を感じていた。

「昨夜、伝えましたよ」

他人事のように、霧江は屈託なく答えた。

「それで、返事は……」

「主人もやはり、信用できないということでした」

「あんた、お手伝いにも確かめてみたんだろうね」

「ええ、確かめました」

「こっちの言ったことに、間違いなかっただろう」

「でもね、だからってそれが、哲也を誘拐したという証拠にはならないでしょ。哲也が昨日から戻って来ていないというのも、同じことでしょうね。それだけで、哲也が誘拐されたってあわてるほうが、どうかしているんじゃないですか」

「ずいぶん、薄情な親なんだね。何よりもまず、息子を誘拐したという証拠を見せろだなんて……」

「とにかく、子どもの遊びみたいな誘拐ごっこに付き合ってはいられないと、主人は申しておりました」

「誘拐ごっこ……」

理絵は、叫ぶような声を出していた。

驚きと怒りのためであった。

「失礼しますよ、忙しいもんですから……」

そう言い終わると同時に、霧江は電話を切った。

送受器を眺めるようにして、理絵は唇を嚙みしめた。実際に哲也を誘拐したのに、小田桐家ではそれを問題にもしていない。誘拐された証拠がないということで、受け付けようとはしないのである。

前代未聞のことだろう。

誘拐犯人からの電話を、人質の親のほうがさっさと切ってしまうというのも、おそらく例のないことではないか。人質の安否を気遣うか、あるいは逆探知するかのために、犯人からの電話を少しでも長引かせようとするのが、誘拐事件の常である。

それを霧江の場合は、自分のほうで電話を切ってしまったのだ。もちろん、逆探知の装置もセットされていない。したがって小田桐家では、警察にも通報していないのであった。子どもの遊びみたいな誘拐ごっこだとして、小田桐直人が取り合わないというのも、どうやら事実らしい。

女の声で、脅迫電話がかかった。凄みを利かせて男の声で電話をかけてこないのは、女の単独犯であるために違いない。女ひとりで、哲也を誘拐するのは不可能である。だから哲也誘拐は悪戯か、そうでなければ哲也も一枚嚙んでいる狂言だと、小田桐夫妻は断じているのだろう。

「持久戦だな」

慰めるように、哲也が理絵の肩を抱きしめた。

「ほんとに、したたかね」

理絵は力なく、送受器を置いた。

「もう二、三日は、電話をかけないほうがいい」

「あと二、三日も、あなたが行方不明になっていたら、少しは心配になるかしら」

「どうかな。おれも加わっての狂言だと思っているんだったら当然、心配になったりはしないだろう」

「それじゃ、持久戦に持ち込んでも無意味だわ」

「だから二、三日後に、証拠を送り付けるんだ」

「証拠……？」

「おれを、誘拐したってことの証拠だよ」

「あなたの所持品や着ているものを送ったところで、先方が納得するような証拠にはならないでしょうね」

「おれの身体の一部を切り取って、それを送ってやればいいだろう」

哲也は、ニヤリとした。

「どこを、切り取るの」

柔弱な色男が豪傑ぶってと、理絵は侮蔑する気持ちになっていた。

「この小指なんかだったら、おれのものだってすぐにわかる。おやじもおふくろも、目印になるホクロと傷跡を、よく知っているんでね」

哲也は左手の小指を、理絵の目の前に突き出した。

小指の爪のすぐ下にホクロと、引き攣れになっている小さな傷跡があった。

「確かに、証拠になるわね」

理絵は冷ややかに、哲也を一瞥した。

そんな冗談を言っているときではないと、理絵はいやな顔をしたのであった。

「いずれにしても、このアジトは持久戦に向いていないよ。今夜にでも、北軽井沢の山荘へ移動しよう」

理絵の背中を叩いて、哲也は立ち上がった。

持久戦に持ち込むとなれば、そうするほかはないだろう。哲也が理絵を裏切るのは、ここにいても可能なことである。そういう意味では、北軽井沢の山荘へ移動することを、恐れる必要はなかった。

北軽井沢の山荘は盲点として安全であり、住み心地も悪くないという哲也の言葉を信じようと、理絵はまるめたハンカチを見つめていた。

夜のうちに、長野県との県境に近い群馬県の長野原町を目ざす。そこには、小田桐家の北軽井沢山荘がある。

人質の親が所有する別荘を、隠れ家（が）にするのであった。それは、誘拐犯人と人質の一致した意思による奇妙な逃亡でもあるのだった。

準備は、簡単に整った。

哲也は、服を身にまとうだけでよかった。ほかに、彼の所持品は何もない。買ったばかりの食料品の中で、すぐに腐敗するものだけを、車へ運び込んだ。空気銃とクロロホルムも、持って行くことにした。

理絵は洋服と下着類ばかりを、スーツ・ケースいっぱいに詰め込んだ。長居できなかったアジトに、理絵は別れを告げた。

身代金を手に入れる計画が、順調に進むようであれば、再びこのマンションの部屋へ、戻ってくることがあるかもしれない。だが、計画が失敗したときには、永久に帰ってこない。

ここは借りたばかりの人間が、蒸発してしまった部屋になるのだった。そうでなければ、誘拐犯人が計画に利用した部屋として、マスコミ関係のカメラマンが大勢、撮影に訪れることだろう。

「おれと理絵が、初めて結ばれた部屋なのにな」

笑いのない顔で、哲也はそう言った。

そこまで甘く感傷的な思いが、理絵にあろうはずがなかった。しかし、不思議な運命が短いドラマを進展させた部屋、という程度の女心の感慨は、理絵にもあったようだ。

誘拐した哲也にクロロホルムを嗅がせ、ロープで縛り、空気銃を突きつけた。小田桐家に、脅迫電話もかけた。

その部屋で人質の哲也にセックスを強要され、理絵は彼の前戯によって狂乱させられた。

身体に哲也を迎え入れてからも、理絵は歓喜の声を封じきれなかった。そうした現実には起こり得ないような男と女のドラマを、この部屋は見ていたのであった。

午後九時の出発となった。

車の運転まで、哲也に任せるわけにはいかなかった。理絵がハンドルを握り、哲也は助手席にすわった。

ナンバープレートの数字を誤魔化した白テープだけは、残らず剝がしてあった。長距離のドライブになると、途中で検問にぶつかる可能性もある。

ナンバープレートの数字に、細工がしてあるというのは、そのような意味で危険だったのだ。

関越自動車道へ向かった。

哲也は、口数の少ない男になっていた。ぼんやりと、視点を前方に据えている。何を考えているのか、わからない横顔だった。しばらくして気がつくと、哲也は目を閉じていた。

黙っていてくれるのは、大いに助かる。だが、気持ちよさそうに哲也が眠るとなると、理絵にしても決して愉快ではなかった。かえって、逃走のための夜のドライブが、寂しくなるのであった。

関越自動車道にはいってから、理絵は繰り返し歌を口ずさんだ。

振り返れば

人生
思い出ばかり
かの思い出は、六つのとき
あの思い出は、十一歳
その思い出は、十四のとき
この思い出は、十八歳
いまは二十をすぎた
何もない
人生
思い出ばかりを
振り返る

哲也は、静かにしている。たまに身動きするだけで、目を開こうとはしなかった。理絵はスピードを上げて、かなり乱暴な運転を続けた。

関越自動車道は、前方が気になるような交通量ではなかった。金曜日や土曜日の夜と違って、遅くなってからの夏の行楽地へ向かうマイカーというのが、それほど多くないのである。

　所沢、川越、東松山をすぎると、もう車の数が増えることはなかった。窓をこする風の音が、耳ざわりではなくなる。目的地も意識せずに、闇の中の自動車道を飛ばすことに専念する。

　関越自動車道を出た。高崎市を抜けて、国道一八号線を西進する。松井田町をすぎれば、間もなく碓氷峠だった。坂とカーブの多い有料道路をのぼる。霧が大敵の碓氷道路であった。

　晴天の昼間であれば、山と谷が織りなす絶景を、随所にながめることができる。しかし、夜の闇はどこまでも厚く、もちろん浅間山と対面することもない。

「いい歌だったね」

　突然、哲也が口をきいた。

「歌……」

　いきなり話しかけられて、理絵は戸惑いを覚えていた。

「振り返れば、人生、思い出ばかりっていう歌だよ」

　哲也は伸び上がって、姿勢を正すようにした。

「ああ、聞いていたの」

理絵は、苦笑した。

「うん」

哲也は相変わらず、目を閉じた横顔を見せていた。

東京からずっと、目を覚ましていたのである。眠ってもいないのに二時間以上、哲也は沈黙を続けていたのだった。窓外を見ることもなく、ほとんど哲也は動かずにいた。その間いったい、彼は何を考えていたのだろうか。

不思議な男だと、理絵は改めて思った。

碓氷道路を出た。曲がるべきところを、哲也が指示した。理絵は、それに従った。ホテルの照明や人家の灯が、目につくようになった。

数こそ多くはないが、点在する明かりが夏の軽井沢の夜の遅いことを物語っている。夜気が冷たく感じられて、カー・クーラーは必要なくなった。

信越線の踏切を渡り、再び国道一八号線に出た。中軽井沢の駅を南に見て、一四六号線へ右折する。浅間山や鬼押出しに、通ずる道路であった。

峰ノ茶屋をすぎると、長野県から群馬県へはいる。

闇の中でも、広い空間を感じた。浅間山を背後にして、高原の道を走るのだった。車とすれ違うこともなく、そこは広大な無人の世界であった。

長野原町の北軽井沢につく。軽井沢の北に位置することで、古くから北軽井沢と呼ばれている。

俗化しないことの魅力で、やはりむかしからの別荘地である。その別荘地でもある原生林のような森林を抜ける道も、昼間であれば緑のトンネルになる。

最近は別荘として喧伝(けんでん)され、照月湖などを中心にかなり俗化した。それでも見た目に俗化を感じさせないのは、樹海と土地の広さによる結果であった。

深夜の山地へ分け入るように、理絵は車を走らせた。たまに林の奥に、別荘の灯を見る。道路の近くに、別荘の屋根のシルエットが、浮かび上がることもあった。

やがて『小田桐山荘』と、表札代わりの標識を、ライトが照らし出した。扉のない門の中へ、車を乗り入れた。広い敷地を埋め尽くす樹木が、そのままになっている。

芝生に被(おお)われた庭にしてないところが、いかにも山荘らしい。樹間を縫う道の突き当りに、建物の床下を利用したガレージがあった。

木造建築だが、かなり大きな建物であった。積雪が自然に滑り落ちるような設計なのか、屋根に特殊な形が認められた。外壁にはすべて、丸木が用いられている。徹底した山荘のイメージだった。

車から降り立った。

寒いくらいの涼しさを感じて、理絵は肩を震わせた。エンジンの音が消えると、地上は限りない静寂に支配される。

理絵は、夜空を振り仰いだ。

満天の星に、理絵は目を見はった。気味が悪いほど粒の大きい星が無数にあって、そのひとつひとつの輝きが、あまりにも鮮やかだったからである。

理絵は、新しい世界に迷い込んだような気がした。

哲也は、鍵を持っていない。

それでも建物の中にはいる方法を知っているらしく、哲也は赤煉瓦造りのバルコニーに這い上がって姿を消した。間もなく、シャッター式の雨戸が開かれた。

建物の窓が、次々と明るくなった。玄関のドアがあいて、哲也が顔をのぞかせた。悪戯に成功した子どものように、哲也は笑っていた。

玄関の中へはいると、建物の印象が一変する。

およそ、山荘の雰囲気ではなかった。凝った造りで、いかにも贅沢という感じの別荘だった。

家具や調度品も、安物には見えなかった。高級な室内の装飾が、シャンデリアの光を浴びている。

一部三階の二階建てだが、部屋数は多くないようである。それは客室が、広いということでもあった。天井が高くて広い食堂などは、一年に一カ月も使わないということが、嘘のように思われた。

哲也は理絵を、サロン風の応接間へ案内した。小規模のパーティが開けるくらい余裕があって、ソファやアーム・チェアの数もそろっている応接間だった。

霧江がお手伝いとともに掃除に来ているということだが、なるほど虫の死骸（しがい）が散らばっているということもなかった。

「どう、住み心地は……」

ブランデーの瓶とグラスを、哲也がテーブルのうえに置いた。

「よさそうね」

理絵は、マントルピースに近いソファに、腰をおろした。

「明日になったら、ほかの部屋も見て回ってくれよ」

哲也も並んで、ソファにすわった。

間隔を詰めすぎると抗議するように、理絵は思いきってソファの端へ移動した。

「そんなことをする必要が、どうしてあるのかしら」

理絵は、脚を組んだ。

「どうしてって……」

哲也は指先でグラスの縁を拭っただけで、それにブランデーを注いだ。

「ここへ、遊びに来たんじゃないのよ。わたしとしてはいつ逃げ出しても、手がかりを残さないようにしておかなければならないのよ」

「そうか」

「最小限度の部屋を使うだけで、十分なんですからね」

「だったらこの応接間のほかに食堂、浴室、それに寝室というところだな」

「寝室って、誰が寝るところなの」

「客用の寝室が、二階のこの真上にあるんだ」

「ベッドはいくつなの」

「二つだよ」

「そこは、あなたひとりで使いなさいよ」

「あんたは……」

「このソファに、寝かしてもらうわ」

「何も、そんなに型式張ることはないだろう」

「ほかの女の子と、一緒にしないでもらいたいのよ」

「ほかの女の子って、どういう意味なんだい」

「どうせあなたは、この別荘へ女の子を連れ込むんでしょ」

「大勢でドンチャン騒ぎのパーティでも、やろうっていうことになったときにはね」

「そういうときに、女の子と二人で寝室を使いなさいよ」

「そういう場合は、ごろ寝するに決まっているじゃないか」

「女の子と二人きりで、この別荘へくるっていうことはないの」

「今度が初めてさ」

「嘘ばっかり」

「ほんとだよ。女の子と二人きりになりたかったら、東京のホテルに泊まるだろう。こんなことは言いたくないけど、ホテル代ぐらいで困ることはないからな」

「だって、あなたは鍵がなくても、この別荘の中へ、はいる方法を知っていたじゃないの、それは、女の子と二人でここへ忍び込むことに、慣れているからでしょ」

「違うね。おれは何度もこの山荘に、ひとりでふらっとやって来たことがあるからだ。一カ所だけシャッターが、加減次第で持ち上がるところがある。そこから、食料品の貯蔵庫を通じて、出入りする方法を偶然おれは発見したんだ」

「どうして誰もいないときを狙（ねら）って、あなたひとりだけでこの山荘へ、ふらりとやって来たりするの」

「ひとりになりたいからさ」

「ひとりになりたいなんて、あなたらしくないわね」

「そうかな」

「あなたって、俗物だもの」

「おやじやおふくろが、この山荘や箱根の別荘にいるとき、おれは東京にいることにしている。おやじとおふくろが東京の家にいるとき、おれはひとりになりたくてここへやってくる。おれにとっては、当たり前みたいなことだけどね」

「要するに両親とは、しっくりいかないってことなの」

「世の中には、そういう言い方もあるんだろうな。まあどっちみち、おれは親に可愛がられている息子とは、言えないんだよ。だから、実は心配なんだ」

「何が、心配なの」

「あんたの計画が、成功するかどうか……。つまり、親がおれのために身代金を出すかどうかが、心配なんだよ」

「馬鹿みたい。いくら親子のあいだがしっくりいってないからって、子どもの命を見捨てて誘拐犯人の要求を蹴ったりする親がいるもんですか」

「一度あんたにも言ったことがあるけど、その点は見通し暗いと思うな」

「親子のあいだがしっくりいっていないことと、わが子に対する親の情っていうものは別なのよ」

「だから、おれは賭けてみるつもりなんだ」

「描ける……？」

「理絵のためにも、賭けてみるだけの価値はある」

「何を、賭けるの」

「まあ、いいじゃないか」

哲也は、遠くを見やるような目で笑った。

「よくないわ、気になるじゃないの」

どうも哲也にはわからないところがあると、なぜか彼の不透明な部分に理絵は腹を立てるのであった。

「そうだな、明日の夜になればわかることだろう」

哲也は、ブランデーを飲み干した。

「勝手にしなさい」

理絵は立ち上がって、壁際にある大型のソファに移った。

ソファのうえに、理絵は横になった。哲也がまたセックスを強要するのではないかと、重くなっている頭の中で理絵は考えた。いや、哲也も理絵と同様に疲れているし、睡眠不足のはずであった。

それに哲也は、ブランデーを飲んでいる。洋服を着たままで風呂にもはいらない理絵を相手に、そのような気分になるような余裕は哲也にもないだろう。そんなふうに思いながら、理絵は眠りに引き込まれた。

目を覚ましたとき、室内は明るくなっていた。応接間の窓の雨戸は、鎧板になっている。そのために、朝の明るさが忍び入るのであった。

理絵は、起き上がった。マントルピースの近くのソファで、哲也がぐっすりと眠っていた。その幼児のようにあどけない寝顔を、理絵は見守った。

窓と鎧板の雨戸を、音を立てないようにしてあけた。空は曇っているし、朝の日射しを浴びることもなかった。朝靄でもかかっているみたいに、樹木の茂みが乳色に煙っていた。

雑木を主としているが、モミや白樺も少なくない。人気が感じられない静寂を、鳥の声が震わせていた。朝の新世界を見るようで、理絵からは現実感が遠のいていた。

しかし、胸が痛くなるような冷気を吸い込んだとき、理絵はふと不安になっていた。哲也は、賭けるつもりでいるという。賭けるとは、いかなる企みなのだろうか――。

第三章

愛と戦闘

夜が訪れるまでは、退屈な一日だった。豊富な食料品を吟味して、理絵は朝食と昼食を作った。食事のあと片付けを終えると、もうやることがなかった。応接間のソファに横になって、テレビを見た。

哲也も、ごろごろしているだけだった。口笛を吹き鳴らしたり、ギターを爪弾(つまび)いたりで、陽気には振る舞っているが、ただそれだけのことであった。いかにも、所在なさそうな哲也だった。

たまに遠くで、車のエンジンの音が聞こえた。

だが、終日人声を、耳にしなかった。窓の外に明るい日射しと緑を見るだけで、別荘地の静寂が不気味なくらいであった。どうして、このようなところにいるのか、わからなくなる。

夕方になって、哲也が風呂(ふろ)にはいった。理絵は三十分ばかり間を置いて、浴室のタイルを踏んだ。理絵が風呂から上がるころには、窓外の闇が厚くなっていた。

哲也を刺激するという不安もあったが、理絵はネグリジェを着た。明日も明後日も、ここにいなければならない。毎晩、洋服を着たままで、眠るわけにはいかないと、理絵はあえて強気に出たのであった。

それに今日一日、哲也は理絵の身体に触れることもなかった。昼間であろうとその気になれば、理絵を求めることができたのだ。哲也にセックスを強要されれば、理絵もそれに屈伏する結果となっただろう。

何しろ、この別荘内は、二人だけの世界なのである。逃れることもできない二人だけの世界にいれば、哲也の力に抵抗する術は持てない理絵なのであった。

しかし、哲也は理絵に抱きつくといった気配すら、示さなかった。そのこともいくらか、理絵の気を楽にさせたのだった。

「魅力的だな」

理絵の水色のネグリジェを見て、哲也がまぶしそうな目つきで言った。

それを無視して、理絵は知らん顔でいた。

「欲しくなるよ」

哲也は、理絵の背後に回った。

「何を言ってんの」

　理絵は足早に、応接間へ向かった。

「今夜たっぷり、理絵と愛し合いたい」

「お断わりよ」

「言うだけなんだから、そう邪険にするなよ」

「言うだけでも、わたしはいやなの。そんな話、聞きたくもないわ」

「おれはこんなに、理絵のことを愛しているのに……」

「愛しているなんて、軽々しく口にしなさんな」

「これから、その証拠を見せるよ」

「わたしを犯しておいて、愛している証拠だって言うつもりなの」

「そんなんじゃない。おれは、理絵を抱きたい。しかし、ここ二、三日は、できそうにないんだ」

「ここ二、三日……？」

「だから、言うだけなんだ。おれのほうが、諦めているのさ」

「ここ二、三日は駄目だって、それどういう意味なの」

　応接間へはいったところで、理絵は哲也を振り返った。

「意味は、すぐにわかるよ」

哲也はニヤリと笑って、理絵の背中を押すようにした。

哲也が何か企(たくら)んでいるということを、理絵は思い出していた。二、三日セックスはできないというのは、その企みのためではないか。

セックス不能ということは、大いに歓迎する。だが、その原因となる哲也の企みとは、いったいどういうことなのか。理絵の胸のうちで、急に不安が強まった。

そうした理絵の目に、奇妙なものが映じた。

テーブルの上に、ガーゼが広げてあった。更にガーゼのうえに、救急箱を引っくり返したような品物が、並べられていたのである。

カット綿。

バンドエイド。

繃帯(ほうたい)。

消毒薬の瓶。

西洋カミソリ。

輪ゴム。

そして、冷蔵庫の氷を詰めた氷嚢(ひょうのう)。

それらの品物をひととおり眺めやってから、理絵はソファにすわった哲也の顔に目を移した。哲也もテーブルのうえの品物を、じっと見据えていた。

「何なの、これ……」

理絵は、咎める口調になっていた。

「小指を切るために、これだけのものが必要なのさ」

哲也は、薄ら笑いを浮かべた。

「小指を切るって……」

理絵は、ゾクッとするような寒気を感じた。

「おれの小指を切るんだよ」

哲也は、左手の小指を立てて見せた。

「冗談でしょ」

「冗談でこれだけの道具を、そろえたりするか」

「じゃあ……」

「そう、おれは本気だ」

「哲也さん、あなたったら……」

「心配はいらない。出血も大したことはないし、我慢できないほど痛くはないんだ」

「そんなこと、やめてちょうだい」

「簡単に、切断できるんだよ。おやじは、医者なんだ。だから、おれにもそのくらいの知識はある」

「やめてよ」

「関節には、骨がない。小指の第一関節にあるのは、動脈と静脈、それに靭帯だけなんだよ」

「お願いだから、やめて」

「靭帯って、知っているかい」

「知るもんですか」

「関節の運動を安全にしたり制限したりするのが役目で、強くて丈夫な繊維性の組織なんだ」

「そんなこと、どうだっていいわ」

「骨がないから、このカミソリで楽に切れる」

「楽だろうと何だろうと、そんなことをしてはいけないのよ」

「靭帯を切れば、指の先がポロッと落ちるんだ」

「絶対にやめてちょうだい」

「やめて、どうするんだ」

「どうするって……」

「ほかに、方法があるか。まずはあんたが、おれを誘拐したっていう事実を証明しなければならない。そうしないと、おやじもおふくろも誘拐だとは信じない。信じなければ、身代金を払わない」

「この別荘で、時間稼ぎをして、あなたが行方不明になったということを、信じさせるって方法もあるわ」

「そんな手ぬるい方法では、いつになったら結果が出るかわからない。一カ月たっても、おれが行方不明になったなんて、思わないかもしれない」

「でも、あなたの親なんだから……」

「普通の親とは違うんだよ。おやじもおふくろも、ショッキングな方法を用いないと、驚くことだってないんだぜ」

「だからって、あなたの指を切るなんてことは……」

「理絵は何のために、おれを誘拐したんだ。このままだったら、ここにいること自体、無意味になる」

「何か、ほかの方法を考えるわ」

「昨日、東京のあのマンションで、おれは小指を切ると言った。だけど、そのときの理絵は、やめろと口走ることもなかった」

「本気にしていなかったのよ」

「女の尻ばかり追いかけるプレイボーイに、そんな大胆なことができるものかって、腹の中で笑っていたんだろう」

「ごめんなさい」

「おれみたいな男だって、愛する女のためだったら指の一本ぐらい切り落とすさ。おれは理絵とおれ自身のために、小指一本で賭けてみるんだ」

哲也は、消毒薬の瓶に手を伸ばした。

「哲也さん……」

全身に震えを覚えながら、理絵は胸を抱きしめるようにしていた。

さすがに、青白くなった哲也の顔には、笑いが認められなかった。頰のあたりが引き攣ったように、表情も硬ばっている。そして哲也の真摯な眼差しが、理絵の制止を拒んでいた。

理絵にも、もうやめさせようとする意思がなかった。

理絵は、言葉を失っていた。声も出ない。泣きたくなるような気持ちだった。寒さを感じて全身の震えが、激しくなる一方であった。

それでいて理絵の胸のうちは、燃えるように熱くなっている。一種の感動によって、理絵は泣き出しそうになるのである。理絵はいま眼前に、圧倒されそうに大きくて厳しい男の姿を見ているのだった。

哲也さん――。

と、理絵は声にならない声で、必死になって呼びかけていた。

哲也は、嘘をついていない。理絵のことを愛しているというのも、口先だけの言葉ではなかったのだ。

哲也に愛されていることを、理絵は胸を刺されるような痛みとともに感じていた。同時に、そのことが嬉しかった。自分も哲也のことを愛しているのだと、理絵は思いたかった。

「哲也さん」

理絵は、声を絞り出した。

「うん」

哲也は、消毒薬の瓶の栓をはずしていた。

「わたし、あなたのものよ」

息苦しさに、理絵は肩で喘いだ。

哲也は、立ったままでいる理絵を見上げた。

理絵は泣いた顔で、深くうなずいた。

「勇気百倍だ」

哲也はそう言ってすぐに、消毒薬の瓶へ視線を戻した。

「何もかも帳消しにしたいわ」

「帳消し……？」

「ご破算にするって、いうべきかしら」

「誘拐を、中止にするっていうのか」

「ええ」

「中止すれば、それですむことなのかい」

「あなたと、結ばれたんですもの。それだけで、十分だっていう気がするの。犯罪者になるよりも、あなたと愛し合える人生を送ったほうが……」

「大金を手に入れるっていうことは、どうなってしまうんだ」

「諦めるわ」

「ほかにも、目的があるんだろう」

「ほかの目的って……」

「あんたの目的は、身代金をせしめることだけじゃない。もし、身代金だけを目当てにするんだったら、おれなんかを誘拐するはずはないよ。なぜ、おれを誘拐の対象に選んだのか。いや、どうして小田桐家の人間を、人質にしたかだ」

「それは……」

「復讐(ふくしゅう)か」

「確かに、ほかにも目的はあるわ」

「小田桐直人か霧江、あるいはその両方に対する復讐だろう」

「いまは、話したくないことよ」

「おれも、詳しいことを訊(き)くつもりはない。ただ、復讐という目的まで、放棄することはないだろうって、おれは言いたいんだ。実は、おれにも目的がある」

「どんな目的なの」

「おれが誘拐されたことを信じたおやじとおふくろが、いったいどういう出方をするか見極めたいんだよ。身代金を払おうとするか、それともおれを見殺しにするか、はっきり見極めることが目的だ」

「身代金を出さないってことも、あり得るというわけね」

「多分おれのことを、見殺しにするだろうな」

「そんなの、あなたの考えすぎよ」

「だからこそ、賭けてみたい。理絵とおれ自身のために賭けることは、そういうことなんだよ」

哲也は、深呼吸をした。

哲也はすでにカミソリの刃を、左手の小指の第一関節に押し当てていた。

「ああ、哲也さん！」

理絵は、叫ぶような声を出していた。

理絵のためにも、哲也は小指を切断しようとしているのだ。そうした哲也に、背を向けることは許されない。この場から逃げ出したりすることも、絶対に許されない。哲也と同じような苦痛を、せめて気持ちのうえで味わう義務がある。

そう思いながらも、理絵は目をあけていられなかった。

「それ！」

掛け声とともに、哲也は右腕を動かした。

理絵は目を閉じたうえに、両手で顔を覆っていた。

静かだった。

理絵は恐る恐る目を開いて、両手の指を広げた。痛みを堪(こら)えるように、哲也は背をまるめて動かずにいる。テーブルのうえのガーゼが、鮮血に染まっていた。その飛び散った血の中に、カミソリが投げ出してあった。

理絵は、哲也の前に回った。テーブルをはさんで哲也を見おろす格好になった。もう目を閉じることも、手で顔を覆うこともなかった。

いざというときの女の度胸が、理絵を気丈にさせたのであった。ガーゼのうえに転がっているソラマメ大の肉塊を、理絵は見定めた。

血まみれのその肉塊は、紛れもなく小指の第一関節から先の部分だった。白くなった爪のすぐ下に、ホクロと傷跡の引き攣れが認められた。

「哲也さん、大丈夫なの」

理絵は手の甲で、流れる涙を拭き取った。

それに応えるように、哲也はゆっくりと顔を上げた。哲也は青白い顔に、笑いを浮かべていた。

作り笑いではなかった。大変な仕事を終えたことに満足し、誇りを示している男の笑顔であった。

「これは、ヘイアミン液だ」

哲也は消毒薬の瓶の中身を、左手の小指に振りかけながら、余裕を見せてそう言った。

輪ゴムで何重にも、付け根を締めつけてある小指は、血の気を失っていた。それでも出血を続けている小指の切断面には、ヘイアミン液がかからないように、哲也も気を配っているようだった。

消毒をすませると、哲也は小指の切断面にカット綿をあてがった。そのあとは、理絵の仕事であった。理絵はバンドエイドでカット綿を押さえ、小指にだけ繃帯を巻いた。哲也が痛みに顔をしかめるので、何度も作業を中止しなければならなかった。

積み上げた辞書や時刻表のうえに、氷嚢が置いてある。哲也は床にすわり込んで、左手を氷嚢に押しつけた。

「こうすると左手の位置が、心臓よりも高くなるだろう。心臓より高くして冷やすと、二重の止血効果があるんだ」

哲也は痛みを紛らわすためか、そのように余計な説明を聞かせた。

「これほど大切なものを、わたし初めて見るような気がするわ」

理絵は、切断された小指の一部分を、カット綿で包んだ。

気味が悪いなどとは、思いもしなかった。

それは哲也の心臓の一部であり、理絵への情愛の断片であった。それこそ金では買えない貴重品を、手放したくないという気持ちが、理絵の胸のうちに芽生えていた。

「九時ごろになったら、東京の小田桐家に電話を入れるんだ」

哲也が、命令する口調で言った。

「それで……？」

理絵は訊いた。

「おれの小指を切り取ったので、それを証拠として郵送する。それだけ伝えて、電話を切るんだ」

哲也の顔には、血の気が蘇（よみがえ）っていた。

「わかったわ」

理絵は九時まであと四十分たらずだと、時計を見て確かめた。

哲也が、主導権を握っている。人質が指示を与えて、誘拐犯人がそれに従う。そのように、まったく奇妙なかたちで立場が逆転していることにも、気づかない二人になっていたのである。

九時になるのを待って、東京の小田桐家へ電話を入れた。

食堂にある親電話を、応接間の子電話に切り替えた。電話でのやりとりを、哲也に聞かせるためであった。止血が完璧（かんぺき）に行われるまで、ソファに横になっている哲也を、動かすわけにはいかなかったのだ。

電話機を哲也の頭の近くへ運び、理絵はその膝のうえに置いた。理絵は更に送受器を、哲也の耳に押しつけるようにした。目を閉じた哲也は、痛みを堪えるように、眉間に皺を寄せていた。

「はい、小田桐です」

愛想のない男の声が、電話に出た。

哲也が、口を動かした。オ、フ、ク、ロと言っているようである。

「お母さんを、お願いします」

理絵は哲也の指示を受けて、霧江を電話口に呼んだ。

「はい」

男の声は、素直に応じた。

「誰なの」

送受器を手で押さえて、理絵は哲也に訊いた。

「雅也だ」

哲也が答えた。

「弟さんね」

理絵は、哲也に雅也という優秀な弟がいることを、思い出していた。

　雅也は、東大の医学部の学生である。兄の哲也とは、まるで出来が違うらしい。秀才の見本みたいな雅也に、小田桐夫妻は大いに期待しているようだった。もちろん小田桐病院の後継者は、弟の雅也ということになるのだろう。

「もしもし……」

　霧江の甲高い声が、理絵の耳に響いた。

「わたしだけどね」

　理絵は声と口調を、脅迫電話用のそれに一変させていた。

「電話を切りますよ」

　舌打ちを聞かせて、霧江は怒った声になっていた。

「指を、送るからね」

　理絵はいきなり、用件を伝えた。

「指……？」

「人質の指さ」

「哲也の指を送るって、それどういう意味なの」

「哲也を誘拐したっていう証拠を見せろと、そっちが注文をつけたんじゃないか。だから、注文に応じてやったんだよ」

「それで、哲也の指を切り取ったということなんですか」

「一時間ばかり前に、哲也の左手の小指を切り落としてやったわ」

「嘘でしょ」

「だから、事実だという証拠を、送るって言っているじゃないの」

「変なものを、送って来たりしないでくださいよ」

「変なものとは何さ。あんたの息子の小指なんだよ」

「そんなこと、誰が本気にするもんですか」

「爪の下にホクロと、傷跡の引き攣れがある。哲也の小指に間違いないかどうか、じっくり眺めてみることだね」

「ほんとうに、哲也の指を切り落としたんですか」

「そっちが、欲しがった証拠の品なんだからね」

「指なんて、欲しがらないわ！」

叫ぶように、霧江は声を張り上げた。

哲也が、首を振った。電話を切るように、という合図であった。

「じゃあ、楽しみに待つことね」

そう言って、理絵は送受器を置いた。

理絵は、溜め息をついた。闘志が、萎えていた。哲也の切り落とした指のことが、胸に引っかかっているのである。哲也の切り落とした小指を送りつけて、身代金を要求することが、理絵にはこのうえなくむずかしいのであった。

絶対にやってはならないことを、やっているような気がするのだ。哲也の左手の小指は、二度と元通りにならない。そして、切り落とした小指が哲也の愛の証として、何よりも大切なもののように感じられる。

それを、小田桐家に送りつけたりはしたくない。脅迫の道具などに、使いたくはない。理絵の宝物として、死ぬまで手放したくないと思う。

しかし、それでは指を切るという哲也の行為が、無意味に終わることになる。何のために激痛に耐えて、肉体の一部を失ったのかわからない。

そこに理絵は、やりきれなさを感じるのであった。

「これで、宣戦布告は終わった。いよいよ戦闘開始だよ」

哲也が、ニヤリとした。

その哲也の笑った顔を、理絵は手で撫で回すようにした。まるで、わが子の顔に触れているように、いとおしさを理絵は覚えた。どうして急に、哲也への愛着が強まったのだろうか。

哲也が小指を切り落としたことで、いきなり愛が芽生えたりするはずがない。小指を切り落としたことでは、哲也の愛の証を見せつけられたのにすぎなかった。

もちろん、哲也が好きだという下地は、すでに濃縮されて、理絵の心を占めていた。哲也とのセックスに、心ならずも反応してしまったことが、それを証明している。ただ理絵は、気持ちの上における垣根に、最後まで拘泥したのである。

その理絵の気持ちを取り囲んでいた垣根が、哲也の小指を切り落とすという火薬によって爆破されたのだ。理絵の胸のうちの垣根は、跡形もなく取り払われた。

哲也も、孤独な若者であった。

互いに孤独な心が、寄り添った。それは若い男女の場合、愛というかたちでしか表わせないのである。もはや理絵には、哲也への愛しかないといえそうだった。

昨日までの自分を、理絵は捨てきっている。

だからこそ理絵は哲也に向かって、愛していると人が変わったようなことも、言えたのであった。

自分に素直になれた女の思いは、愛することのみに傾斜する。哲也は戦闘開始だと、張り切っている。だが、理絵はその気になれない。戦闘よりも愛を、優先させているからである。

「明日は、東京へ行くんだ」

哲也は再び、目をつぶっていた。

理絵に顔を撫でられたことに、哲也は快さを感じているらしい。哲也なりに、甘えているのだった。

「東京へ……」

手の動きをとめて、理絵は顔を近づけた。

「理絵ひとりで、行くんだよ。おれはまだ、動かないほうがよさそうだ」

「東京へ、何をしに行くの」

「おれの小指を、郵送するために決まっているじゃないか。東京におれたちはいると、思わせなければならない。だから、東京で投函するんだ」

「東京都内だったら、どこでもいいのね」

「中野区あたりで、いいんじゃないのかな」

「明日中に、戻ってこられるかしら」

「朝早く出発して、関越自動車道を往復すれば充分だよ」

「わたしひとりでは、心細くて……」

「いまのところはまだ、犯罪者にもなっていない。あんたがどこを走り回ろうと、危険はまったくないよ」

「それに、あなたをひとりここへ残して行きたくないの」

「なぜだ」

「心配で、気がかりで……」

「おれはここで、じっと動かずに寝ているだけだ」

「一緒にいたいわ」

「どうしてそんなに、気弱になったり、甘ったれたりするんだ。まるで、別人みたいじゃないか」

「あなたから、離れたくないのよ」

「戦闘開始なんだぞ」

理絵の鼻の頭を、哲也が軽く吸った。

「哲也さん、愛しているわ」

理絵は、唇を重ねた。

二人の唇が、十字に交差した。湧(わ)き水を飲むような口つきで、理絵は哲也の唇を貪(むさぼ)った。

その夜も、哲也と理絵は応接間のソファで寝た。

哲也が、動きたがらなかったからである。立ち上がって歩いたりすると、小指の切断面に痛みが生じるようであった。出血も、心配になる。

　理絵は、眠れなかった。哲也がトイレに向かえば、理絵も一緒についていった。トイレの前で、哲也を待つ。傷は大丈夫だろうかと思うと、理絵の小指までが痛くなる。いまになって、哲也が小指を切断したという実感が、湧いたのである。

　ガーゼのうえに飛び散った血。

　第一関節で切り落とされて、ガーゼのうえに転がった指先。

　哲也の右手で震えていたカミソリと、独特に光を放つ刃先。

　小指の切断面から噴き出して、哲也の左手を染めた血の色。

　痛みとショックを堪える哲也の蒼白な顔——。

　それらが理絵の脳裏に、鮮明に描き出される。理絵の身体が震えて、貧血を起こしたような気分になる。理絵のほうが立っていられなくなって、トイレのドアに凭れかかった。

　哲也は大変なことをやってのけたものだと、理絵は泣き出しそうになるのだった。

　理絵は夜中に二度、氷嚢に冷蔵庫の氷を詰め込んだ。

　哲也は、よく眠っていた。少しでも眠ったほうが、傷のためによかった。氷嚢のうえに手を移しても、哲也は目を覚まさなかった。理絵は哲也の寝顔に見入っては、何度も『愛している』とつぶやいた。

理絵は明け方に、二時間ほど眠った。起きたら、すぐに出発だった。哲也が、カセット・テープのケースを差し出した。塩化ビニール製の透明のケースで、厚みは一センチほどであった。

その中に、カット綿とガーゼに包んだ小指を、詰め込んだ。ケースの蓋を閉じると、小指は固定されて動かなくなった。理絵はそれを、バッグに入れた。

「じゃあ、気をつけてな」

横になったままで、哲也が手を振った。

「あなたもよ。絶対に、動かずにいてちょうだい」

笑いながら、理絵は涙ぐんでいた

「一日中、テレビを見ているさ」

「食事は……」

「大丈夫、カップ麵で間に合わせておく」

「戻って来たら、あなたがいなかったなんて、そんなのいやよ」

「おれだってもう、行くところはどこもないんだ」

「戻って来たら、あなたがどうかなっていたというのも、いやだわ。そんなことになったら、わたし死ぬほかはないんですもの」

「指の一本ぐらい切り落としたからって、どうかなるはずはないだろう」

「必ず、いまのあなたのままでいてね。何事もなくわたしが帰ってくるのを待っているのよ」

必死の面持ち(おもも)で、理絵は同じ言葉を繰り返した。

「おれと理絵には、生き別れも死に別れもないよ」

哲也は理絵に、ウインクを送った。

後ろ髪を引かれる思いで、理絵は別荘を出た。車に乗り込んでから、理絵の目は前方に据えられた。こうなったら、一刻も早く戻ってくることだった。そうするには、急がなければならない。

中軽井沢へ向かった。

中軽井沢で、切手と封筒を買った。サン・グラスをかけた理絵のような女は、夏の軽井沢ではむしろ珍しくない。つまり、目立たないということになる。買った品物も切手と封筒で、極めて当たり前なものであった。文房具店の人間は、理絵の顔を見ようともしなかった。

軽井沢で切手と封筒を買ったことから、足がつくという心配は絶対にない。カセット・テープのケースにしても、同じことがいえた。

カセット・テープは、どこででも売っている、ケースに製造会社名がはいっていても、どこで売られたかは特定できない。それでカセット・テープから、足がつくということもあり得ない。

封筒は、長形3号と呼ばれる茶封筒であった。カセット・テープのケースが、納まる封筒の大きさである。車の中で理絵は、封筒の表書きにボールペンを走らせた。宛名は『小田桐霧江』にした。

指紋を拭き取ったカセット・テープのケースを、封筒に入れた。切手を貼ってから、セロテープで封をした。当然、差出人の名前はない。

これで、準備完了である。赤ペンで『速達』と標示して、理絵は封筒を助手席のシートへ投げ出した。その瞬間に理絵は、哲也の小指に別れを告げていた。

碓氷道路を下り、高崎を目ざす。関越自動車道へは、前橋インターがはいりやすい。高崎市内を北へ抜けて、前橋インターから関越自動車道にはいった。理絵は、スピードを上げた。

午前十一時に、関越自動車道を抜けた。東京の車の混雑に苛立ちながら、理絵は郵便ポストを捜した。中野区内の特定郵便局の前で、理絵は車を停めることができた。

赤いポストがあった。

　ポストに、差込み口が二つある。『都内』の口を確認してから、それに封筒を近づけた。

　逡巡（しゅんじゅん）はしなかったが、目をつぶるような気持ちだった。封筒が、理絵の手を離れた。封筒はポストの底へ、吸い込まれていた。もう封筒を、取り戻すことはできない。

　逃げるように、理絵はポストの前を離れた。

　封筒は、ポストの中にある。間違いなく、カセット・テープのケースは小田桐家に届くのであった。

　小田桐直人と霧江は、切断された小指を見ることになる。

　ホクロに傷跡という目印を、小田桐夫妻が忘れているはずはない。小指は本物である。小田桐夫妻は、哲也の小指であることを確認する。

　哲也の切断した小指が、送られて来た。哲也が一枚嚙（か）んでの狂言などではないと、小田桐夫妻は仰天するに違いない。哲也が誘拐されたということを、小田桐夫妻は事実として受けとめなければならない。

　警察に通報する

　誘拐事件の発生ということになる。

　理絵は、誘拐犯人になるのだった。

　そうしたことが、封筒をポストに投げ込むと同時に、決定したのであった。もう、引き返すことはできない。理絵から、東京が遠ざかる。自由の身では、二度と歩けない東京かもしれなかった。

だが、そのようなことは、どうでもよかった。

理絵は、運転を休まない。食事も抜きであり、トイレに寄ることもなかった。関越自動車道を、ただひたすら走る。理絵の思いは、五分でも十分でも早く、北軽井沢の別荘に帰りつきたいということだけである。哲也に、会いたいのだ。

午後四時に、北軽井沢の別荘に到着した。別荘はそこにあって、外見に異常もなかった。

理絵は、別荘の中へ走り込んだ。応接間に直行した。ソファのうえに、哲也の寝姿があった。

「哲也さん！」

理絵は駆け寄って、哲也の顔の前にすわり込んだ。

「お帰り」

哲也は理絵を、まぶしそうに見やった。

「変わりなかったのね」

理絵は、哲也の頭をかかえ込んだ。

「眠ってばかりいたよ。そのせいか、傷も痛まなくなったみたいだ」

理絵の腕の中で、哲也がくぐもった声で言った。

「二度と、離れたくないわ」

哲也の顔に、理絵はキスの雨を降らせた。

「おれの小指を明日、おやじとおふくろは受け取る。問題はおやじとおふくろが、それに対してどう出るかだ」

哲也は、目を輝やかせていた。

哲也と理絵には、戦闘と愛の違いがあった。

翌日は、八月六日であった。

この日の午前中には、速達便が小田桐家へ届くはずである。そのことに期待してか、哲也は大いに張りきっていた。小指の出血も、完全に止まっている。化膿もしていないようだった。

小指の切断面を洗ったほうがいいと、理絵は何度もすすめてみた。だが、哲也はそれを拒んだ。小指の切断面には、まだ痛みが残っているからだろう。

しかし、切断面を刺激しない限り、痛みは感じないようであった。もう氷で冷やす必要もなく、哲也は横になっているということもなかった。

食欲も旺盛になり、哲也は本格的な料理を要求した。別荘に貯蔵してある食料品は缶詰類ばかりで、野菜がまったくなかった。本格的な料理を作るには、買出しに行かなければならない。

理絵は車で、北軽井沢の町へ向かった。昨日、東京からの帰りに野菜などの食料品を、買い込まなかったのは迂闊（うかつ）だった。そのことに気づかなかったのは、やはり心の余裕に欠けていたせいだろう。

北軽井沢の町には、夏だけ繁盛する食料品店が並んでいる。その中でも、いちばん大きな店に、理絵ははいった。

まるでスーパーマーケットのように、大勢の客がいた。東西南北どこにでも別荘地がある。いったいどこから、これほどの人間が集まってくるのか、見当のつけようもなかった。

食料品店の従業員と、顔馴染（かおなじ）みの客は少なかった。客同士もほとんどが、互いに見知らぬ相手であった。そして買物をすませた人々は、どこへともなく消えていく。

ここでもまた、理絵に関心を払う人間は、ひとりもいない。理絵は澄ました顔で、買物をすればよかった。

野菜、果物、肉、豆腐、納豆などを買って、理絵は車の中へ運び入れた。そのあとは理絵もまた、広大な別荘地の中へ消えていく人間のひとりになった。

別荘では、哲也が腹をすかせて待っていた。

　理絵はステーキを焼き、野菜の豊富なサラダを作り、炊きたての白い御飯を皿に盛った。それにポタージュ・スープ、冷や奴、納豆を加えて、朝食を兼ねた昼の食事とした。哲也と理絵が初めて、一緒に食べる本格的な料理だった。

　飢えた子どものように、哲也は黙々と食べ続けた。たまに理絵のほうを見て、哲也は笑いながらうなずいた。うまいという満足感を、表わしているのであった。その哲也の笑顔が、理絵は嬉しかった。

「もう、おやじとおふくろも、おれの小指を見ているよ」

　哲也はそう言って、食後の桃に手を伸ばした。

「そうね」

　理絵は、暗い表情になっていた。

　すでに取り返しはつかないという緊張感が、理絵の胸を締めつけたのであった。

「二人とも、驚いただろう。おふくろは、腰を抜かしそうになって青い顔でいる。おやじは、口をへの字に結んで考え込んでいる。そんな二人の姿が、目に浮かぶようだ」

　水蜜桃を頬張ったままで、哲也はニヤリとした。

「本気にするかしら」

　理絵は、哲也の前のいずれも空になっている皿を、眺めやった。

「おれが、誘拐されたってことをかい」

「ええ」

「それはもう、間違いなく信ずるだろう。おれの小指だってことは、認めざるを得ないんだからな」

「代用品だなんて、思わないでしょうね」

「ホクロに傷跡という目印は確かなんだし、まったく同じホクロと傷跡がある小指の持主なんて、そうざらにはいないよ。もしいたとしても、そいつの小指を切り落とすっていうのは、おかしな話じゃないか」

「そうね」

「それに、おれが狂言に加担して自分で小指を切り落とすなんて、おやじとおふくろは考えてもみないだろう。おやじとおふくろも理絵と同様、おれにそんな度胸があるとは思っていないからな」

「その話は、もうやめて」

「おやじとおふくろは、おれが誘拐されたことを初めて本気にする。だから二人とも、びっくり仰天するんだ」

「本気にしたら、次はどうするか。それが、問題なんでしょ」

「本気にして、驚きはする。ただし、だからといって世間一般の親みたいに、常識的に対処するとは限らない」

「すぐに、警察へ届けるでしょうね」

「それは、絶対だ。いまごろはもう大勢の刑事が、おれの家で待機しているかもしれない」

「そうなると、下手に電話はかけられないわね」

「当然、逆探知の装置をセットして、犯人からの電話を持ち受けているはずだ。だから、電話はかけないほうがいい。どうしてもというときが来たら、数十秒で終わる電話をかけるんだ」

「でも、こっちから電話をかけなければ、相手の出方がわからないでしょ」

「いや、テレビのニュースが、おやじの出方を教えてくれるよ」

「テレビのニュースが、どんなふうに教えてくれるの」

「つまり、公開捜査となれば、テレビのニュースで事件を報じるだろう。そうなったときには、おやじに身代金を払う意思がないことが、はっきりするじゃないか」

「全然ニュースで扱わなければ、その逆っていうことね」

　理絵は、うなずいた。

「まずは、その結果待ちさ」

哲也は一瞬、顔を硬ばらせていた。

その結果というものに、哲也は賭けているのだった。そういうことを考えれば、哲也も笑ってはいられない心境となるだろう。哲也と理絵にとっては、長い午後が静寂のうちにすぎていく。

林の向こうを、車が通過する。テニス・コートやプールへ出かける男女の声を、風が運んでくる。どこかの別荘で演奏しているらしく、ロックのリズムで音楽が聞こえていた。それらがいずれも白昼夢のように、静寂に織り込まれている。

いくらか賑やかなのは、今日は土曜日のせいだろう。多くの人々が、別荘地で土曜と日曜を過ごすのだ。そうした人々の姿を見ることはないし、別荘地に静けさはちゃんと保たれている。

だが、大勢の男女が別荘で、週末を楽しんでいることは、気配としてはっきりわかる。そのような屈託ない時間に、哲也と理絵だけが違和感を覚えているのだった。

哲也誘拐は、刑事事件として成り立ったのである。警察は捜査本部を設置して、すでに動き始めているのであった。理絵はついに犯罪者となり、警察の捜査の対象とされているのだ。

そう思うと、これまでとは違う緊張感に、身が引きしまる。もし、哲也と味方同士いう奇妙な関係になかったら、理絵はとてもじっとしてはいられないだろう。別荘から、飛び出したくなったに違いない。

哲也は、テレビをつけなかった。午後三時のニュースでは、いくら何でも早すぎると、判断したのだろう。哲也は、夜を待つつもりなのである。

夕方になった。

もう、通過する車の音も、道を歩く人の声も聞こえなくなった。昼間からのバンド演奏も、いつの間にかやんでいた。理絵は台所に立ち、食事の仕度に取りかかった。どんな料理を作るべきか、考えてもいなかった。食欲など、あるはずがない。

哲也も空腹を、訴えてはいなかった。しかし、ほかにやることがないし、理絵には食事の仕度をするのが、決められた仕事のように思えたのだった。

六時半になって、哲也はテレビをつけた。民間放送のテレビのニュースから、哲也は見始めたのであった。

「理絵……！」

とたんに、哲也が大きな声で呼んだ。

結果が、出たのである。

理絵は、食堂へ走った。

食堂の大型テレビへ椅子を向けて、それに哲也は腰をおろしていた。理絵も並んで、椅子にすわった。テレビの画面には、哲也の写真がいっぱいに広がっていた。記念撮影のときのような哲也の顔が、その写真で取り澄ましている。

誘拐された小田桐哲也さん（21）――という文字も、画面に認められた。テレビのニュースが、誘拐事件を報じている。それも、哲也の小指が届いたその日のうちに、報じられたのであった。

テレビで報道されれば、もちろん新聞にも載る。誘拐事件の場合は後日、必ず『おことわり』というのを、新聞紙上に見ることになる。

『○○新聞社では、この誘拐事件について人命尊重の立場から、○○県警の要請に基き報道を差し控えて来ました』という一種の社告であった。

だが、今回はそういう新聞の社告にも、いっさい無縁の誘拐事件となったのだ。誘拐されたことが明らかになったと同時に、ニュースとして報道されたのである。これもまた、前例のないことといえるかもしれなかった。

「――署に設けられた特別捜査本部では、即日公開捜査にするのは異例のこととして、関係者全員で協議を重ねましたが、被害者の父親からの再三にわたる申し入れを受けて、今日の午後四時三十分に公開捜査に踏みきることを決定、記者団に対して発表したものです」

　アナウンサーの声が、そのように説明を加えた。

「同時に、被害者の父親の小田桐病院院長、小田桐直人さんは霧江夫人とともに記者会見を行い、犯人に告げるとして次のように語りました」

　顔を見せたアナウンサーがそう言うと、画面はすぐに記者会見場に変わった。

　捜査本部の一室らしい記者会見場で、詰めかけた報道陣を前にした男女の姿が、画面に映し出された。

　白いスーツを着て、胸を張っているのは、小田桐直人であった。その横に控えめな態度でいて、伏せた顔を上げようとしないのは霧江である。

　そう文字で紹介されるのを確認しながら、理絵は初めて見る五十八歳の小田桐直人、五十三歳の霧江の姿を、じっくりと眺めやっていた。

　遠いむかし、小田桐直人と霧江は、理絵の養父母だった。いまは、哲也の両親である。そして、誘拐された人質の親ということにも、なるのであった。

　小田桐直人の声がはいった。低音で、早口だった。顔を右に左に動かして喋(しゃべ)るので、メガネのレンズが光る。怒りの表情であり、膝のうえで両手を握りしめていた。

「卑劣な悪に、わたしは屈しません。それは一円たりとも、身代金を払わないということです。身代金を払うから、誘拐という卑劣な悪があとを絶たない。犯人は一円の金も手に入れることなく、逮捕されるんです。そういう無意味な犯罪であることを、わたしは犯人に思い知らせてやります」

「わたしは、犯人に告げます。身代金が手にはいらないとなれば、一刻も早く息子を自由にすることです。このうえ、息子の身に危害を加えたりすれば、まるで利なくして極刑に処せられることになる。そのような馬鹿(ばか)らしいことはやらないのが、人間の知恵というものです」

「息子は、幼児ではありません。二十一歳の男です。息子は、闘うことも知っております。わたしは息子が自力で脱出してでも、無事に帰ってくるものと信じております。息子は一人前の男です」

「冷たい親だ、人命尊重が第一ではないか、非常識だ、身代金の支払いを拒否するとは前代未聞だと、わたしは世間の批判を浴びるかもしれない。また、犯人が要求する身代金二億円も、借金すれば用意できます。しかし、わたしはあえて、犯人の挑戦を受けて立つわけです。そのために、わたしのほうから捜査本部に対して繰り返し、公開捜査にしてくださいとお願いしました。公開捜査にすれば、犯人逮捕が容易になるからです」

「わたしは、犯人が憎い。だから、身代金は払いません。わたしは、悪に屈したくない。だから、身代金は払いません。わたしは、息子が一人前の男であることを信じている。だから、身代金を払いません。犯人は諦めて、これ以上の罪を重ねないことです。わたしにとっては、苦しい闘いです。けれども、悪と闘うということは、苦しいものでしょう。哲也、頑張りなさい。お父さんも、頑張っている」

　こうした小田桐直人の談話が、悲壮感の漲（みなぎ）った顔とともに、断片的に積み重ねられた。悪と闘うことを強く主張する小田桐直人の言葉と姿は、わが子の生命に目をつぶる親としてもドラマチックだった。

　続いて、マイクを向けられた霧江の上半身が大写しになった。黒っぽいスーツに身を包んだ霧江は、顔を上げようとしなかった。肩を震わせているせいか、髪の毛が揺れていた。

「悪と妥協してはならないと、主人から言われました。わたくしも、正論には逆らえません。わたくしはただ哲也の無事を祈るだけでございます」

　霧江はそう語って、ハンカチを鼻のあたりに押し当てた。

　涙を堪えての母親の短い談話は、それを聞く人間の胸を打つという意味で、充分すぎるほどの効果があった。だが、そうした霧江の姿に、理絵は演出の匂（にお）いを嗅（か）ぎ取っていた。電話で知っている霧江とは、別人のような感じがしたからである。

哲也を誘拐したという脅迫電話に対して、強気一点張りの霧江だった。その霧江が、急にしおらしい母親に一変した。哲也の切り落とされた小指を見て、そこまでショックを受ける母親であれば、それ以前にもっと息子の安否を気遣うはずであった。

カメラの前で演じている霧江を、理絵は見たような気がしたのだ。

「このように誘拐という卑劣な犯罪との妥協を拒否する小田桐直人さんの決意は固く、その強い要請によって特別捜査本部は……」

テレビの画面は、ニュース・キャスターの顔に戻っていた。

「小田桐さんが犯人との接触を拒み、身代金を用意する意思もないこと、人質の哲也さんが成人男子であること、小田桐直人さんがすでに一部のマスコミ関係者に誘拐事件を公表していることなどから、犯人の逮捕を急ぐための公開捜査に踏み切ったわけです。こうなったからには、一般からの情報提供が何よりの頼りだと、捜査本部では公開捜査の効果に期待しております。繰り返しますが、犯人は二人から四人ぐらいのグループと見られ、窓口には若い女がなっておりますが、主犯は男と思われます。哲也さんの切り取られた小指は、東京都内から郵送されたもので、哲也さんを監禁している犯人グループは、東京都またはその近県に潜伏中という見方が有力です」

ニュース・キャスターはそう伝えて、哲也の写真を最後に、次のニュースに移った。

理絵はぼんやりしているときのように、思考の焦点を失っていた。あり得ないことが実際に起こったという思いに、理絵は茫然とさせられたのであった。

小田桐直人は、誘拐犯人との接触を拒否した。

身代金は一円たりとも、支払うつもりがない。

誘拐という卑劣な犯罪とは妥協せず、息子の生死を考えずに断固、悪と闘うと犯人に宣告した。

前例がないこととはいえ、小田桐直人の姿勢は立派であり、勇気と正義そのものである。現代のヒーローとして、称賛されるかもしれない。しかし、小田桐直人は明らかに、哲也の死を予期している。つまり、父親は息子を、見捨てたのだった。

哲也が立ち上がって、テレビを消した。

「賭けの結果が、もう出ちゃったな。やっぱり、やつらはおれを見殺しにしやがった」

哲也は、笑い出した。

両親を『やつら』と呼んで大笑いする哲也が、理絵の目にはなぜか楽しそうに映じた。

なぜ哲也が楽しそうにしているのか、理絵にはよくわからなかった。哲也は強がったり、虚勢を張ったりしているわけではない。それは、見ればわかることである。

哲也の表情が、明るかったのだ。特に、目に輝きがあった。解放感を得たように、活き活きとした眼差しだった。それらを引っくるめて、楽しそうに哲也を感じさせるのであった。

哲也が、楽しそうに見せているのではなかった。楽しそうな哲也に、見えるのである。

哲也はまるで、親に見捨てられたことを、喜んでいるようだった。

「賭けの結果が、こういうことでよかったの」

理絵は、哲也の顔を見守った。

理絵の目には、同情が含まれていた。

「あんたには、申し訳ないけど……」

哲也は、小さく頭を下げた。

哲也のほうも、理絵に同情する目つきでいた。

「どうして、わたしに申し訳ないの」

「あんたの計画は、失敗に終わったんだ。二億円どころか、千円の身代金も手にはいらない」

「そうね。身代金の支払いを拒否されたら、誘拐は完全に無意味になるわ」

「それなのに、おれはこうした賭けの結果を喜んでいる。だから、理絵には申し訳ないっていうんだ」

「わたしは別に、かまわないわよ」

「身代金を、諦めたのか」

「だって、支払いを拒否されたんだもの。どうすることも、できないでしょ。それに、いまのわたしはもう身代金なんて、どうでもいいっていう気持ちだわ」

「すべてが水の泡っていうのが、いかにも残念だけどな」

「それより、あなたはどうして、親に見殺しにされたことを喜んでいるの」

「やつらの正体が、はっきりしたからさ。これで、親子の絆（きずな）とか縁とかいうものを、いっさい気にする必要がなくなったんだ。おれは、やつらから解放されたんだよ」

「意味が、よくわからないけど……」

「実に、うまい芝居をしたもんだ。小田桐直人は悲壮感を漂わせながら、勇気ある父親の姿を演じていた。ポーズといい、語りといい満点だよ。霧江は霧江で、悲しみに耐える母親になりきっていた」

「すべて、演技だっていうの」

「当たり前じゃないか。卑劣な悪と対決するなんて体裁のいい言葉を並べ立てて、いったいやつらの本心はどういうことなのか。もちろん、悪の前に屈しないなんていうのは、心にもない嘘っぱちさ」

「だったら、本心とはどういうことなの」

「身代金の支払いを拒否して、警察を公開捜査に踏み切らせる。しかも、そのことをマスコミに通じて、犯人に伝える。犯人に対して、挑戦状を突きつけたんだ。これは誘拐犯人と人質の親とのあいだにおけるルール違反だろう。挑戦を受けた犯人は、どうするだろうか」

「犯人は、人質を殺すでしょうね」

「その危険性を、やつらは承知のうえなんだよ」

「じゃあ、まるであなたが殺されることを、望んでいるみたいじゃないの」

「当然さ。哲也も頑張れ、お父さんも頑張るなんて、あの歯の浮くような呼びかけが、やつらの本心を物語っている。万が一、おれが無事に生還すれば、敢然と悪に立ち向かい悪を制した勇気ある親として、やつらは英雄の扱いを受ける。だけど、それは万が一の場合であって、やつらはおれが無事に生還することを望んではいない」

「あなたが殺されたら、薄情な親として世間の批判を受けるでしょうね」

「そうした批判に耐えてでも、やつらはおれが犯人に殺されることを期待している。批判は受けても、責められたり非難されたりはしない。やつらはあくまで不幸な親という被害者なんだし、憎むべきは人質を殺した誘拐犯人なんだ。それに世間の批判なんて、一時的なものだろう」

「それよりも、あなたがこの世から消えてくれることのほうが、小田桐夫妻にとっては大事だっていうの」

「それが、やつらの本心であり、狙(ねら)いでもあるんだ。頼みもしないのに、第三者が邪魔な人間を消してくれるんだぜ。やつらにとっては、またとないチャンスじゃないか」

「そんなにあなたって、邪魔な人間だったの」

「だろうね」

「どうしたの。あなたが、駄目な長男だから？　親の言うことを、聞かないから？　それとも、家庭内暴力を振るうから？　親にとって、恐ろしい存在だから？　あなたが、素行不良だから？」

「理絵はおれのことを、いろいろ知っているらしいな。まあ、そのとおりだと、いっていいだろう。要するに、あらゆる意味でおれは厄介者なんだ」

「だからって、わが子が殺されるのを期待したり、歓迎したりする親がいるかしら」

「それが、ちゃんといるんだな。世間を見てみろよ、そんな話は珍しくも何ともないよ。子捨山がある時代なんだぜ。厄介払いをするために、子どもを外国の高校に入学させる。手に負えなくなった子どもを特別な訓練所に預ける。そのために、親は大金を使う。大金を使って厄介者の子どもを捨てる親には、この世から消えてくれればいいという期待感があるんだ」

「そう」

「おれが誘拐犯人に殺されるんだったら、やつらにとっては渡りに舟だよ。世間から白い目で見られることもないし、大金を使う必要もない。極めて自然な成り行きのうちに、おれを始末できるんだからな。だから、やつらはそう仕向けるように、身代金の支払いを拒否したり、誘拐犯人を挑発したりしたんだよ」

「だとしたら、わたしが小田桐夫妻の手助けをしたっていうことになるわね」

「そうなんだ。理絵の誘拐計画は、やつらを喜ばすだけに終わったのさ」

「それが事実なら、ごめんなさい」

理絵は、哲也を見上げた。

「とんでもない。理絵が、謝ることはないよ。おかげで、やつらの本心を見極めることができて、おれは清々したんだ」

哲也は椅子にすわって、理絵の肩に手を回した。

「でも」

哲也は、唇を噛んだ。

熱いものが、込み上げて来た。

「どうしたんだ」

そむけた理絵の顔を、哲也がのぞき込んだ。

「あなたが何のために、小指を切り落としたのかと思うと……」

理絵の頬を、涙が流れた。

「そんなこと、気にするな。あれは、やつらの本心を焙り出すために、切り落としたんだ。そう思えば、あんたも負担に感じないだろう」

哲也は唇を寄せて、理絵の涙を吸い取った。

「やさしいのね。だけどわたしは、あなたの切り取られた小指を見ても、まるで動じない小田桐夫妻の心というものが、悲しくて仕方がないのよ」

理絵は哲也の肩に、濡れた顔を押しつけた。

「おれはむしろ、笑ってやりたいね」

哲也は、理絵の背中を撫で回した。

「ねえ、お風呂にはいりましょうか。一緒に……」

理絵は泣きながら、笑った声で言った。

「急に、どうしたんだい」

哲也が、理絵の上体を起こそうとした。

「だって、あなた自分では洗えないでしょ」

理絵は逆らって、顔を上げまいとした。

切り落とした小指の一部を、哲也は無にしたのだった。そういう哲也を心身ともに、労ってやらなければならない。それに理絵はもう、哲也のものなのである。

一緒に、風呂にはいる。哲也の身体を洗う。彼が求めることには、何でも応じる。そのようなことは、当たり前なのであった。

そして、いま哲也と理絵に残されたのは、心から愛し合うことだけなのである。

浴室は広くて、床と壁がピンク色のタイル張りになっている。山荘の浴室としては、かなり贅沢で豪華だった。だが、造りは旧式で、浴槽もタイル張りである、浴槽の縁がやや高めで、古い温泉旅館の浴室を思わせる。それでも大人が二人、ゆったりと湯に浸かれるほどの浴槽であった。

小指を繃帯にくるんだ左手を、哲也は常に高く差し上げるようにしていた。もう痛みはないにしろ、繃帯が濡れることを哲也は嫌っているのだ。

右手だけを使えば、身体は洗える。それを、身体が洗えないから一緒に風呂にはいるということにしたのは、理絵の一種の口実であった。

理絵としては、一緒に風呂にはいりたかったのだ。そのうえで、哲也の身体を洗うのが、いちばんの労りであるような気がした。理絵には女らしい思いのほかに、母性的なものが働いていた。

一緒に風呂にはいるという甘い気分に、サービス精神も加わっている。哲也を慰めてやりたいという気持ちに、すべてが集約されるのであった。

もちろん、理絵には恥じらいがある。全裸でいる自分を、哲也に見せることになるのであった。

すでにベッドのうえで、裸を見られている。哲也は理絵の裸身の隅々まで、目を這わせているだろうし、触れてもいるのである。だが、浴室での全裸を男の目の前にさらすとなると、ベッドにおける場合とはまったく別だった。

部分的に見られるのとは、違っている。裸身全体を、観賞されるようなものであった。生まれたままの姿でいるひとりの女として、全身に分布する性感帯をも含めて評価されるのだ。

そのことに、羞恥が強まるのであった。相手の男に、初めて見られるのであれば、なおさらのことである。

哲也の裸身に対しては、照れ臭さを覚える程度だった。腕、首のまわり、背中、尻、胸、足の順で洗っていく。ゴシゴシと、洗う手にも力がはいった。

いい身体をしていると、改めて思った。筋肉が盛り上がっているし、よく引き締まっていた。

余分な肉は、ついていない。逆三角形の強靭な身体には、若々しい肉体美さえ感じられた。

みごとに成長したわが子の身体に見惚れる母親のように、理絵は哲也の裸身の各部分にある種の愛着を感じていた。せっせと洗うという母性的な気持ちが消えて、ふと理絵の手の動きが戸惑うように鈍った。

哲也の身体の前を、理絵のほうへ向かせたときだった。洗い残したところは腰のあたりと、下腹部、太腿だけになっていたのである。

一瞬にして、理絵は女になっていた。洗う対象物になりきっていた哲也に、男を意識したのであった。恥ずかしいとともに、理絵は胸のときめきを覚えた。

腰から太腿にかけて、理絵は忙しく手を動かした。下腹部の茂みと哲也の男の部分に、それらが見えなくなるほど石鹸を泡立てた。理絵は、それに手を触れた。洗うためには、そうしなければならなかった。

怒ったような理絵の顔が、湯気にのぼせたみたいに上気していた。この哲也のものが自分の中に埋め込まれたのだと、理絵は思わずにいられなかった。

そうしたことが頭を占めると、理絵の気持ちはせつなくなった。いまは、哲也を愛しているという自覚がある。その自覚が、これはわたしだけのものなのだと、理絵の感情を熱くさせる。

熱くなった感情が、欲望を呼び起こす。哲也のその部分を支配したい、完全に自分のものだというかたちで捉えたいと、理絵の欲望が苛立つのであった。

理絵はいつまでも、その部分を洗い続ける。洗うというより、触れた手を動かしているのだった。

哲也のものは理絵の手に、火照るような熱を伝えながら、硬度を増していた。理絵は、どうにかしたいがどうにもならない、という状態に置かれている。それが理絵を一段と、せつなくさせるのであった。

「これから、どうしたらいいの」

理絵はあえて、そのような質問を持ち出した。

試みるだけにしても、意識をそらそうとしたのだった。

「このまま、ほっぽっておくさ」

哲也の声が、理絵の頭上で応じた。

「しばらくは、ここにいるのね」

「ここがいちばん、住みよくて便利だからな」

「あなたさえ外へ出なければ、気づかれる心配はないわ」

「きみは買物に出かけて、顔を見られても平気だ」

「でも、最終的にはどうなるの」

「そこまでは、まだ考えていない。このままおれが何年も帰らずにいれば、やつらはおれが誘拐犯人に殺されて、どこかに埋められたと思うだろう」

「わたしが犯人として、逮捕されるようなことはないわね。手がかりも証拠も、いっさいないんだから……」

「大丈夫だ。おれの死体は見つからないし、犯人はわからない。この事件は迷宮入りさ」

　哲也は笑った。

　浴室特有の響きがあるせいか、虚ろな笑い声に聞こえた。おそらく哲也は、気持ちのはずれた受け答えをしているのだろう。哲也の神経は、理絵に触れられている身体の中心部に、集中しているのだ。

　理絵のほうも、同じくであった。今後のことを真剣に考えて、ものを言っているわけではなかった。酔っぱらったうえでのやりとりと、大して変わりないのである。

「わたしあなたと、ずっと一緒にいたいわ」

理絵は哲也の下腹部に、何杯もの湯を浴びせかけた。

石鹸が流れて、哲也の濡れた下腹部の茂みが黒々と蘇った。その海藻のような茂みを割って、哲也の膨張したものが屹立していた。

すでに全身を、洗い終えたのであった。哲也はもう彫像のように、突っ立っている必要もないのである。

理絵にしても哲也の前に、ひざまずく格好でいることはなかった。しかし、哲也と理絵は互いに、それまでの姿勢を維持していた。理絵は哲也のその部分を、まともに見やった。

いや、しみじみと愛でるように、見守ったというべきかもしれない。これから、いかなる行為に移るかは、決まっているようなものだった。

そうしないではいられないことが、理絵自身にもよくわかっている。哲也もまた、当然のことのように、期待しているのであった。いまさら、躊躇することはなかった。理絵の両手が何かに操られるように、哲也のその部分の両側へ移っていく。

洗い始めたときの哲也の男の存在が、まるで嘘のようであった。とても、同じ生理機能とは思えなかった。信じられないほど巨大化した哲也のものに、理絵は左右から包むようにして両手を添えた。

目を閉じて、理絵はそれに唇を近づけた。試すように恐る恐る、理絵は唇を触れた。唇と舌に伝わる熱い感触が、理絵を緊張させていた。

もちろん、初めての経験ではない。大月二郎に強制されて、何度かそれに従ったことがある。当然、義務感によるもので、とても長くは続けられなかった。

だが、いまの理絵はみずから進んで、哲也の灼けた鉄柱を、口の中へ迎え入れようとしている。しかも、哲也のものを愛撫するという情感に、理絵の胸は張り裂けそうになっていた。

そういう意味では、理絵にとっての初めての経験といえる。

開いた口の中に、哲也のものを含んだ。そのまま深く迎え入れて、理絵は巨大な量感を頬張った。理絵は哲也を、息苦しいほど捉えていることに、感動を覚えていた。

「理絵……」

哲也の右手が、理絵の髪の毛を撫でつけた。

噴き出した汗が、理絵の顔を流れた。真っ赤に上気した自分の顔を、理絵はタイルの壁に取り付けられている鏡の中に、見出していた。

何気なく横目で、鏡を見てしまったのである。

それほど大きな鏡ではないが、髭を剃るのに適した位置に取りつけてある、それは丁度、哲也の前に跪いている理絵の顔と、同じ高さにもなるのだった。

　そのうえ距離が近く、鏡は湯気で曇ってもいなかった。チラッと横目で見ただけで、鏡の中に理絵の顔が大写しになる。瞬間的ではあったが、哲也の巨大なものを頰張った自分の横顔を、理絵は見ることになったのである。

　理絵は自分の顔が真っ赤に上気し、酔ったときのようにトロンとした目をしていることに、気づいたのであった。

　それに理絵は、哲也のものを口に含んでいるみずからの横顔が、何とも淫蕩的な感じであることを、印象づけられていた。

　理絵は、あわてて目を閉じた。

　しかし、鏡に写し出されたものが、そっくり理絵の頭の中に焼き付いていた。それに刺激されて、理絵は陶然となるような気分だった。

　なぜ、上気した顔から、簡単に汗が噴き出すのか。いや、顔だけではない。火照るように熱い裸身も、ピンク色に染まっている。胸の谷間を汗が流れていた。背中まで、汗で濡れているようである。

　浴室内は、決して暑くない。夜になると、このあたりは急激に温度が下がる。湯に浸かっていればともかく、浴槽を出ると涼しさを感じる。

理絵はまだ、浴槽の湯の中に沈んでもいないのだ。三、四杯、湯を浴びただけであった。蒸されるほど、湯気も立ちこめていなかった。

それなのに、どうして汗まみれになるのだろうか。

哲也の全身を洗うという重労働が、いまになって汗を呼んだのかもしれない。だが、それだけのために、大汗をかいているのではないということは、理絵にもよくわかっていた。

理絵自身の熱による発汗作用だった。全身に熱の波紋が広がるくらい、理絵は異常に興奮しているのである。

理絵にとっては、これまでになかったことだった。

大月二郎とのセックスに関する限り、理絵は常に消極的であった。快感があってもそれはそれで、当然のことのように受けとめていた。

気持ちのうえで、積極的に燃えるということは、まずなかった。

哲也の前戯によって、初めて強烈なオルガスムスへ導かれたときにしても、そうだった。

性感に肉体が狂わされたのであって、理絵の気持ちの興奮が先行したわけではなかった。

あのときは理絵に、犯されているのだという消極性があった。絶頂感に達してはならないという自制心が、理絵の興奮を殺そうと努めていた。したがって精神的には、燃えていなかったといえる。

だが、いまは違う。

異常な興奮によって、理絵は積極的に燃えている。

異常に興奮したために積極的に燃えているのか、積極的に燃えたから異常に興奮したのか、その辺の順序というものは理絵にもわからない。

はっきりしているのは、初めてといえる気持ちのうえでの異常な興奮が、理絵の肉体に桃色の炎を放った。

陶然となった頭の中で、理絵は哲也に快美感を与えることのみを考えていた。いま哲也を歓喜させることができるのは、自分だけだという満足感も、理絵に積極性を発揮させていた。

技術的に稚拙だということを、理絵は承知していた。

大月二郎に強制されて、仕方なく応ずるという経験しか、理絵は持ち合わせていない。あれこれと注文をつけられて、それに対応しての工夫も研究も、理絵には縁のないことだった。

経験もなければ、教えられてもいない。こうすればいいのではないかと、本能に頼る自己流の技術しかなく、あとはただ誠意を尽くすだけであった。

哲也のものはますます膨張し、人間の肉体の一部とは思えないほどの硬度に達していた。

理絵は、口が裂けそうな苦痛を、感じていた。喉を圧迫される息苦しさが、いまにも吐き気を招きそうだった。

しかし、そうした苦痛が不快感とは、まったく結びつかなかった。不快感どころか、むしろ理絵の甘い興奮を、強めていくようであった。

哲也は明らかに、快美感に酔っている。よろけるように、哲也の足が移動する。哲也は足を踏ん張って、腰を押しつけて来ている。しかも、哲也のそれは脈搏つような膨張感を、理絵の口の中に伝えているのである。

哲也が示すそうした反応が、理絵には嬉しかった。

頭上で、哲也の息遣いが荒々しくなっている。波打つように揺れる理絵の髪の毛を、哲也の右手がかき回すようにしていた。異常な興奮が、理絵の心臓を破裂させそうに締めつける。

鼻だけでの息が、音を立てていた。理絵の口からは、甘美な苦痛を耐えるような声が、断続的に洩れる。

触れられてもいないのに、理絵の身体の中心部に性感が湧き起こっていた。性感帯をまったく刺激されていないのに、鮮烈な感覚が理絵の下腹部を甘く麻痺させる。気持ちのうえでの興奮が、具体的な性感を呼び起こすということを、いまの理絵は立証しつつあるのだった。

口によって捉えている哲也のものが、理絵の身体の中にあるように感じられる。錯覚ではなく、理絵の下腹部がそのように受けとめているのである。

いま哲也が達することになれば、理絵の身体の中心部にも、オルガスムスが生ずるような気がした。

哲也が果ててもいい、いやそうして欲しい、と理絵は思った。

これまでの理絵には、考えられないことだった。

週刊誌などで、いまの女の子が簡単に口の中で男のしるしを放出させるといった記事を読んでも、理絵には本気にできなかった。それが事実だとしたら、自分には到底できないことだと、理絵は苦笑した。

古い、幼い、潔癖性といわれようと、生理的嫌悪感が先に立つ。心から愛している人なら、別かもしれないけどと、理絵の拒否反応は強かった。

大月二郎から何度か要求されたが、理絵は相手にもしなかった。

だが、いまの理絵は哲也が果てることを、望んでいるのであった。どうしてもという要求ではないが、積極的に期待しているのだった。

セックスによって哲也の生命のエキスを吸収するよりも、もっと直接的に愛のしるしを自分のものにできるのではないか。そのような思いがしきりと、理絵に働きかけるのであった。

　こうした理絵の変わりようは、彼女の論法でいけば、相手の男を心から愛しているということが、原因になるのである。理絵は哲也を、心から愛している。

　躍るように動く哲也のその部分を、理絵は両手でしっかりと固定させた。理絵の顔の前後の往復が、速く深い動きになっていた。理絵の髪の毛が、激しく揺れた。効果に対する計算を抜きにして、理絵はやみくもに舌を回転させた。

　哲也が呻き声を洩らした。そのあと、歓喜を表わす哲也の言葉が続いた。それが、理絵を陶酔させる。理絵は下腹部に、渦巻くような快美感を覚えた。

　膝から力が抜けて、いまにも尻餅をつきそうになる。理絵は哲也のものを、噛んで食べてしまいたいという衝動に駆られた。

　哲也は腰を引いて、理絵から離れた。哲也はその直前に、果てるのを避けたのであった。

　理絵は哲也の腰に両手を回して、すがりつくようにした。哲也の太腿に横顔を押しつけて、理絵は息苦しさを一度に吐き出した。理絵は、激しく喘いだ。

「理絵……」

　哲也はたちまちに冷静になって、右手だけで理絵の頭をかかえた。

興奮状態にあるのは、理絵だけになった。理絵の身体の中心部からは、まだ快美感の渦が消えていなかった。汗まみれの裸身が震えて、下腹部へ痙攣（けいれん）が走る。

「ああ、愛しているわ」

哲也の太腿に、理絵はこすりつけた。

「おれもだよ」

哲也の声と口調に、父親のようなやさしさが感じられた。

「どうして……」

果てるのを避けたのかと、理絵は甘える声で訊いた。

不満ではないが、理絵としては不本意だったのだ。

「おれは、理絵と愛し合いたいんだ」

哲也は笑って浴槽のほうへ歩きかけた。

すがりつくものを失って、理絵は横ずわりになった。両手を突いて、がっくりと頭を垂れた。まだ、背中が波打っていた。

「どうして急に、こんなに愛してしまったのかしら」

照れ隠しに、女がよく用いる言葉を、理絵は口にしていた。

浴槽のほうに、背を向けた格好でいる。いまになって理絵は、哲也の顔をまともに見られないような恥じらいを、覚えていたのだった。

「おれが小指を、切り落としたからだろう。それで、理絵も目覚めたのさ」

湯の音を立てながら、哲也が言った。

「前から好きだったのに、わたしそのことに気づかなかったのね」

緩慢な動きで上体を起こすと、理絵はタオルのはいった桶(おけ)を引き寄せた。

「初めて結ばれたときから、好きになったんだよ」

「初めて、犯されたときでしょ。でも、犯されて好きになるなんて、おかしいわ」

「まだ犯されたことに、こだわっているのか」

「だって、犯されたんですもの」

「結果的には、結ばれたっていうことになるんだよ」

「わたしが、反応しちゃったからなの」

「そうだ。感じたっていうのは、結ばれたってことなんだ」

「じゃあ、その前からあなたが、好きだったんだわ」

「要するに、いま愛し合っているんだから、それまでのことなんてどうでもいいんじゃないのか」

哲也は、浴槽の中で立ち上がった。

「そうね」

理絵は、タオルに石鹸を塗った。

浴室のドアをあけてから、哲也は理絵を見おろした。

理絵は、哲也の濡れた裸身に目をやって、恥ずかしがる笑顔を作った。

「二階で、待っているよ」

哲也はそう言って、浴室のドアの外に消えた。

理絵は、身体を洗った。蜜の痕跡を洗い落としても、その部分には甘い疼きが残っていた。浴室での哲也に対する行為が、理絵自身にとっての前戯になっていたということに、気づかずにはいられなかった。

哲也は、二階の寝室で待っている。これから哲也と愛し合うということへの期待感を、結果的にそうなった理絵の前戯がいっそう強めている。

とても長くは、湯に浸かっていられなかった。

だが、哲也の小指のことが、ふと心配になる。

哲也が小指を切り落としてから、まだ四十八時間しかたっていないのである。過激な運動が、いいはずはなかった。セックスによって、再び出血するようにはならないだろうか。

哲也には、楽をさせなければならない。おとなしく寝るのがいちばんだが、哲也はもはやそれを承知しないだろう。理絵にも、何事もなくこのまま眠るというのは、無理なことだった。

ベッドのうえでは、理絵が能動的になるようにする。理絵が主導権を握る。つまりリードする立場になければならない。そうしようと、理絵は決めていた。

そこまで考えつくのも、理絵にとっては異常なことであった。理絵は過去において、そのような配慮をしたことがない。まして未経験の体位を、前もって頭に描くといったことが、理絵にできるはずはなかったのである。進歩というよりも、理絵に生じた変化であった。


浴室を出た。

裸身にバス・タオルを巻きつけただけで、理絵は二階への階段をのぼった。胸のときめきが、呼吸を圧迫するようだった。理絵は深く、息を吸い込んだ。

階段をのぼると、右側の部屋のドアが半開きなっていた。スタンドだけの明かりが、室内に見えている。部屋の中へはいってドアをしめると、理絵は後ろ手で施錠した。使われていない部屋の匂いがした。

初めて見る室内である。

東側と西側にある窓は、カーテンで覆われている。六畳ほどの洋間に、シングルのベッドが二つ並べてある。ほかには何もなく、寝るだけの部屋であった。

二つのベッドは両方とも、カバーと薄めの掛け布団がはねのけてあった。たったいま、哲也がそうしたのだろう。シーツは新しくて、真っ白だった。

左側のベッドに、哲也が身体を横たえていた。下腹部を隠しているバス・タオルを取り除けば、哲也ももちろん全裸のはずであった。

いつもは誰が使うのか、見当のつけようがない部屋である。ベッドが二つとなると、小田桐直人と霧江の寝室なのだろうか。あるいは、客のための予備の寝室なのかもしれない。しかし、現在の理絵には、そんなことはどうでもよかった。ここは哲也と理絵と二人の寝室であり、愛し合うための隔絶された世界なのであった。

理絵は、哲也がいるベッドの右側へ回った。夢中になって、哲也の左手に触れたりするのが、怖かったからである。

「あなたは、そのままでいるのよ」

理絵はベッドに腰掛けると、両手で哲也の肩を押さえつけるようにした。

それだけで、騎乗位という体位を理絵が望んでいることと、その理由を哲也は理解したようだった。投げ出した左手を動かさずにいるのは、哲也にも過激な運動への自信がないからである。

「理絵は、好きなのか」

哲也は、理絵のバス・タオルの裾を割って、手を差し入れた。

騎乗位が好みなのかと、哲也は訊いているらしい。そういう意味だと察して、理絵は激しく首を振った。

「いやだわ、わたし経験ないのよ。あなたの傷を心配して、そうしようって思いついたのに……」

理絵はムキになって、心外だということを訴えた。

「じゃあ、その前に……」

哲也は起き上がると、右腕だけで理絵を抱きしめた。

「どうするの」

理絵は目を閉じて、哲也の唇を待った。

「前戯ぐらい、おれにもできる」

哲也は、唇を触れ合わせた。

その言葉に、理絵は刺激された。それに、本格的なディープ・キスは、いまが初めてであった。理絵は、下腹部が引き攣れるような鋭い性感に、腰を痙攣させていた。

舌を絡ませながら、恐ろしいほどに盛り上がってくる興奮を、理絵は感じていた。自分がまるで、違っているようだった。男を愛したことで、女はこうも性的に熟してしまうものかと、理絵は早くもわれを忘れかけていた。

自分という人間が、信じられなくなる。不可解な動物のように、思えてくるのだった。前回のときも、ベッドに押し倒されたのは理絵自身である。

押し倒した男も、同じ哲也であった。しかも、ベッドのうえでの行為にしろ、まったく変わっていないのだ。

それなのに前回といまとでは、どうしてこうも違うのか。

多少の違いがある、というようなものではなかった。自分も相手も行為そのものも、前回とはまるっきり違ってしまっている。なぜ前回は、あのように必死になって逆らったのか。

何のために性感を自制し、刺激されることに耐える苦しみを、続けなければならなかったのか。

やはり前回の自分には、構えたポーズがあったのに違いない。人質が誘拐犯人の肉体を求めるという哲也の厚かましさに、理絵はナメられてたまるかと反撥したのだ。

それに、理絵自身が感じてしまうことで、哲也に負けたくないという気持ちも強かった。

しかし、理絵は会った瞬間から、哲也が嫌いではなくなった。だからこそ結局は自分との闘いに負けて、オルガスムスまで極めることになったのである。

いまは、哲也を愛していることを、はっきり認めている。素直に、自覚してもいる。理絵もまた、哲也を求めているという意思が、明確に働いているのだった。

そうなれば、前回と違うのは当然である。最初から狂乱しようと、不思議ではなかった。性感を享受したがっている理絵が、鈍感でいるはずはなかった。前回は逆らい、いまは求めているのだ。

その気になるかならないかの意思によって、女の肉体は正反対の反応を示す。哲也を愛していること、哲也を積極的に求める意思が、理絵を別人のように歓喜させるのではないか。

そんなふうに幼稚な解説によって、理絵は自分を納得させたのである。そうでもしなければ、理絵自身の乱れようが不安になる。自分の変わりようについて、安心できなくなるのであった。

ディープ・キスが続いただけで、理絵は全身の震えがとまらなくなった。ベッドに仰臥(ぎょうが)したとき、理絵の激しい喘ぎが声になっていた。

上下に波打つ動きが、胸がはちきれそうに大きくなっていることにも、理絵は気づいた。浴室での愛撫が、理絵の興奮状態を持続させていたのだ。

それについて不思議なのは、浴室で理絵のほうが愛撫を受けていたわけではないということである。浴室では理絵が、哲也に愛撫を施したのだった。

それなのに理絵は浴室でも、接触感もない身体の中心部に、甘美な性感を覚えていた。そればかりか異常な興奮状態が、いまもって持続されている。

自分はもともと淫乱なのかと、理絵は恐ろしくなる。

哲也が、バス・タオルをはずした。理絵は反射的に両手で下腹部を隠し、両足を縮めるようにした。

だが、身体を横向きにしたり、俯伏せになったりはしなかった。

哲也は両膝を突いた姿勢で、理絵を見おろしている。哲也は全裸でいる理絵を、つくづく眺めやっているのだ。理絵も、視線を感じていた。

理絵は目を閉じているから、どのあたりを哲也の視線が移動しているのか、実際にはわからない。

それでいて理絵は一定の場所に、哲也の視線が突き刺さるのを感じるのであった。その突き刺さった一点が、湯をかけられたように熱くなる。

熱くなる感覚も、やはり一種の性感だった。恥ずかしさに耐えながら、哲也に見られているという自虐的な歓びを、理絵は初めて味わっていた。

見られたくない思いと、もっと見て欲しいという気持ちの両方があった。その相反する二つの意思が、もどかしさに似た性感を生む。

理絵は身悶えるように腰を浮かせて、深呼吸を繰り返した。伸び上がるようにして、顔をベッドにこすりつけた。

「ほんとに、きれいな身体をしている。感心するよ」

つぶやくように、哲也が言った。

「ほんとに？」

哲也の言葉が刺激になって、理絵は衝撃を受けたように全身を震わせていた。

もっと褒めてと訴えたいのを、理絵は辛うじて抑制していた。

「まるで、絵みたいだ。こんな百点満点の女の身体があるだろうかと、見るたびに溜め息が出る」

哲也が、裸身を重ねて来た。

「ああ……」

理絵は、甘い呻き声を洩らした。

哲也の称賛の言葉が、理絵の性感に響くようだった。

「おれのものだ」

理絵の耳もとで、哲也がささやいた。

「そうよ、あなただけのものよ」

理絵は、泣き出しそうな顔になっていた。

一瞬、哲也の小指のことが気になった。だが、哲也の左手は、理絵の身体に触れていなかった。その点は哲也も用心して、左手を高く持ち上げているのに違いない。そう思って、理絵は安心した。

哲也の唇が、理絵の首筋に触れた。愛撫が始まるという意識と、愛撫が実際に始まったことが、理絵の心臓を締めつけた。

「哲也さん」

泣きそうな声で、理絵は叫んだ。

閉じた目で、そろった睫毛が震えた。ピンク色に染まった瞼には、濡れたような光沢があった。

眉根を寄せても、皺は刻まれなかった。だが、眉が八の字になっている。こんなときに、エクボができていた。小さく開いた唇のあいだから、白い歯が可憐にのぞいている。初めから理絵の声が、呼吸と競い合うように、忙しくこぼれていた。

理絵の頭の中は、霧のようなものに閉ざされている。それが、赤くなる瞬間もあった。

まるで霧がネオンに、映えているみたいだった。

熱くはないが、のぼせているような気分であった。その頭の中を支配している興奮状態は、どうなってもいい、どうにかなりたいという欲求に通じていた。

哲也の唇は、理絵の鎖骨とその窪み、肩の曲線、胸の側面、腋の下、それに乳房へと移っていった。丹念ではあるが、先を急いでいるという感じだった。

理絵が早々に示した激しい反応に、哲也も燃えて来ているのかもしれない。とにかく、理絵自身が戸惑うほど、敏感なのであった。哲也の唇が触れるところは、すべて鋭敏な性感帯に一変する。

性感は、矢のように走らなかった。電流が重々しくゆっくりと、伝わっていくような性感である。

その性感は理絵の身体の芯に食い込んで、甘美な震動を加えるようだった。性感の電流がゆっくり伝わるたびに、理絵は左右に身をよじることになる。

性感帯から伝わる電流は、理絵の下腹部にも熱いものを呼び起こす。そうした熱さは甘い蜜の滴りとなり、理絵のその部分に陶酔の受け皿を作る。

下腹部に熱いものを呼び起こされると、腰を浮かせたり、ひねったりしなければいられない。

哲也の下で理絵は常に、身体を左右にゆさぶるか、上下に波打たせるかしていた。その激しい動きと、全身にこもる力が、理絵の裸身に汗を呼んだ。

哲也の唇が、理絵の胸のふくらみの頂上に到達していた。最も一般的な性感帯だが、理絵もそこが敏感だった。しかも、ピンク色の蕾がすでに、固く盛り上がっていた。哲也の唇のほかに、舌の動きも加わっている。

「哲也さん、わたしおかしいの。とても、おかしいのよ！」

身体の芯を叩くように、響きっぱなしの性感を、理絵はそのような叫び声によって表現した。

自制も、ブレーキもなかった。思いきり奔放になって、陶酔感に狂乱したいのである。今夜は、愛し合っていることを自覚してから、初めて結ばれるのであった。いわば、二人の新婚初夜なのだ。

そうなれば、百倍も二百倍も、性感が強烈であって当然なのである。いまそのことが、立証されたのだった。

乳首だけでなく、ウエストのくびれにしてもそうであった。前回も必死になって逆らいながら、ついに声を洩らしてしまったほど、鋭敏な性感帯なのだ。そのウエストのくびれからも、今夜は数百倍も強烈な性感を掘り起こされていた。

理絵は、じっとしていられなかった。強烈な性感に悲鳴を上げる一方で、理絵は何とか逃げようとしていた。どうにかなってしまいそうな思いが、理絵の身体を動かすのであった。

理絵は、腰を横向きにさせた。しかし、そうしたところで哲也の舌は、理絵のウエストのくびれにあって、唇は柔らかい部分を強く吸ったままでいる。

理絵は、俯伏せになっていた。

あまり暴れないように、理絵も気をつけている。ちょっとした拍子に、哲也の左手に触れることを恐れるからだった。だが、どうにも理絵は、我慢できなかったのである。感じすぎることが、苦痛になっていた。

俯伏せになって、顔だけを上げた。胸の谷間の汗がシーツを濡らした。長距離を走って、息が切れた人間のように、理絵は苦しい呼吸を続けた。

別個の生物のように、激しく波打つ理絵の背中も、霧を吹きつけたみたいに汗で光っていた。

絶え間なく声を出すことにも、理絵は疲れている。身体の芯に熱く蓄積されている性感を自覚しながら、理絵の胸のうちにはひと休みしたいという曖昧(あいまい)な気持ちがあった。

しかし、そう思ったとたんに理絵の口からは、悲鳴のような声が吐き出されていた。哲也の唇と舌が、理絵の背中を滑ったのであった。

　理絵はなぜか、男の目の前で俯伏せになることがなかった。犬が後ろに回られるのを、本能的に嫌うのとは違うにしても、男の前でベッドに俯伏せになることに警戒心が働くのである。

　あるいは大月二郎に、しつこく後背位を求められたせいかもしれない。理絵が哲也に、全裸の背中を見せたのも、いまが初めてだった。

　それは哲也に、心を許したためといえるだろう。われを忘れたことで、油断もしていたのだ。

　それだけに、まずは驚いたのであった。だが、驚きの声にしては、悲鳴が大きすぎた。背骨のうえの中心線に、全身に火花が散るような性感を覚えたのである。

　そこに愛撫を受けたのは初めてであり、理絵は異質な性感を衝撃的に開拓されたのだった。

　理絵は下腹部を押しつけたうえに、ベッドにしがみつくような格好になっていた。筋肉が震えるほど、太腿を強く合わせずにはいられなかった。

　尻の肉が凝縮して、伸びきった足が震えた。

　理絵は、歯を食いしばった。哲也の唇と舌は、胃の裏側から尻の割れ目まで、スロープを描く中心線を往復していた。そこから湧き起こる異質な性感は、全身に散らした火花を理絵の下腹部に吸収しては、それを熱湯に変えていた。

長くは、歯を食いしばっていられない。理絵の口から声と息が、一度にほとばしり出た。上半身を持ち上げて、理絵は背中を弓なりに反らせた。

助けを求めるような理絵の甲高い声が、哲也の名前を呼んだあと、言葉にならないことを喚き散らした。

力尽きたように、理絵の頭がベッドに落ちた。打ちつけるように顔をベッドに押しつけたが、理絵の声は消えなかった。投げ出した両腕が、扇型にシーツをこすった。やはり、逃げるしかなかった。理絵は転がって、仰向けになった。もう動けないという人間が投げ出されたように、左右の釣り合いがとれない姿態で、理絵の裸身はぐったりとなっていた。上気した顔を、汗が流れた。激しく喘ぎながら、理絵は焦点の定まらない目を薄くあけた。

こんな敏感であって、いいのだろうか。いったい、どうなってしまっているのか。そうした心細さが薄目を開かせたのだった。だが、電気の光線以外に、理絵の目に映ずるものはなかった。

理絵はすぐまた、目を固く閉じていた。声をとめたり、呼吸を整えたりするだけの余裕は、理絵に与えられなかった。哲也の唇と舌が、理絵の太腿の内側へ移動したのであった。前戯の最終コースに、たどりついたのである。

これから最も敏感な部分に、決定的な愛撫が加えられる。すでに身体の芯に蓄積された性感が、熱い蜜によって甘く麻痺している。更にその陶酔感が強まれば、どういうことになるのだろう。

理絵の肉体には期待感があっても、踏んぎりをつけさせない不安みたいなものが芽生えている。

理絵は深刻というより、真摯(しんし)な面持ちでいた。

「待って……」

咄嗟(とっさ)に思いついて、理絵は声を絞り出した。

「もう、拒むことはないだろう」

理絵の太腿に唇を押しつけたままで、哲也は苦笑した声になっていた。

「拒むなんて、そんな……」

理絵の喘ぎようが、いっそう激しくなっていた。

「じゃあ、なぜ待ってなんだ」

哲也は唇の位置を、理絵の花芯に近づけていた。

「シャワーを、使ってくるの」

そう言いながら理絵は、起き上がる力を失っていた。

豊潤な蜜が、花弁を満たしている。豊潤すぎるほど誘発された蜜を、理絵は恥じらったのである。それにシャワーを浴びれば、正常といえる程度には冷静になるだろうと思ったのだ。

理絵がそういう意味で、恥じらっていることは、哲也にも通じたようであった。だが、そのようなことを哲也が、問題にするはずはなかった。

かえって、男に好奇心を起こさせる。理絵がいかに反応しているかという明白な証拠を、確かめたくなるのが男として当然だった。それが哲也に、先を急がせることになる。哲也はいきなり、理絵の下腹部に顔を埋めていた。

同時に、哲也の唇は花芯を捉え、唇が雌蕊に触れた。

理絵の全身が、電気ショックを受けたように硬直した。これまでとは比較にならないほど鮮烈な性感が、一本の鉄の線となって理絵の頭へ突き抜けた。

「ああ、哲也さん！」

粘るような声で、理絵は叫んだ。

舞台での台詞回しと、発声に似通っていた。一瞬のうちに理絵の頭から、恥じらいとかシャワーを浴びることとかが、払拭(ふっしょく)されていた。

その直接的な快美感は、これまでの理絵が知らない鮮烈さであった。たちまち甘くとろけそうな快感が、理絵の身体の中心部を支配した。

それが連動するように、身体の芯を麻痺させている性感の蓄積に、強い刺激を与えた。熱せられた蜜が揺れ動いて、小さく深い渦を作るのを、理絵ははっきりと感じ取っていた。小さくて深い蜜の渦巻が、理絵の身体の中心部を抉(えぐ)った。そのあとへ、燃えるような熱いものが滲透(しんとう)してくる。理絵は、のけぞった。腰が浮き上がり、背中はベッドを離れていた。

理絵の泣いた顔は、歓喜の表情であった。開かれた口から、声が出なくなっている。火がついたように泣く赤ン坊は、声を失うときがある。

赤ン坊の顔を見ていなければ、泣きやんだのかと思う。しばらくしてから、突如として泣き声が復活する。声を失っていた分だけ、泣き方が凄(すさ)まじい。

赤ン坊の顔を眺めていると、恐ろしくなるくらいである。顔を真っ赤にして、大きな口をあいている。間違いなく泣いているのだが、吸い込むようにした声がそれっきり出てこない。

いつまでも、声を失ったままでいる。そうした状態が続いているあいだに、息までとまってしまうのではないかと心配になる。

いまの理絵が、それと同じである。理絵の顔も、火がついたように泣く赤ン坊と変わらない。大きく口をあけて、舌を奥へ引っ込めている。上下の唇と歯が、何かを求めているように微(かす)かに動く。

それでいて、理絵は声を失っている。息と一緒に吸い込んだ声が、なかなか出てこないのであった。声と息を吐き出そうとしても、意のままにはならないのである。

どうにもならないような快美感が、図に乗って理絵を責め立てているみたいだった。それを理絵が、もちろん嫌っているわけではなかった。

その逆である。恥じらいや遠慮による自制心など、理絵にはまったくないのだ。この前とは違って、際限なく性感が上昇することを願っている。

絶頂感の訪れを、理絵は求めているのだった。

理絵の雌蕊は、単なる芽ではなくなっていた。可憐に膨張して、ピンク色の小粒の真珠に変わっている。それは、より効果的に愛撫を受けるための自然現象、あるいは人間の機能の神秘ともいえそうであった。

哲也の舌が、それを巧みに弄(もてあそ)んでいる。磨き上げるように、ピンク色の真珠の側面を回転する。それが真珠の頂点だけに回転を縮めて、軽くノックするような接触に変わることもあった。

ただ、唇の役目が十分には、果たされていなかった。

吸うような接し方も不安定だし、やたらと忙しく動いているという感じだった。それは哲也の焦りと、受け取るべきだろう。この前のときの哲也みたいに、実験する人間のような冷静さや余裕が、今夜は不足しているのである。

前回とは別人のように、理絵が奔放に悦楽を表現する。その激しい反応が、哲也を興奮させている。

そのために若干、哲也は冷静さと余裕を失うことになる。それが、哲也の唇の働きを、鈍らせているのだ。

しかし、当然のことながら理絵にも、それを不満と感ずるような余裕はなかった。哲也の唇の存在すら、理絵は受けとめていなかったのである。

哲也の技巧的な舌の回転だけによって、ほかになにもいらないくらいに、理絵は翻弄（ほんろう）されているのだった。

その緩急自在の回転と、変化に富んだ舌の位置の移動が、魔術のような接触となって、理絵の性感を刺激する。哲也の舌の接触と、理絵の性感の上昇とは、完全に一体となっていた。

しかも、理絵には一刻も早く、絶頂感を招き寄せようとする意思が働いている。到達したいという欲望が、もどかしさを伴って身悶えたくなるような興奮を倍加させる。その両方の相乗効果が、理絵の性感を急上昇させた。

ようやく、声と息が蘇った。

理絵自身にそうした自覚はないが、ずいぶん長いあいだ声と息を失っていたのである。赤ン坊であれば呼吸困難に陥り、引きつけを起こしたかもしれない。

やっとのことで、吸い込まれていた声と息が、勢いを盛り返したように口から吐き出されたのだった。それだけに赤ン坊の場合と同じように、いっそう激しい声と息になっていた。

ギリギリのところで呼吸が可能になったときのように、吐き出された息も摩擦音みたいに長く引く声になっていた。声そのものも、すぐにはとめようがなかった。喚くような声が、いつまでも続いた。

人前も憚(はばか)らずに、泣き叫ぶ声に似ていた。それを抑えようとすれば、かえって声の波長が激しく乱れた。

次の瞬間に、オルガスムスが理絵に訪れていた。

それは理絵自身が戸惑うほど、不意に訪れたのであった。性感の上昇過程の一部が、カットされたような感じだった。省略された部分を飛び越えて、いきなり頂上に達してしまったのである。

上昇する快美感に、酔い痴れることもなかった。いよいよ天井を突き破るときの、その一瞬を予測する歓喜も、理絵は得ることができなかったのだ。

理絵の全身が硬直するといった現象も、とても間に合わないみたいに、起こらなかったのである。ただ理絵の下腹部に、締めつけられるような凝縮感が、生じただけであった。

浮き上がっていた背中が落ちて、理絵は腰を痙攣させた。

オルガスムスには違いないが、絶頂感を極めたという気はしなかった。あまりにあっけなくて、拍子抜けするような到達感と表現したくなる。

それでも、いちおう達したのであった。理絵の悲鳴はどうにか収まり、鼻にかかった呻き声と乱れた息遣いが残った。性格もやや鈍化して、下半身から力が抜けていく。理絵は両手を、胸のうえに置いた。

だが、その小休止は、非常に短かった。間もなく、理絵の甘い呻き声が、言葉をまじえて大きくなった。乱れた息遣いが、激しい喘ぎに戻っていた。

そうなってから、理絵はそのことに気づいたのであった。

わずか十数秒のうちに、甘美な性感が回復したことを、理絵は知ったのである。鈍化した膜が剝ぎ取られて、新たな快美感が顔をのぞかせていた。

哲也の舌の回転は、休みなく続けられている。速度を加えたり、ピンク色の真珠を押さえつけるようにして静止したり、哲也の舌の動きはアクセントに工夫を凝らしていた。そうした努力が、中途半端な前戯には終わらせないという哲也の意思を、物語っているようだった。

徐々に力がはいり始める下肢を、理絵はそっと開くようにした。胸のうえにあった両手を、左右へ投げ出した。とたんに、骨抜きの状態にあった両手が、硬ばるように指先を折り曲げていた。

駄々をこねて泣き出しそうにしている幼児のように、理絵は声を洩らしながら首を振った。

いったん遠のくように沈澱していた性感が、底のほうから盛り上がってくるのが感じられた。

それは再び、熱せられた蜜が渦を巻くかたちで、理絵と身体の中心部を攪拌した。ねっとりとした甘美な湯気を噴き上げて、蜜は煮立っていた。

今度は、性感上昇の一部を省略して突然、到達感へ走ったりはしないということを、煮えている蜜が予告していた。性感は着実に一段ずつ階段をのぼるように、丁寧に上昇を続けている。

快美感が音を立てそうに、理絵の身体の中心部に震動を伝えていた。これまでにない圧力と濃度を伴って、オルガスムスが押し寄せてくることを予感し、理絵はそれを強く期待した。

その期待感が、理絵の声を大きくさせた。ベッドに小さな円を描いていた両手が、折れ曲がった指でシーツをかき寄せた。シーツの皺がふくらんだ部分を、理絵は両手に握っていた。

蜜はすでに煮えたぎり、渦を巻くその勢いが波を作っている。身体の中心部を抉るような陶酔感に、理絵は耐えられない気持ちにさせられた。

逃げるに逃げられない拷問に追いつめられて、じっとしていられなくなった身体が軟体動物のような動きを示している。未知の激しさによって運ばれてくるオルガスムスに備えて、心の準備と体勢を整えておこうと、気ばかり焦るのであった。

理絵の真っ白な肌に、うっすらと赤みが射している。しかし、上気した理絵の顔は、それより更に紅潮していた。粒となっては流れる汗が、悦楽を謳歌（おうか）する理絵の表情を、輝かしく飾っている。

再び理絵は、口を大きく開いていた。歯の白さがキラキラと光り、舌の動きは口の奥にしか見えなかった。

歌うような声で、理絵は哲也の名前を呼んだ。それに、かすれた呻き声による意味不明の言葉が、加わっている。閉じた目の周囲が、汗か涙かわからないほど濡れていた。首を振るたびに乱れた髪の毛が、汗を払うように理絵の顔をこすった。

いかなる女であろうと、顔や表情の美醜をまったく意識しないときを、理絵も迎えていたのであった。

バラ色の雲に閉ざされている理絵の頭の中を、瞬間的にある種の記憶がよぎっていた。それは過日、大月二郎とのあいだに交わされたやりとりだった。

思い出すというところまでは、いっていない記憶である。だから、理絵の脳裏に大月二郎は、存在していなかった。すでに理絵の知識になっていることが、ふと蘇ったのにすぎなかった。

「自分の顔がどんなに醜くなろうと、女がそれをまるで気にしない。そういう貴重なときがあって、男はそれを眺めて楽しむ。セックスに感じきっていて、女が夢中になっているときだ」

「いやあねえ。男ってそういうとき、女の顔を眺めているの」

「そうする男が、多いんじゃないの」

「あなたは、違うでしょ」

「おれには、そんな余裕がないからな」

「われを忘れるんだったら、女性が自分がどんな顔でいるかも気にしないのは、当たり前なんじゃないの」

「じゃあ、なぜ男は美人を、求めたがるのか」

「不美人より美人のほうが、いいに決まっているわ」

「これも何かで読んだんだけど、そんな単純な理由だけで、男は美人を求めたがるんじゃないんだってさ。やっぱり、セックスに関係しているんだそうだ」

「セックスに、どう関係しているの」

「考えてみれば、セックスのときには顔の美醜なんて、まったく問題にならないもんな。ブスだったら、真っ暗にしてしまえばいいんだ」

「それなのに、どうして男は美人を求めるの」

「つまり、美人が美人であることの意識も捨て、顔の美醜なんか気にもしなくなるのを、男は目で確かめる。そのことに男は、大いなる満足感を覚えるんだそうだ」

「美人には何よりも、美しくあることが大事だわ。その何よりも大事なことさえも忘れるほど、美人を無我夢中にさせたんだという満足感ね」

「そのとき以外は、絵に描いたような美人の顔でいる。ツンと澄まして、気取っていて、ポーズもある。あるいは控えめで、おとなしそうで、恥じらってばかりいて、男なんか知りませんといった感じの美人だ。そういう美人がセックスに夢中になって、まるで人が変わったように狂態を演ずる。どんな顔になろうと、知っちゃあいない」

「その極端な変化が、男の人には楽しいんでしょう。美人の正体みたりって、喜ぶんだわ」

「やっぱり、そこまで夢中にさせたっていう満足感だろうな」

「美人に美人であることを忘れさせたからって、完全に征服できたような気になるんじゃないの」

理絵としては大月二郎に、それほどひどい顔を見せつけたという自覚がなかった。狂乱するほど、われを忘れたことがないのである。

確かにその瞬間には、自分の表情などに意識は向けられていない。多分、顔をしかめた程度だろう。それに大月二郎も、理絵の表情を観察してはいなかったはずである。大月二郎に教えられた前戯段階でのオルガスムスにしても、いまになって思えば単なる到達感だったのだ。

だが、いまは違う。恐ろしくなるような性感の上昇度を、理絵は肉体に刻むみたいにして、明確に捉えている。過去における結果的な到達感とは、比較にならないオルガスムスが迫って来ているのである。

理絵の顔がいかに崩れて、どのような表情に覆われるか、彼女にも察知できない。しかも、哲也のことだから、別人のようになった理絵の顔を、目で確かめるかもしれなかった。

そこまで考えはしなかったが、理絵はもうどうなってもいいと、起こり得べきすべての事態を容認していた。多少の不安はあったが、たとえこのまま狂ってしまおうともかまわないという気持ちに、理絵は支配されていたのだった。

「哲也さん、すごいの！　わたし、どうかなるわ！」

理絵は、天井へ向けて叫んだ。

脳天がベッドに接するほどのけぞって、理絵は背中を湾曲させた。背中が浮き上がった分だけ、うえのほうへ尻が滑る。頭が元の位置に戻ったとき、ほんの少しだが理絵の裸身は、伸び上がるようにずれていた。

すぐまた理絵はのけぞって、脳天をベッドに押しつける。その繰り返しによって、理絵の身体は移動する。のけぞらす頭と滑る尻によって、尺取り虫のように少しずつ位置をずらすのであった。

両手に摑(つか)んだシーツが、引っ張られる格好になる。その引っ張られたシーツの長さが、理絵の移動した距離になるのだった。両手に掴んだ部分が伸びきってしまえば、それ以上にシーツを引っ張れない。

シーツを手放せばいいのだが、理絵にはそれができないのだ。理絵の両手は掌が白くなるほど、シーツを固く握りしめていた。理絵の頭は半分、枕の下にもぐり込んでいる。重みのない二枚重ねの平枕は、横へ押しのけられて崩れた。

性感の上昇線は垂直に進行し、頂点の一歩手前にまで達していた。そこで、破裂寸前のゴム風船のように、膨張しきった状態を留めている。

快美感の波が防波堤を洗っては、その場に泡を残す。波が引くということにはならないが、防波堤を越える一瞬をまだ測りかねているのだった。

沸騰する蜜が、理絵の身体の中心部を満たしていた。甘くとろけそうな麻痺感が、渦を巻きながら浸蝕しつつあった。前回に初めて知った強烈なオルガスムスとは、痺れながら砕け散りそうな陶酔感という点で、明らかに違っていた。

理絵のその部分に、哲也が指を沈めた。哲也自身が侵入して来たように、理絵は埋め尽くされるのを感じた。指の躍動に指揮されるように、理絵のソプラノが調和して独唱を続けた。

右手に掴んだシーツがベッドから剝がれたようだった。右手のシーツだけが、好きなだけ引き寄せられた。左手が握っているシーツは、引っ張っても動かない。自然に理絵の身体は、左へ回転するような形で移動を始めていた。

理絵は、両足をそろえた。力がはいる左右の太腿は、いやでも合わさることになる。両足の踵に、力が集中する。伸びきった足の甲が、半円を描くように反り返った。十本の足の指が残らず、縮むように折れ曲がって蠢いていた。

灼かれるような熱さが、理絵の身体の中心部に広がった。沸騰する蜜が、何本もの湯の柱を作って、噴き上げていた。痺れるような陶酔感が砕け散って、その甘美な破片が無数に突き刺さった。

「ねえ、どうなってもいいのね！」

そう叫んだ理絵の声が、途中から悲鳴に変わっていた。

強烈に湧き起こった絶頂感が、怒濤のように押し寄せて、容赦なく防波堤を打ち破ったのである。

硬直した下肢が浮き上がり、激しい衝撃を受けたように理絵の腰が弾んだ。美人の表情がどう醜く変わろうと、意に介さないときを、理絵は迎えたのであった。

絶頂感を極めれば、そこで前戯は終了する。しかも、理絵にとっては初めて知ったといっていいくらいに、強烈なオルガスムスだったのだ。

終了したという意識が強くて、当たり前であった。理絵は哲也が、身体を重ねてくるのを待つことになる。いま哲也を迎え入れたいという理絵の欲望も、炎のように燃え盛っている。

だが、そうした理絵の期待に、哲也は応えなかった。哲也は前戯を、終了させなかったのである。哲也は理絵の腰を固定させて、いっそう強く唇でピンク色の真珠を捉えていた。哲也の舌は回転を緩めながらも、ピンク色の真珠の頂点を微妙なタッチで磨き続けている。

理絵の性感は瞬間的に鈍化して、陶酔の余韻だけに息を弾ませた。理絵は、くすぐったいような快感に、両足を静止させていられなくなっていた。

なぜ哲也は、裸身を重ねてこないのか。どうして前戯を、終了させないのか。そういう思いに、理絵は苛立たしさを覚えていた。最高のオルガスムスに歓喜したのだから、もういいのだというのが、理絵の偽らざる気持ちだったのである。

しかし、理絵は満足感に際限がないということを、すぐに思い知らされたのであった。初めての経験だけに、理絵には驚異的な現象といえた。

くすぐったいような快感も鈍くなり、身体の中心部に新たに湧き上がる甘美な感覚を、理絵は無視できなくなっていたのだ。最初からの繰り返しになることを、不安と期待をまじえて理絵は予感していた。

それも急速に盛り上がる性感であり、いったん冷えたはずの蜜の渦巻があっという間に熱くなった。

呻くように低くなっていた理絵の声が、再び悲鳴と変わらないソプラノとして蘇った。乱れている呼吸に力がこもり、激しい喘ぎに戻っていた。

絶頂感に達しても、すぐに性感の上昇が繰り返されるということを初めて知り、理絵は戸惑いながらそれに引き込まれる結果となった。

「哲也さん、いやよ！」

手放したシーツを、理絵は再び握りしめた。

いやなわけがなかった。それは、戸惑いを表現する言葉だった。自分が異常なのではないか、という恥じらいもあった。このような悦楽を、何度も味わっていいものかと、自分に弁解したくもなる。

身体の中心部で、早々に蜜が煮えたぎった。最初の絶頂感への上昇線よりも、幅があって急角度だった。

煮えたぎる蜜が噴き上げて、竜巻のような状態で身体の芯と結びつけていた。最高と思ったオルガスムスよりも、はるかに激烈なものを感じてしまいそうであった。防波堤を越える波ではなく、防波堤を破壊するような怒濤になっていた。

声に切れ目がなくなり、理絵は叫ぶように歌っていた。のけぞっては腰をずらすという尺取り虫のような動きが、理絵の裸身のうねりとなっていた。

理絵は逃げた。逃げたくはないが、理絵の身体が自然に反応してしまう。理絵の頭は、ベッドのうえからはみ出していた。そうした状態にあるという意識もなく、理絵は伸び上がることをやめなかった。

肩が滑って、ベッドから落ちかかる。頭が下がって、髪の毛は床に垂れた。理絵の手に、もうシーツはなかった。理絵の両手は、ベッドの縁にあてがわれている。顔と頭で押しやった二枚の平枕が、先に二つのベッドのあいだに落ちていた。

理絵は、激しく首を振った。その動きが重みとなり、理絵の頭が更に垂れ下がった。汗が逆に流れて髪の毛へ走った。ずるっと、背中が滑る。

脳天を床に、押しつけるような格好になる。だが、ベッドが低いせいか、衝撃はなかった。

それに、床に落ちた枕が、理絵の頭を受けとめた。理絵は、両手を床におろした。肘は曲げているが、逆立ちしたときの両腕と変わらなかった。

理絵の真っ赤になった顔に、苦悶するような表情が広がった。喚くように唇を開閉しているが、またもや声が出なくなっていた。理絵は、ベッドのうえにある下半身を硬直させた。

沸騰する蜜が、沸き立つ熱泉のように無数の盛り上がりを作っている。甘美な麻痺感が理絵の身体の中心部を、伸縮させるように締めつけていた。

鋭い性感が、突き刺すように脳天に響く。理絵は頭の中まで、痺れるような陶酔感を覚えていた。

性感は上昇しきっていて、天井につかえたような足踏み状態にあった。その天井を間もなく、快美感が突き破るであろうことが、理絵にも予測できた。

そうなったときの快感の爆発が、恐ろしくさえあった。身体の中心部が燃え尽きて、女のその部分が溶解してしまうのではないかと、あり得ないことまで想像する理絵になっていた。

「怖い！　怖いわ！」

理絵がそう口走ったのも、決して大袈裟（おおげさ）な訴えではなかった。

押し寄せる怒濤が、防波堤を揺るがせている。性感に押し上げられる天井が、いまにも吹き飛んでしまいそうだった。理絵は、両足を開きかげんにして踏ん張り、悦楽を謳歌するリズムに誘われるように腰を弾ませた。

「あなた、最高！」

泣いた声で、理絵は実感を伝えた。

垂れた頭をのけぞらせたので、顔が枕に密着した。理絵は、枕に顔を押しつけた。首を振れば、顔を枕にこすりつけることになる。髪の毛が引っ張られるような痛みも、理絵は自覚していなかった。

理絵は、息をとめた。声も言葉を失い、理絵の苦悶するような表情だけが忙しく動いていた。

泣くときの口のかたちになり、理絵は唇を嚙むこともできなかった。頂点に達しているはずの性感が、なおも下腹部に食い込むように上昇する。

それは、理絵の知らない性感であった。理絵の身体の中心部は、ドリルで穴をあけられているような快美感に、完全に痺れていたのである。

踏ん張った両足が、浮き上がっていた。伸びきって反り返った足の甲が、浮遊物のように上下に揺れた。力がはいりすぎているようで、折れ曲がって縮んだ足の指がどれも痛そうだった。

小さな衝撃でも加えられているように、両膝が痙攣を繰り返していた。筋肉が硬直した理絵の太腿にも、哲也を押し上げるくらいの力が集中した。

弾むような動きを示さなくなった腰を、横向きにさせるためにも理絵は力を必要とした。その反転を哲也が許さないので、理絵の腰は左右に揺れた。

怒濤が、打ち砕いた防波堤を押し流した。その瞬間に、理絵は息と声を吐き散らしていた。

「どうしよう！　またよ！」

理絵は、絶叫した。

明瞭（めいりょう）な言葉は、それだけであった。あとは狂ったように、相手を罵倒（ばとう）する人間の叫び声と変わらなかった。理絵は身をよじり、胸にまでうねりを招き、背中をベッドに打ちつけて暴れた。

沸騰する蜜が天井を突き抜けて、身体の中心部に飛び散ったのである。燃えるような熱さと甘美な麻痺感が、理絵の下腹部で荒れ狂っている。想像も及ばなかった快美感に、理絵は責め苛（さいな）まれていた。

理絵は両手で、枕の端を握りしめた。床に接している頭が、理絵を支えているのだった。髪の毛が躍るほど激しく首を振りながら、理絵は枕に嚙みつくようにした。あまりにもひどい声を、出しているのではないかという気がしたからであった。

哲也は舌の回転を、とめようとしなかった。

蜜の噴出も飛散も、依然として続いている。理絵の声はくぐもったが、空気を震わせるような悲鳴がやむことはなかった。

ピンク色の真珠から、接触感が消えた。哲也の指も、理絵の中から去っていった。ようやく前戯が終了したのだと、理絵はバラ色の霧に閉ざされている頭の中で、他人事(ひとごと)のように思っていた。

全身の力が、抜けてしまっている。心身に残っている陶酔の余韻が、余計なことを考えさせない満足感になっていた。このまま永久に眠れたら、しあわせなのかもしれないという快い疲労感もあった。

だが、満足したがために、哲也との本格的な結合を求める欲望が、強まっていることも否めないのである。

哲也に愛されたいという意味で、理絵は激しく燃えているのだった。結合による絶頂感はまだ知らないが、そのようなことは二の次であった。

哲也に愛されるという行為だけで、十分なのだ。哲也を自分の中へ、迎え入れたい。理絵の肉体によって、哲也が歓喜すればそれでいいのである。

当然、哲也は理絵を抱くはずであった。前戯を終えたのだから、哲也が身体を重ねてくるものと、理絵は決めてかかっていた。まだ目もあけられない理絵だが、哲也の裸身を待っていたのだった。

その前に哲也はまず、理絵をベッドのうえに引っ張り上げてくれるだろう。とても自分ひとりでは、身体の位置を変えられない。理絵はベッドのうえにある下半身も、むき出しのままにしてあった。

両足を開きかげんに、投げ出している。仰向けになっているから、下腹部の茂みも隠しようがない。

理絵としては考えられないような、ふしだらな卑猥な姿をさらしている。何も急に、羞恥を失ったわけではない。理絵は、自分がそういう格好でいることを、忘れていたのであった。

そこまで、気が回らない。気持ちに余裕を取り戻していないし、冷静にもなっていない。理絵は、腑抜けの状態にある。バス・タオルで下腹部を隠すことを、思いつかないのだった。理絵はまだ酔っているような気分でいて、ぐったりとなった身体も意のままにならなかった。

ベッドのうえに引っ張り上げた理絵を、哲也が抱くということしか、考えていないのであった。

しかし、一向に哲也は、理絵の身体に触れようとしない。哲也は、どうやら、ベッドに横になったらしい。ベッドが、弾むように揺れた。

その揺れが、理絵をベッドのうえから追い落とす力となった。ベッドの縁を、背中が滑った。そうなると、ベッドのうえに残っている下半身は軽かった。ベッドから滑り落ちるのを、防ごうとする積極的な意思も理絵には働いていない。

背中が斜めに滑って、理絵の下半身も床に落ちた。二つのベッドの狭い谷間に、理絵ははまり込んだ。それでも理絵は、起き上がる気になれなかった。

理絵は呼吸が整うまで、動かずにいた。汗を冷たく感じて、理絵はやっと目を開いた。

哲也はどうしたのだろうと、理絵は心配になった。関節が笑っているようで、足や腰に力がはいらない。緩慢な動作で上体を起こし、理絵はベッドの谷間にすわり込んだ。

哲也はベッドに横たわって、左手を高く差し上げていた。

「どうしたの」

われに返ったように、理絵は一瞬にして緊張していた。

「大したことじゃない」

哲也は、ニンマリとした。

「傷が痛むの」

理絵は、哲也の左手に目をやった。

「ちょっとね」

哲也は、うなずいた。

「やっぱり、いけなかったのかしら」

理絵は、眉根を寄せた。

興奮するだけでも、傷にいい影響は与えない。前戯も過激な運動のうちにはいるのだと、理絵は反省する気持ちになっていたのである。

「触ったんだよ」

哲也は理絵を見て、顎をしゃくるようにした。

理絵が傷に触ったと、哲也は言っているのだった。

「わたしが……」

理絵は驚いた。

「急に右足を大きく開いて、バタバタさせたんだ。その拍子に理絵の腿が、左手にぶつかったのさ」

冷やかすような笑顔に、哲也はなっていた。

どうやら理絵が、絶頂感を極わめたときのことらしい。理絵の顔が、カッと熱くなった。おそらく耳まで、赤くなったに違いない。理絵は頭の中が混乱するくらいに、強い恥じらいを覚えていた。

「ごめんなさい」

　理絵は、目を伏せた。

「どういたしまして。そんなふうに理絵が無我夢中になったのかって、おれにとっても嬉しいことだよ」

　哲也は言った。

「いや、やめて……」

　理絵は、両手で顔を覆った。

　確かに、無我夢中になった。そのときの理絵は、哲也の左手の小指のことなど、すっかり忘れていたのである。人間とは身勝手なものだった。

「おれ、いま思ったんだけど、このままでは腹の虫がおさまらない」

　哲也は、話題を変えた。

「何がなの」

　哲也のほうへは顔を向けずに、理絵はバス・タオルを引き寄せた。

「おやじとおふくろだよ。だから、あと一時間もしたらおれが直接、電話してやろうと思っているんだ」

哲也にしては珍しく、深刻な面持ちになっていた。

「でも危険よ」

理絵はすわったままで、バス・タオルを裸身に巻きつけた。

「逆探知か」

「もう当然、セットされているでしょ」

「公開捜査だろうと、家には警察が詰めているから、逆探知の準備も整っていると思うよ」

「あなたから電話がかかったとなれば、それこそ大騒ぎになるわ」

「十五秒ずつ喋って、何度も電話を切ればいい」

「やめましょうよ。もう誘拐の意味も目的もなくなったんだし、あなたの賭けだって終わったんですもの」

「だけど、おやじとおふくろを喜ばせるだけだったら、何ともおもしろくないじゃないか」

「喜んでいるかどうかだって、わからないでしょ」

「その点を、はっきりさせてやるのさ」

「どうしても、電話するの？」

理絵は立ち上がって、ベッドに腰をおろした。

「それまでの時間、愛し合おう」

哲也は、照れ臭そうな笑いを浮かべた。

やさしい笑顔であった。ドキッとすると同時に、理絵も甘い気持ちになっていた。恥ずかしさもあって、理絵はシーツに指で字を書いた。

哲也と愛し合うことが、いまの理絵には何よりも素晴らしい。そのために理絵は生きていて、この場に存在しているといってもいいのである。

「さあ、早く……」

哲也が、促した。

哲也は、仰臥している。起き上がろうとしないことで、何を哲也が要求しているのか、理絵にも察しはついた。哲也にとって過敏な運動にならない体位を選ぶことは、理絵からの提案でもあった。

理絵は哲也の足のあいだで、背をまるめる低い姿勢をとった。哲也のバス・タオルの前を開き、左右へはねのけるようにした。量感を保っている哲也のその部分に、理絵は両手を添えて唇を近づけた。

愛している——と、理絵は思った。いとおしさが、興奮を呼ぶ。巨大な闇の底へ、引き込まれていくような興奮だった。

第四章
訪れる影

これだけ解放という名のもとにセックスが自由になり、セックス産業が氾濫していても、それが女体の歓喜にどのような効果を及ぼしているかについては、まったく答えが出ていない。

個人の秘密に属することであれば、答えを出すのは難しい。

それに、歓喜に対する評価は主観によるものであり、正確な回答は得られない。これこそエクスタシーだと信じきっていた女が、十年後に本物のエクスタシーを知って、驚愕したというような例は珍しくない。

そうした例が、ほとんどの女に当てはまるという説もある。つまり、多くの女が自分だけの判断で、これこそ絶頂感だと思い込んでいるというのだ。

一地域におけるアンケートの調査結果だが、女の八十パーセントが『快感はあるがオルガスムスという自覚はない』と答えている。また六十五パーセントの人が『絶頂感を自覚できるのは自慰行為によってのみ』と回答している調査結果もある。

一般的に、かつての日本女性は性の歓喜を知るパーセンテージが、低かったとされている。

それに対して現代女性は早熟であり、性への罪悪感からも解放されていて、十代で経験する者も少なくない。したがって現代女性は、あらゆる意味でのセックスの氾濫により、肉体的に熟していると主張する人々もいるのである。

しかし、この主張は、明らかに間違っている。

早熟であることと、セックスの歓喜を知ることは、まったく関係がない。肉体的に熟していれば、性感も熟しやすいということにはならない。

むしろ精神面に欠けている部分が多いことから、最近の若い女のほうがセックスの歓喜を知らずにいる。本物のエクスタシーを知るパーセンテージは、逆に若い現代女性のほうが、はるかに低いという。

精神面に欠けている部分とは、女としての本質的なものである。

羞恥心（しゅうちしん）。

情感。

受動性。

ロマンチシズム。

情操的な心の働き。

これらを失ったために、女の性的な本質までも中性化させてしまった。男も女も同じだという間違った判断が、女らしさを否定したからである。

いくら女らしさを失くしても、肉体や性的機能は女のままでいる。女らしさの裏付けがない女の性的機能が、本物の歓喜を得る点で、質的に低下するのは当然だろう。そのうえ早熟なので、肉体は一人前の女でも、精神的成長が伴っていない。

愛など、とても理解できない。まず興味本位のセックスに走り、性欲だけで男を経験する。

セックスの重要性や純粋性を、知ることができない。単なる行為として、割りきっている。

お手軽なセックスであり、不特定多数の男を相手にしたり、二人の男との関係を同時進行させたりする。

こうなれば、もはや女体ではない。女の身体であっても、みずから物体として扱っている。

だから、男の性欲だけの対象にされても、こだわりを持たない。かつての娼婦たちが、そうであった。娼婦はもちろん、本物のエクスタシーを知ることが難しい。

愛人バンクの利用者とか、若い女をセックス・フレンドとして持つ男たちとかが、異口同音に言う。

「若い女の肉体を抱くというだけで、それ以上の満足感はまったく得られない。いやがることはないし、興奮もする。しかし、狂乱や余韻には、まるで縁がない。事前から事後までアッケラカンとしていて、ゲームを楽しむのと変わりない」

興奮や快感はあっても、本物のエクスタシーは知らないのだ。

女のセックスに必要なのは、情感なのである。女らしい女であれば、恋愛感情抜きのセックスで、心からの満足は得られない。ムードを求めることから始まり、女は自分の情感を高めていく。

そして、女が本物のエクスタシーを知るのに、最も効果的なものは、愛する男に愛されているという実感である。

ひとりの男を愛し、その男に愛されることこそ、女にとって本物のエクスタシーを知るいちばんの早道なのだ——。

理絵の頭の中を、以上のような女性週刊誌掲載のエッセイが、フィルムとなって流れていった。

そのエッセイがいまの理絵には、なるほどとうなずける手本のように感じられたのだった。

理絵は、大月二郎を愛していなかった。容姿ともに目立つ存在であった大月に、理絵は興味をそそられた。好感を抱いたということだろう。

その程度の精神的な裏付けで、理絵もまた男の誘惑に乗ったのであった。嫌いな男ではないからと、おそらくセックスへの好奇心のほうが、強かったのに違いない。

それからあとは、いわば惰性であった。大月とのセックスが煩わしいときでも、求められれば付き合うという関係になった。情感もムードも、大月に愛されているという実感も、理絵は必要としなかった。

理絵には、大月が初めての男だった。そして、ほかには男を経験していない。だが、ある意味で理絵の身体は、大月に対して物体であったのかもしれない。

現在の理絵の身体は、間違いなく女体である。

女体になりきっている。

理絵は、哲也に夢中だった。生まれて初めて、男を愛したのだと断言できる。この世に男は、哲也だけであった。

その哲也に、理絵も愛されている。哲也に愛撫（あいぶ）を加えながら、理絵は愛し合っているという重々しい実感を得ていた。そうした実感が理絵を興奮させ、身体の芯に熱いバイブレーションを送っていた。

理絵が含んでいるものは、荒れ狂うように口の中を満たしていた。理絵の愛撫はすでに、その目的を果たしている。そうと承知のうえで、理絵は顔を上下させていた。

哲也の腰や太腿が、瞬間的に引き締まる。同時に哲也のものが、理絵の口の中で膨張する。哲也の右手が、理絵の髪の毛を撫で回す。

そのような反応が、理絵は嬉しかったのだ。

理絵の愛撫が、哲也に快感を与えている。それが、理絵の満足感にもなる。哲也が反応することと、理絵の興奮度は比例していた。明らかに精神的なものの作用であり、愛の実感でもあった。

「理絵……」

哲也が、腰を浮かせた。

愛撫の中止を、求めたのだった。あるいは、結合を促したというべきかもしれない。理絵は、顔を上げた。

吐き出された哲也の灼けた鉄柱は、不動の姿勢を保ってそそり立っていた。その巨大さを目のあたりに見て、理絵は感動的な興奮に喘いだ。

それが、哲也との結合を支えるのだ。逞(たくま)しい巨大さが理絵を埋め尽くしたとき、二人は完全にひとつになる。

男女を一体にして、そこに完全な結合を果たす。愛の実体を、具象化する。そのような思いが胸に迫って、理絵は息を弾ませたのであった。

理絵は這(は)いずるような格好で、哲也の下半身に覆いかぶさった。上体を起こして理絵は、哲也の太腿に尻(しり)を重ねた。おずおずとした動きになる。

当然である。経験したことも知識もない体位に、理絵は初めて挑むのであった。それも、過激な運動にならないようにと、哲也を労(いたわ)ってのことなのだ。真剣になれば、動きもぎごちない。

だが、そうした大胆で積極的な自分であることも、理絵には刺激的であった。恥ずかしさもあって、理絵は哲也の顔を見ないうちに、目を閉じていた。

哲也の右手の助けを借りて、理絵は灼けた鉄柱を導いた。理絵の豊潤な蜜(みつ)が、容易に迎え入れたはずだった。しかし、理絵はこれまでにない狭隘感(きょうあいかん)を、覚えていた。腰を沈めるのを、躊躇(ちゅうちょ)したほどであった。

だが、理絵は一瞬のうちに、その理由を察していた。

結合度が、強いせいであった。理絵は哲也の量感によって、いっぱいに満たされていた。

哲也の硬度に、理絵は完全に貫かれている。理絵の深奥部までを、哲也のものが埋め尽くしていた。

理絵は、このように完璧な結合感を、初めて知った。掘り起こされるのは、快美感だけではなかった。気持ちのうえでの充足も、理絵を酔わせたのであった。

腰を沈めきったとき、理絵は歌うような声を洩らしていた。不安定な感じを受けながらも、理絵は愛の満足感を味わっていた。物体ではなく、正真正銘の女体である自分に、いとおしさを覚えた。

人間は経験することによって、たちまち知恵をわがものにする。理絵は、両膝を固定させた。やや後ろへ倒した上体を、両手で支えるようにした。

理絵は安定感を得て、顔を天井へ向けた。哲也は、動かずにいる。律動を作るのも、理絵の役目であった。

理絵は、最も性感を刺激する接触を、律動に織り込んだ。リードする意思が、理絵に生じたのも初めてのことだった。ベッドから落ちるほど、理絵を狂乱させた陶酔の余韻が、急速に熱さを増していた。

だが、哲也の量感と硬度に満たされての性感は、別個に呼び起こされている。二種類の異質な性感が、混合された状態で盛り上がってくる。

理絵は結合の素晴らしさを、思い知らされていた。それもまた、初めて知った歓びであった。

これまでの行為はすべて、単なるセックスだったのに違いない。いま初めて、愛し合うということを知ったのだと、理絵は判断していた。

肉体の結合だけではない。心もひとつになっている。互いに肉体の歓喜を求め合い、相手に満足感を与えようと努めている。ほかには、何もない。

複数の人間の気持ちが、これほどぴったりと一致することは、ほかにないだろう。昨日に何が起こり、明日にどのようなことが待ち受けているかも、考えないのであった。人間にとって、最も完璧といえる忘我の状態である。

これが、愛し合うことなのだ。男と女が純粋になりきって、生命のエネルギーを燃焼させている。

最高にしあわせなときであり、このまま死んでもいいと理絵は思った。理絵の中で、哲也のものが躍動する。その躍動が圧迫するように、理絵の性感を強める。

それを愛のかたちとして、理絵は受け取らずにいられない。その結果、理絵の声が一段と甲高くなる。

全身が、熱くなっていた。毛布の一枚も必要な気温だが、理絵の激しい息遣いだけによっても、涼しさが放逐されてしまうようだった。首が折れそうに曲がって、天井へ向けられた理絵の顔に、気息奄々の病人のような表情が広がる。

二種類の性感が、いつの間にか一種類になっていた。前戯段階に多い鋭角的な性感が、混合吸収されていた。はるかに深みのある甘美感だけになり、それが沸々と煮立っているようだった。

粘着力も強く、重量感があるような性感である。前戯での性感を煮立っている蜜に譬えるならば、いまのは火口の底にある溶岩であった。

理絵にとっては、未知の性感である。それにやや近い感覚が、一度だけ通りすぎたことがあった。だが、それは瞬間的なもので、あとになっては思い出せないような性感だった。

未知な性感だけに、鮮烈であった。これが、結合による本物のエクスタシーに、通じる性感なのだろうかと、理絵は不安と期待を覚えた。

未知の性感は、上昇を続けている。上昇線に振幅があり、濃度もまるで違う。身体の芯へ向けて、徐々に波を作っているように感じられる。

余裕のある底のほうで渦を巻いていた溶岩が、狭くなっている火口へせり上がってくる。火口が狭くなれば、それだけ溶岩は勢いを強めて盛り上がる。そのような性感として、理絵は捉えていた。

甘い焦燥感を覚える。溶岩を火口まで急上昇させたいという焦りが、火花を散らすような快感になっている。もう不安はなく、未知のエクスタシーへの期待だけがあった。一種のもどかしさが、身体の芯に痛いような麻痺感を作っている。

肉も骨も、トロトロと溶解する。とろけそうな快美感が、溶岩の渦によって増していく。

理絵は、のけぞる。髪の毛が、背中に散っていた。

声は、とまらなくなっている。強弱や高低の変化がない悲鳴が、切れ目なく続く。呼吸をしているという自覚も、理絵にはなかった。

溶岩は重々しく、火口を目ざしている。溶岩が火口から噴き出したときが、エクスタシーの訪れなのだと、理絵は予知していた。そう予知したことで、理絵は頭の中が熱くなるほど歓喜する。

初めての快感は、想像も及ばない未知の世界に等しい。実際に経験してみなければ、いかなる快美感であるかを、理解することはできない。

筆舌に尽くし難いという言葉があるが、それ以前のことであった。つまり、想像による表現は、まったく不可能なのだ。経験した当人だけに、わかる感覚なのである。

そうした快美感が溶岩に押し上げられて、波打つように膨張する。金属音のような鋭い理絵の発声が、部屋の空気を震わせた。理絵の胸で粒になった汗が、競い合うように腹部へ流れ落ちる。

理絵は、激しく首を振った。理絵の顔と乱れた髪の毛から、水面に浮かび上がった泳者のように、汗が飛び散った。

理絵は、疲れを覚えた。

溶岩は、火口に近づいている。だが、火口までは、まだ距離がある。初めて女体となったとたんに、エクスタシーを迎えるのは、いささか無理なような気がする。

努力は続けるが、溶岩が火口に到達することは、期待できなくなっていた。今後に機会はいくらでもあるし、理絵の女体にもますます磨きがかかるのだ。そう思うと、焦りがなくなった。

理絵は、リズムを失っていた。

哲也のほうが、律動を引き継いでいた。それに応えて理絵は、結合感を深めるような動きだけを続けた。

哲也が息を乱して、達することを予告した。

理絵は、夢中でうなずいた。

哲也が果てることを、理絵は歓迎したのであった。哲也が歓喜して理絵の中に、男のしるしを放つことが、愛し合っているという実感を決定的なものにする。

それが同時に精神的な充足感と、肉体的な満足感を理絵にもたらすことになる。理絵の快美感が、促されるように上昇する。その未知の性感が、理絵の頭の中を真っ赤に染めた。溶岩は、火口付近に達している。だが、火口から一気に溢れ出る、というトドメの一撃となるような盛り上がりには欠けていた。それでも、理絵には初めて知る衝撃的な陶酔感だった。

哲也のものが、理絵の中で脈博つように熱さを増して、到達感を伝えた。理絵もエクスタシーが訪れたと錯覚しそうに歓喜し、悲鳴と口走る言葉によって狂乱状態を彩った。どのようなことを叫んだのか、理絵には自覚がない。

しかし、前屈みになって両手を突くまで、『愛している』という言葉を数えきれないくらい吐き散らしたことは、理絵にもわかっていた。物体ではなく、女体の叫びであった。

理絵の中で、哲也のものはまだ活きていた。埋め尽くされているという充足感にも、変わりはなかった。陶然と目を閉じたまま、理絵は動かずにいた。

喘ぎはおさまりつつあったが、発汗作用は逆に激しくなっている。全身の動きがとまると同時に、水を浴びたように汗が噴き出したのである。

汗は顔から滴り落ちて、理絵の太腿と哲也の腹部を濡らした。理絵の上半身は、ガラスの粉を塗りつけたように、汗で光っていた。垂れた理絵の髪の毛は、汗に湿って重そうだった。

理絵の肩や胸の波打つ動きが、次第に緩やかになる。忙(せわ)しい息遣いも、音となっては聞こえなくなっていた。理絵はすすり泣くように、長い吐息を断続して洩らした。

充足感が、しあわせな思いを誘う。哲也とひとつになっているという実感を、いつまでも失いたくなかった。ずっとこのままでいたいと、理絵は願望する。

女は結合したときの喜びを、『あなたとひとつ』という言葉で、感動的に訴える。愛する男に埋め尽くされた肉体の充足感は、ひとつになったという歓喜の言葉でしか、表現できないのである。

そして、ひとつになったと実感するときの歓びは、女でなければわからないのであった。

肉体が、満たされるだけではない。精神的にも、同様だった。愛する男とひとつになったとき、孤独感を覚える女はまずいないはずである。

だが、いつまでもその状態を、保っていることはできない。何事にも、初めと終わりがあった。特にセックスには、そうした仕組みが顕著なのだ。だからこそ、満ちたりてはまた求め合う。

哲也のその部分は萎(な)えて、逃げるように去っていく。別れを惜しむように、理絵は眉根(まゆね)を寄せた。

哲也を失ったとたんに、理絵の全身の力が抜ける。気持ちの張りをなくしたように、疲労感が強まる。軟体動物となって、理絵の身体はくねくねと崩れた。

並んで横になってからも、哲也と肌を接していたいという思いが、理絵を支配している。理絵は足を絡ませて、哲也の裸身にすがりつく。目をあける気にはならない。陶酔の余韻が、下腹部にじわっと広がっている。まるで本物のエクスタシーを極めた直後のようであった。

「どうだい」

哲也が右手で、理絵の肩を抱いた。

「わたしの声、すごかったでしょ」

理絵は哲也の胸に、顔をこすりつけた。

鼻にかかった理絵の声が、いっそう甘くなっていた。

「うん」

哲也のほうが、照れ臭そうに笑った。

「素敵だったわ。わたし、生まれて初めての領域へ、導かれたみたい」

理絵は、哲也の体臭を嗅いだ。

その哲也の匂いが、理絵にはたまらなく好きになっていた。

「おれも、嬉しかった」

「何が……」

「理絵が本気になったし、夢中になったし、狂ってくれたからさ」

「わたしあなたによって、ほんとうのエクスタシーを知ることになるわ」

「うん」

「あと、もう少しなの」

「そうみたいだな」

「そうなったら、もう最高ね。それがわたしにとって、何よりも嬉しいことよ。考えただけでも、しあわせだわ」

「早くそうなるように、努力しよう」

「いまだって、しあわせよ。わたし世界一あなたを愛しているし、世界一あなたに愛されているんですもの」

「うん」

「わたしね、人間というよりわたし自身が、いまみたいな気持ちになるなんて、想像もつかなかったの。こんなにしあわせな気持ちになれるのかって、信じられないくらいなのよ」

「理絵は、ほんとうの恋愛って、初めての経験かい」

「ええ、初めてだわ。わたし年下のあなたに、すごく男を感じるの。それも、大人の男なのよ」

「年下の男か」

「それが、十ぐらい年上に感じるのよ」

「じゃあ、そういうことにしておこうじゃないか」

「わたし女として初めて、男のあなたを愛したんだわ」

「いまの理絵は、女になりきっているんだ」

「そうよ。自分のことを女なんだって、しみじみ思うの。わたし、あなたによって女になったんだわ」

「おれたちの出会いっていうものを振り返ると、夢みたいだし恐ろしくもなる。運命とは実に神秘的で、恐ろしいもんだという気がするよ」

「あなたを誘拐して、身代金を奪い取ろうとした自分が、情けなくて恥ずかしくなるわ。いまのわたしには、絶対にできないことですものね」

「だけど、きみが誘拐を計画しなかったら、おれたちの出会いはなかったんだぜ。皮肉な運命というやつだ」

「それに、男と女だったからよ」

「もちろん男と女でなければ誘拐犯人と人質が愛し合うなんて奇妙なことにはならなかったさ」

「でも、もうわたしたち、誘拐犯人と人質ではないんだわ。愛し合っているただの男と女でしょ」

「おれたちはそう思っていても、世間や警察はどうかな。世間はおれが誘拐されたものと決め込んでいるし、警察は公開捜査にして犯人を追っている」

「だからもう、やめましょうよ」

「やめるって、どうしたらやめることになるんだ」

「このままわたしたちが、完全に消息を絶てばいいんだわ。一年もたてば、事件は立ち消えになるでしょ」

「その一年間、どこでどうやって生活するんだい」

「そんなの、どうにだってなるわ」

「おれはこのまま負け犬になって、惨めな生き方はしたくないね」

「負け犬って、誰(だれ)に負けたことになるの」

「小田桐直人と霧江に、決まっているじゃないか」

「哲也さん、両親に見捨てられた、見殺しにされたって、本気で思っているのね」

「おれが勝手に、思っているわけじゃない。厳然たる事実なんだよ」

「わたしには、やっぱり信じられないわ。いくら自己本位な親が多くなったからって、わが子が殺されることを願う親なんて、いるはずがないでしょ」

「甘いな。小田桐直人に霧江という人間を、知らなすぎる」

「とにかく、小田桐家に電話するなんてことは、もうやめましょう」

　理絵は、哲也の顔をのぞき込んだ。

「理絵の狙(ねら)いは、やっぱりそこにあったのか」

　哲也は、薄ら笑いを浮かべた。

「だって、危険でしょ。それに、わたしたちはもう、誘拐犯人でも人質でもないのよ。このまま知らん顔でいれば、事件も犯罪も消えてなくなるわ」

　理絵は、哀願する目つきになっていた。

「そうは、いかないんだよ。おれに電話をかけさせまいとするのは、無駄っていうもんだぜ」

　哲也は理絵に、背中を向けるようにした。

「あなたって、そんなに両親から憎まれたり、嫌われたりするようなことばかりして来たの」

理絵は哲也の背中に、何カ所も唇を押しつけた。

「そうらしいよ」

哲也は、起き上がった。

むかしを懐かしむように、哲也の目は笑っていた。だが、同時に哲也は、告白する男の顔になっていたのである。

哲也の過去については、多少なりとも知っていた。

死んだ養母の良子からも、哲也がぐうたら息子の典型であることを聞かされた。理絵自身が耳にした哲也に関する芳しからぬ評判も、そうした事実を裏付けていた。

哲也は金持ちのドラ息子として、非行化への道を歩んだ。

長身の美男子で、小遣いは好きなだけ持ち出せることから、女との接触が多くなる。中学生のころから、乱れた女関係というものが目立っていた。

軟派というかたちの非行化であった。それも、親の手に負えない無軌道ぶりを、発揮したのである。

「おれが中学生のときに、おやじもおふくろももうサジを投げていた」

哲也は言った。

その哲也の告白によると、母親の霧江はまったく干渉しなかったという。怒声を張り上げての哲也の反抗を、霧江は恐れたのだろうが、決してそれだけではなかった。

あの子には何を言っても無駄だ、なるようにしかならない、どうにでもなればいい、あの子を拘束するのは面倒で煩わしいだけだ――。

と、霧江が書いている日記を、哲也は盗み見たのであった。

そのころから、霧江は哲也を叱ることがなくなった。霧江は求められるだけ、小遣いを哲也に渡した。

哲也のいかなる行動についても、霧江は知らん顔でいた。哲也がどのような言動を示しても、霧江は絶対に逆らわなかった。無断外泊も、自由であった。

父親の直人も、哲也のことは霧江に任せっぱなしだった。いっさいを任された霧江が知らん顔でいるので、哲也は意のままに奔放な日々を過ごせた。哲也は直人とも、没交渉の状態にあった。

しかし、素行不良の哲也の生活態度を、直人はちゃんと承知していたのだった。

承知のうえで、直人は無視し続けたのである。哲也に不安を感じながらも、直人の関心は薄かったのであった。

直人と霧江の期待は、次男の雅也だけに向けられていた。雅也は哲也と対照的に、真面目目(め)で勤勉だったのだ。

ある日、深夜に帰宅した哲也は、リビング・ルームでの直人と霧江のやりとりを耳にした。

「何をするか、わかりませんよ。わたしたちだって、いまに哲也に殺されるかもしれません」

「そんなことはないにしても、何か事件を引き起こす可能性はある」

「警察沙汰(ざた)ですか」

「新聞や週刊誌を通じて、世間に知れ渡るような事件というのが何よりも恐ろしい。哲也は未成年だから、名前も明らかにされない。その代わり保護者っていうことで、親が世間の批判を受けるだろう」

「そんなことになったら、どうしましょう。考えただけで、寿命が縮むわ」

「来年は、高校だろう」

「進学のほうは、何とでもなるでしょうけどね」

「外国へ、行かせるか」

「外国へ……」

「カナダの高校だ」

「ツテが、あるんですか」

「大丈夫だよ。頼めば、どうにでもなる。外国の高校へ行かせたとなれば体裁はいいし、同時に哲也を追い払うこともできて一石二鳥だ」

「でも、外国でひとり暮らしってことになると、いま以上に自由奔放に振る舞うでしょうね」

「外国での生活には、それなりの不便さがある。いまみたいに、勝手気ままには振る舞えないよ」

「カナダで、何か事件を起こしたりしたら……」

「殺人とか強盗とかの重大事件でない限り、日本までは聞こえてこないだろう。それに、不自由しないように仕送りさえ充分にしておけば、あいつだって犯罪者になったりはしないよ」

「だったら、いいんですけどね」

「とにかく、哲也を違う世界へ、追い払うことだ。哲也がわれわれの周囲から消えただけで、どんなにホッとするかわからない」

「わたしも、ほんとに助かります。きっと世の中が、明るくなるでしょうね」

「雅也にも、悪い影響を与えなくなるだろう」

「雅也はいまのままだって、哲也の影響なんて受けませんけどね」

このような直人と霧江の話し合いを聞いても、哲也は別に驚かなかった。直人と霧江の腹づもりが、前々から読めていたからである。

ただ哲也は、直人や霧江の思いどおりにはなるまいと、心に決めていた。カナダの高校にはいるという話を、哲也は一蹴（いっしゅう）した。終始一貫して、哲也が拒否の態度を崩さなかったために、カナダ行きは実現しなかったのである。

高校時代の哲也は、週に二日ぐらいしか家に帰らなかった。近くのマンションを借りたいと申し出ると、霧江が喜んでそれに応じたのであった。

複数だが特定の女たちが出入りするマンションの一室で、飲めや歌えの夜を送ったのだった。そのころの哲也はもうほとんど、直人や霧江を相手にしなくなっていた。霧江は、要求しただけ金を出してくれるパトロンと、まったく変わらなかった。

直人とは、滅多に顔を合わさないし、口をきく機会もない。直人が怒った顔を見せれば、哲也はマンションへ避難する。一週間も家に帰らなければ、それですんでしまうのである。

哲也がマンション暮らしをやめて家に戻ったのは、大学受験に失敗してからであった。

哲也は二浪して二年間、予備校に通った。この二年間だけは比較的、遊びを控えて真面目に過ごした。

しかし、家にいる時間が長くなった分、家庭内のトラブルが多くなった。哲也も浪人生活で、気持ちが苛立っている。弟の雅也も東大医学部を目ざして、受験勉強に励むようになっていた。

直人と霧江は異常なほどに、雅也の受験準備に神経を使っていた。哲也のステレオの音が大きいとか、夜中まで友人が遊びに来ていたとかいうことで、霧江がいやな顔をする。直人が、文句をつける。

そういったことが原因となって、哲也の苛立ちが怒りを誘発した。哲也が霧江に暴力を振るったのも、このころのことであった。酔った勢いで哲也は何度か、ガラスを割ったりドアを蹴破ったりして暴れた。

体力的に敵わないと見てか、直人はいっさい姿を現わさない。霧江も、隠れてしまう。親と対立するという哲也の行動が、最も荒れた時期であった。

寄付金の威力を借りて、大学へはいってからの哲也は、再び遊興の日々に戻ったのである。

家にいないときが多くなり、女、車、ヨットなどに費す時間が、哲也の華やかな生活を支えていた。

直人や霧江と、争うことはなくなった。その代わり、家族同士らしい接触も会話もない。

哲也は小田桐家にあって、威張っている赤の他人だった。

それに慣れっこになって、いまの哲也は家の中で孤立していることを、苦にもしていなかった。

「小田桐直人と霧江は、おれが誘拐犯人に殺されることを歓迎している。その辺の事情が、少しは呑み込めたかい」

告白をそのように結んで、哲也はベッドから降り立った。

「どうしても、電話するの」

上体を起こして、理絵は哲也を見やった。

「おれが話し始めて十五秒すぎたら、電話を切ってくれ。それからまた電話をかけ直して、十五秒たったら電話を切る。その繰り返しなら、逆探知される心配はない」

哲也は洋服簞笥から、二人分のガウンを取り出した。

いずれも男物のガウンだが、哲也はその一方を投げてよこした。理絵はガウンを引き寄せながら、恐ろしいことをやってのけるようで、どうにも気が進まなかった。哲也は紺色、理絵は緑色とそれぞれガウンを、裸身にまとった。この男物のガウンを、誰が使用するのかはわからない。だが、そのようなことを、気にかけている場合ではなかった。

洗濯してあるだけでも、いまの理絵には贅沢であった。

寝室を出た。夏であることが、信じられないほど気温が低い。汗まみれになって燃え盛ったときが、嘘のように感じられた。背筋が、寒かった。

緊張感のせいもあるのだろう。階下へ向かいながら、理絵は何度も膝に震えを覚えていた。

なぜこうも、弱気になったのか。まるで別人のように、臆病になってしまっている。

誘拐を計画し、実行に移したときの理絵には、恐怖感などなかったはずである。

空気銃とクロロホルムを、手に入れた。

車のナンバープレートや車体に、カムフラージュを施した。

小田桐家の近くに、マンションを借りた。

哲也を呼び出してクロロホルムを嗅がせたうえ、ベッドに縛りつけて監禁した。

小田桐家に、脅迫電話をかけた。

そうしたことを理絵は、たったひとりでやったのである。助けを必要としなかったし、誰も頼らずに行動した。任務を遂行するように、黙々と計画どおりに動いたのであった。

常に理絵は冷静沈着だった。

恐れを、知らなかった。まるで、勇者のように大胆であった。小田桐夫妻に復讐するという信念みたいなものがあり、理絵は身代金を奪い取ることを、明確な目的としていたのである。

その理絵が、いまは人が違ったように、危険を恐れているのだ。

よく言って、慎重で用心深いということになる。悪く言えば、臆病な小心者だった。逃げようとする気持ちが先に立ち、みずから犯した罪が自然消滅することだけを考えている。

なぜそのように、理絵は一変してしまったのか。

哲也を愛するようになったから、ということのほかに理由は見当たらない。理絵は、女になったのだ。何よりも、愛する男と一緒に生きることを、大事にする女になったのである。

理絵には、もう小田桐夫妻に復讐するのが当然という信念も、身代金を手に入れるという目的もなかった。哲也さえいれば、それでよかった。哲也を失わない今日と明日が、理絵にはいちばん必要なのであった。

応接間に、落ち着いた。

理絵は、まだ震えていた。いまからでも遅くはない。何とかして電話をかけることを、思い留(とど)まらせたかった。だが、哲也は意気込んでいるし、理絵の頼みにも耳を貸さないだろう。

それに哲也の左手の小指を見ると、理絵も強いことは言えなくなるのであった。いったい何のために、哲也は小指を切断したのだろうか。

理絵に、協力した。

両親の正体を、見極めようとした。

そのいずれのためにせよ、いまのままでは小指を切断したことが無駄になる。小指を切り落とした哲也の行為が、まるで無意味に終わるのであった。

そのことに対する怒りも、哲也にはあるだろう。哲也の小指一本の価値を、父親と母親が無視したのである。哲也の左手の失われた小指を見れば、このままでは引き下がれないという彼の気持ちもわかるのであった。

「ダイヤルを、回すんだ」

命令口調で、哲也が言った。

哲也の手に握られている送受器に、理絵はチラッと目をやった。ダイヤルに触れた指が、逡巡して震えている。

「早く」

哲也が、急かした。

もはや哲也の指示に、従わないわけにはいかなかった。メモ用紙にある数字を拾って、理絵はダイヤルを回した。

哲也が、顔を近づけて来た。送受器を通じて流れてくる声を、理絵にも聞かせるためなのである。

しかし、耳を送受器に押しつけるほど、理絵には好奇心も興味もなかった。不安であり、恐ろしかった。理絵は遠慮がちに、頭の位置を送受器のほうへ寄せた。

コール・サインが、聞こえて来た。理絵は、時計の秒針を見つめた。指先を、電話機の突起したボタンに近づけて、いまから切るための準備を整えた。

「小田桐です」

電話に、霧江の声が出た。

コールが十回以上も繰り返されてから、霧江が電話に出たのである。それにしては、霧江の態度が妙に落ち着き払っている。周囲の人間のアドバイスを受けてから、おもむろに電話に出たという感じだった。

近くに何人もの刑事がいて、逆探知の態勢も十分なのに違いない。

「おれだよ」

哲也が言った。

「哲也さん！」

素直に驚いたらしく、霧江の声が悲鳴になった。

「逆探知をしているんだろうけど、この電話は十五秒で切られることになっている」

「じゃあ哲也さん、いまも犯人と一緒なのね！」

「当たり前じゃないか」

「犯人は、大勢なの！」

「三人だ」

「電話をかけてくる女のほかに……」

「男が、二人だよ」

十五秒が、経過していた。

電話機の突起したボタンを、理絵は指先で押した。

電話が切れた。

「上出来だ」

哲也が、うなずいた。

理絵もいくらか、勇気を得ていた。十五秒で電話を切れば、逆探知は不可能である。逆探知されなければ、何も不安に思うことはない。

「よし、ダイヤルだ」

哲也が、ニヤリとした。

理絵は、ダイヤルを回した。

一回だけのコール・サインで、再び霧江の声が電話に出た。

「おふくろは、おれを見殺しにするつもりなんだね」

「そんなこと……！　哲也さん、絶対にそんなことないわ！」

「だったらどうして、警察の反対を押し切って、誘拐を公表したんだ。しかも、犯人の要求を拒否したうえに、犯人に対して挑戦したんだろう」

「あれは、お父さんが……！」

理絵は、電話を切った。

ダイヤルを回す。

霧江が、電話に出る。

「おやじとおふくろは、ひとつ穴のムジナじゃないか。おやじが決めた方針には、必ずおふくろも賛成している。おやじもおふくろも、おれが誘拐犯人に殺されることを望んでいるんだろう」

「哲也さん、何てことを言うんですか！」

「切り落とされたおれの小指は、いったいどうなったんだ」

理絵は、電話を切る。

ダイヤルを回す。

霧江が、電話に出る。

「切り落とされたおれの小指を見て、おやじもおふくろも平気だったのかい。これで厄介払いができるって、二人ともホッとしたんだろう」

「いいかげんになさい、哲也さん！」

「おれは、間もなく殺される。そうなるように仕向けたのは、おやじとおふくろじゃないか」

「いま、どこにいるの！」

「そんなこと、わかるもんか。おやじ、そばにいるんだろう。おやじを、電話に出してくれよ」

理絵は、電話を切った。

同じ十五秒間だったが、会話の量は増えたようである。哲也が口早に、まくし立てるからであった。

半ば演技ではなくなっているらしく、哲也の表情が怒ったように硬ばっていた。次からは小田桐直人が、電話に出るようになった。哲也と直人のあいだで、十五秒ずつの電話が八回にわたって繰り返された。

*

「お父さんたちが、お前の死を望んでいるなんて、とんでもない考え違いだ」

「いまは、そんな弁明に努めている場合かね。おれは間もなく、連中に殺されるんだ」

「間もなくって、いつなんだ」

「それがわかれば、何とかしてくれるのかい」

「何とかしたくても、手の打ちようがないじゃないか」

「おれを殺せって、犯人に注文をつけたのは、おやじなんだろう」

*

「お前が電話して来たってのは、いったいどういうことなんだ」

「最後のお別れを、言えってさ。ついでに薄情な親に、恨みの言葉を残してやれって、犯人たちに言われたよ」

「犯人たちは、いまそばにいるのか」

「決まっているだろう」

*

「いま、どこにいるんだ。都内か、それとももっと遠くかい」

「見当もつかないよ」

「全然、わからないのか」

「わかっていたとしても、それを喋ったら、いまこの場で殺される」

「いったい、どうすればいいんだ」

「もう、手遅れだよ」

「手遅れ……」

「おれが殺されるって百も承知のうえで、おやじは犯人たちに挑戦したんだろう」
＊

「哲也、お父さんは犯人に挑戦したわけじゃない。ただ卑劣な悪には、屈伏できないって言ったんだ」

「おれが殺されるっていう結果については、どうだったんだよ」

「結果を恐れたら、屈伏するほかはないだろう」

「要するに、おれを見殺しにしたんじゃないか」

「そうじゃない」

「コジツケは、よしてくれ」

＊

「お父さんは、怒りと驚きに逆上した。そのために、冷静を欠いたことは確かだ。だけど、社会正義という思いのほかに、他意はなかった」

「社会正義だなんて、よくもぬけぬけと……」

「じゃあ、お父さんが身代金を、出し惜しんだとでもいうのか」

「それよりも、おやじとおふくろが望んだのは、世間の同情を買いつつ、おれを始末するっていうことだったのさ」

＊

「お前は本気で、そんなことを言っているのか」

「この電話だって、そうじゃないか。何とか犯人と交渉するから、電話に出してくれとは、ただの一度も言ってないだろう」

「それは……」

「弁解するばかりで、おれの命を守ろうってことは二の次だ。それが、おやじとおふくろの本心なんだよ」

「じゃあ、犯人を電話に出してくれ」

「出ないそうだ」

＊

「犯人はもう、身代金を要求していない。おれを殺して死体を始末したら、それですべては終わりだそうだ。それに、犯人からのメッセージがある」

「メッセージ……？」

「おやじとおふくろの冷酷さには、誘拐犯人たちもあきれ果てた。例外中の例外ともいえる薄情な親への報復として、犯人たちはおれを処刑するんだそうだ」

＊

「これが、最後の電話だってさ。もう、時間がない。おれは、おやじとおふくろに殺されるんだ。恨みを残して死んでいくって、おふくろにも伝えてくれよな」

「哲也、待ってくれ！」

「もし、おれじゃなくて雅也が誘拐されたんだったら、おやじとおふくろはどうしただろうね」

「おい、哲也！」

小田桐直人が初めて、悲痛な叫び声を聞かせた。

哲也は送受器を、投げ捨てるように置いた。理絵の手を借りずに、哲也は電話を切ったのである。そのことが、皮肉で悲しいゲームの終了を物語っていた。哲也は、さっさと立ち上がった。

理絵には、哲也の最後の言葉が印象的だった。哲也ではなくて誘拐されたのが雅也であったら、小田桐直人と霧江はいったいどうしただろうか。

もちろん小田桐夫妻は、雅也を無事救出することに全力を尽くすはずだと、哲也は言いたいのである。

誘拐されたことを公表したり、公開捜査を希望したりする小田桐夫妻ではない。雅也が生きていることを、必死になって祈るに違いない。無事が保証されるならば、五億円の身代金でも惜しむことはない。

だが、果たして小田桐夫妻がそこまで、哲也と雅也に差をつけるかどうか、理絵には疑問であった。

寝室へ戻った。

哲也は、ベッドのうえに大の字になった。当然のことながら、嬉しそうな顔でいるはずはない。哲也はいま、肉親というものを失ったのである。

哲也は、家にいても孤立していた。親とは名ばかりの赤の他人と、同居していたのにすぎないと哲也は主張する。しかし、哲也には明日から帰るべき家もなく、肉親と呼べる人間もいないのであった。

哲也は、殺されたことになるのだ。たとえ死体は見つからなくても、哲也の死は確実視されるかもしれない。生きている死者であり、それは江戸時代の無宿人のように、孤独な男の放浪の旅となる。

「気がすんだかしら」

意識的に明るい口調で、理絵は声をかけた。

「さっぱりしたみたいだ」

哲也はすでに、翳りある孤独な男の顔になっていた。

「演技だけじゃないから、真に迫っていたわよ」

もう一方のベッドに、理絵は腰をおろした。

「おやじもおふくろも、少しは寝覚めが悪いだろう」

「苦しむと思うわ」

「いや、苦しまないね。十日もしたら、これでよかったんだと、夫婦そろって解放感を味わうだろう」

「哲也さんにかかると、両親とも徹底して悪役にされてしまうのね」

「いまの電話のやりとりでも、言うことだけは立派だってわかっただろう」

「いずれにしても、これで誘拐事件は終わりだわ。誘拐された人質も、誘拐した犯人も消えてしまったのよ」

「今後どうするかが、問題になるな。まあ当分は、ここにいるより仕方がないだろうけど

「……」

「誰も、こないわね」

理絵は言った。

「大丈夫だ」

哲也は、ニヤリとした。

楽観しきっている哲也と理絵には、ここを訪れる影の気配が、まだ遠かったのである。

何も考えずに、三日間を過ごした。考えようがないし、考えても仕方がないという気持ちになっていた。目的を失った二人であり、次の行動に移ることを促す事態の変化もないのである。

出航する予定もないのに天候の回復を待つ船のように、哲也と理絵は時間制限なしの休止に甘んじていたのであった。理絵が一度、北軽井沢の町まで新聞を買いに出かけただけだった。

それ以外には二人とも、別荘の建物内から一歩も出なかった。

真夏の別荘地は、それなりの賑わいを示していた。広大な別荘地に、やかましいほどの人の気配はない。だが、静寂の中に人声、音楽、花火の音などを聞く。車の往来が、珍しく感じられなくなった。

それらは一種の賑わいであり、雰囲気として伝わってくる。そうした雰囲気を、哲也と理絵は意識外に捉えていた。二人にはいっさい、関係のないことである。

周囲がいかに活気づこうと、哲也と理絵がいる別荘の中は、完全に隔絶された世界であった。

二人しかいない別世界では、今日という日だけを大事に過ごす。余計なことは、考えなければいい。不快になったり、気が重くなったりするようなことは、互いに口にしなかった。

現在のしあわせだけを求めて、陽気で楽しい男と女になりきっていた。三度の食事、入浴、テレビのニュースを見ることも、二人にとっては遊びと変わらなかった。あとは、愛し合うことだった。

夜に朝にそして白昼に愛し合うことが、哲也と理絵の日課のようになっていた。ほかにすることがないから、という無意味なセックスではなかった。

二人にとって愛し合うことだけが、生きている証拠だったのである。特に理絵には愛されることを期待し、また積極的に哲也を求め、彼とのセックスにわれを忘れるときが、しあわせのすべてであった。

愛し合うたびに、理絵の性感は熟していく。

朝に比較して、白昼のセックスに濃度が増した歓喜を感じた。その白昼のセックスよりも、夜には更に磨きのかかった性感を自覚する。

結合による本物のエクスタシーには、まだ到達していなかった。しかし、到達点に一歩一歩近づいていることは、理絵にもはっきりわかるほど確かだった。

トンネルの出口を目の前にしながら、あと一歩のところで抜け出せない。したがって、いつトンネルから飛び出すときが訪れても、おかしくないという状態にまで、理絵のエクスタシーへの道は切り開かれていた。

理絵自身がエクスタシーに到達したものと錯覚し、断末魔にある獣のように狂乱するくらいであった。

新聞やテレビのニュースが、人質である当の哲也から自宅に電話がかかったことを報じていた。

十五秒で切られてしまう電話が繰り返しかかり、最後に哲也は間もなく殺されると訴えたと、事実を伝えていた。だが、哲也が両親の非情を責めて、恨みの言葉を遺したといったことは、いっさい報道されていなかった。

電話の逆探知も不可能だったし、手がかりはまったくない。誘拐犯人については、その輪郭さえも摑めていない。人質を確保している犯人たちの潜伏場所も、都内あるいは近県としか見当のつけようがない。

一般から百件以上の情報が、捜査本部へ寄せられているが、いずれも事件には結びついていない。

人質に死の危機が迫っているとして、一都三県の警察を総動員し、必死の捜査が続けられている。しかし、当然のことながら、捜査は難航を極めている。

新聞とテレビのニュースはそのように報じて、初めて犯人が複数であることを明確にしていた。

三日後のテレビのニュースで、小田桐直人と捜査本部長が犯人への呼びかけを行った。人質を殺すな、という呼びかけであった。小田桐直人は、身代金の支払いに応じることを付け加えた。

「いまさら……」

哲也は、せせら笑った。

公開捜査にもなって、誘拐事件が世間に知れ渡ってから、身代金の支払いに応じるというのは、おそらく前例のないことだろう。それでは、身代金を支払いたいと懇願しても、犯人のほうが拒むことになる。

「身代金を払うことにはならないとわかっていて、あんなことを言っていやがる。あれは、世間に対するポーズさ」

哲也は、怒りの眼差しで笑っていた。

理絵も、そのとおりだと思った。

「もう、誘拐事件は終わったというのにね」

理絵は、肩をすくめた。

「おやじも心の中では、そうと承知のうえなんだ。おれは、すでに殺されていると、おやじは半分ぐらい思っている。おれが生きてはいないことを期待しながら、おやじは身代金を支払うと、犯人に呼びかけているんだからな」

哲也は、足の親指でスイッチを押して、テレビを消した。

「あと四、五日もしたら、テレビも新聞もニュースとして扱わなくなるでしょうね。誘拐事件については、うやむやに終わったかたちで世間も忘れるわ」

理絵は、哲也の左腕を抱きかかえた。

哲也の左手の小指はまだ繃帯に包まれている。だが、小指を切断した跡は、すっかりよくなっていた。化膿もしなかったし、切断面は乾いている。痛みを感じないので、哲也は左手を庇うことを忘れがちであった。

「四、五日したら、ここを出よう。それまでに、今後どうするかを考えておくことだ」

理絵の鼻の頭を、哲也はチュッと音を立てて吸った。

このまま誘拐事件は、事態の推移も捜査の発展もないということになる。一都三県の警察を総動員しても、東京、神奈川、千葉、埼玉に誘拐犯人は存在しない。

たとえそれ以上に捜査範囲を拡大しても、群馬県にある小田桐家の山荘に目をつけるということは、まずあり得ないだろう。いかなる呼びかけを繰り返そうと、犯人はいっさい反応を示さない。

犯人や哲也からの電話も、二度とかからないのだ。哲也が無事に、返されてくるということもない。

哲也を殺して山中に死体を埋めたうえで、誘拐犯人たちは消滅してしまったと、断じるほかはないだろう。犯人を逮捕することは不可能であり、その行方は永久にわからないのであった。

そうなっては、ニュースとして扱う術もない。四、五日のうちには、報道されることもない事件になるはずだった。世間の関心もたちまち薄れることだろう。

それを待って、別荘を出ようと哲也は言っているのである。別荘にいるのが安全にしても、短期間に限ってのことであった。いつまでも、いられるところではない。

小田桐家の人間が、北軽井沢の別荘へくるとは考えられない。しかし、小田桐夫妻の知り合いが別荘を借りるということで、週末あたりにやってくるかもしれない。ひと夏、別荘を誰も使わないことは、これまで一度もなかったという。

哲也もその点を、気にかけているのであった。

だが、そうなると別荘を出てどこへ移動するかを、決めておかなければならない。所持金は二人の分を合わせて、四十万円ほどある。

当座は、ホテルや旅館に泊まろうと、金に困ることはなかった。しかし、ホテルなどに滞在するのでは、長続きしないということになる。

どこへ行き、どのようにして収入を得たらいいのだろうか。考えてみれば、このうえなく心細いことであった。働くにしても、まともな職にはつけないのだ。哲也と理絵には帰るところも家族もなく、身元を保証してくれる人間もいないのである。

だが、理絵は少しも、悲観的にはなっていなかった。理絵は、哲也と一緒にいられるしあわせに、酔っていたのだった。

翌日の午後、哲也と理絵は出かけることにした。

理絵が運転する車で、北軽井沢の町へ向かった。用があったわけではない。人中を歩いてみようと、哲也が言い出したのである。

「危険だわ」

理絵は、反対した。

「危険かどうかを、試してみるんじゃないか」

哲也は悪戯っぽく、目を輝かせていた。

「毎日のように、新聞にあなたの顔写真が載っているのよ。テレビにだって一日に何度も、あなたの顔が登場しているでしょ」

「だからこそ、どのくらい顔を知られているか、試す必要があるんだ」

「もし、あなただって気がつく人がいたら、どうするの」

「そのときは、おれがみずから否定すればいい」

「左手の小指を、見るでしょうね」

「人質であるはずのおれが、はっきり否定するんだから、誰だっておれの言葉を信ずるだろう」

「何人もの人が気づいたら、大騒ぎになるんじゃないの」

「もし大騒ぎになるようだったら、おれたちはどこへも行けないという答えが出る。そうなったら、観念するほかはない」

「観念するって……」

「警察で、誘拐事件はおれが仕組んだ狂言だったと説明して、謝っちゃうんだよ。かなり厳しく説諭されるだろうけど、犯罪は成立しないから逮捕されることもない」

「わたしは、どうなるの」

「おれの恋人だよ。おれに半ば強制されて、恋人のきみはやむなく協力したっていうことにする」

「それで、あなたは家に帰るの」

「まさか。おやじは激怒して、おれを許さないだろうよ。おれだって意地でも、おやじとおふくろとは顔を合わせたくない。おやじたちと、絶縁することには変わりないよ」

「そう」

哲也の言葉に、理絵はいくらか安心させられた。

「とにかく、おれだってことが簡単にわかってしまうかどうか、試してみる必要があるんだよ」

哲也は理絵の不安を、完全に無視していた。

理絵としても、承知せざるを得なかった。間もなくここを出なければならないのだから、という哲也の言い分にも一理あるのだ。試すことが、必要であった。

車を運転しながら、理絵は緊張しきっていた。

兵が群がる敵地へ、二人だけで乗り込むという心境だった。北軽井沢の町へ出て、スーパーマーケットの前に車を停めたとき、理絵は生きた心地がしなかった。

広大な別荘地から、大勢の人々が食料品を買いに集まって来ている。ほかにも商店や旅館などが密集し、小さいながらもこの一帯の中心地になっているのである。したがって、人も車も多かった。

人出と混雑ぶりは、日曜日の郊外の駅前繁華街といったところだった。老若男女の別なく、夏の別荘地での買物という服装と屈託のなさを示している。

車から降り立って、哲也と理絵は寄り添った。心臓の鼓動が、痛いほど速くなっていた。それに耐えられなくて、理絵は哲也の腕をかかえ込んだ。

二人は、ゆっくりと歩いた。

大勢の人たちとすれ違い、ぶつかり合うこともあった。

目も合うことになる。何人もの男女の視線が、哲也と理絵の顔に向けられた。しかし、多くの視線が哲也の顔に留まることはなく、相手の表情にも反応を呼ばなかった。誰もが知らん顔で、通りすぎていった。

哲也の顔写真をテレビや新聞で何度か見ていても、それをはっきり覚えるとは限らない。

関心度、印象、記憶力などが問題になる。それと、哲也を見かけた場所や状態が、大きく影響する。

たとえばスターにしても、見かけるはずのない場所で見かけたり、およそらしからぬ状態であったりすれば、似ているけど別人だと思ってしまう。

まして哲也は、スターのように顔が売れているわけでもない。美男子だろうと、ひと目見たら忘れられないという特徴や個性のある容貌ではなかった。

しかも哲也は誘拐監禁されて、死の危機を迎えていることになっているのだ。その哲也が別荘地にいて女と腕を組んでのんびり歩いているなどと、思うほうがどうかしているのである。

哲也が北軽井沢の町を、自由に闊歩しているはずはない。

誘拐された人質が、女と一緒に別荘地で遊んでいるといったことは、絶対にあり得ない。そうした人間の先入観が、哲也を見ても誘拐された人質の顔を、連想させないのであった。

プールとテニス・コートを回って、大勢の人々の前に哲也の顔をさらしてみたが、やはり結果は同じだった。哲也の左手の小指に目をやったりする人間は、ただのひとりもいなかった。

「大丈夫だったわね」

帰りの車の中で、理絵は急に噴き出した汗を拭いた。

「テストは、大成功に終わった」

哲也は満足そうに、紅潮した顔を綻ばせた。

「これでどこだろうと、大手を振って歩けるわ」

「でも、東京は危険だよ」

「そうでしょうね」

「行楽地とか観光地とかだったら、気がつく人間はひとりもいない」

「それも遠くのほうが、より安全だと思うわ」

「知っている人間なんかが、絶対に来ていないところとなると、やっぱり遠くにある観光地だろうな」

「北海道、東北、四国、九州の山の中の鄙びた温泉がいいわ」

「そういう温泉に半月ぐらい滞在して、今後の方針を決めるとするか」

哲也は、ニヤリとした。

「そうね」

理絵にも、暢気にかまえている哲也を、責める気持ちはなかった。

理絵は、鄙びた温泉宿にいる哲也と彼女自身の姿を、絵物語でも眺めるように想像していたのだった。

その夜、愛し合ったあとの汗まみれの裸身を、理絵が哲也の脇に横たえたのは、十一時すぎのことである。理絵が喘ぎながら陶酔の余韻の中で、自然に瞼が重くなるのを感じていた。

今夜もまた理絵の性感は、一歩前進したようであった。エクスタシーの深淵をのぞくところまで、哲也のその部分の圧迫感が、理絵を上昇させたのである。

狂乱のうちに思わず、達するという意味のことを、喚き立てたような気がする。明日にでも本物のエクスタシーを知ることになるかもしれないと、理絵は改めて満足感を嚙みしめていた。

ふと、理絵は目を開いた。

静寂を震わせるエンジンの音を、これまでになく近くに聞いたのである。車は前進と後退を、繰り返しているようだった。道路からこの別荘の敷地内へはいるとき、車の位置によっては前進と後退を繰り返すことにもなる。

哲也が、起き上がった。理絵も、それに倣った。

「誰か来た」

哲也が硬ばった顔で、理絵を振り返った。

二人は同時に、窓を目ざして走った。寝室の電気を消すことを忘れて、哲也と理絵はカーテンの隙間に目を近づけた。正面に、闇を引き裂く車のライトがあった。車は別荘の敷地内へはいり、真っ直ぐに走ってくる。

訪問者の出現である。

理絵の顔から、血の気が引いた。いまから、逃げたり隠れたりすることが、果たして可能だろうか。近づいたライトの光線が、すでに理絵の車を照らし出しているのであった。

車が停まった。

ライトが消えた。

車から、人が降り立った。ひとりだけである。男だった。長身の男は、闇の中にシルエットを作っていた。エンジンの音がやむと、不気味なくらいの静寂に戻る。その静寂を懐かしむように、男は闇を背にたたずんでいた。

理絵の車を、眺めている。男は別荘の二階へ、目を移した。二階の窓から、明かりが洩れていることに気づいたのだ。

哲也と理絵は、あわてて窓際を離れた。だが、もう間に合わない。訪問者は理絵の車にも、二階の寝室に明かりがついていることにも、気づいているのであった。

「誰なの」

声をひそめて、理絵は訊いた。

夜遅くなって、別荘を訪れる。当然、小田桐家の人間でなければならなかった。

「雅也だ」

哲也が答えた。

「ねえ、どうしたらいいの」

理絵は鏡の中に、真っ青になっている自分の顔を認めた。

「どうするって……」

哲也は、目を伏せていた。

「逃げ出しても、遅いっていうことになるでしょ」

理絵は、痛む心臓のあたりを、手で押さえた。

「あいつの目に触れずに、逃げるってことは不可能だ」

哲也は、首を振った。

「でも、このままでは……」

「絶体絶命だな」

「どうしたらいいの」

「開き直って、あいつと顔を合わせるしかない」

「そんなことをして、大丈夫なの」

「雅也にはひとつだけ、いいところがあるんだ」

「どういうところ？」

「あいつは、ある意味で変人といえるんだよ」

「変人……」

「うん」

「変わっているのね」

「自分のことしか、考えない男なんだ。自分に関係がないことには、興味も関心も示さない」

「そう」

「その点、あいつは徹底している。雅也はおれと違って、勉強家であり努力家でもある。だけど、自分の将来のためだけを考えて、勉強し努力しているんだ」

「ある意味で、エゴイストね」

「自分の将来にとってプラスにならないとなれば、人が死にかけていたって見向きもしないやつだよ」

「あなたが誘拐されたことにも、無関心かしら」

「あいつのことだから、われ関せずでいただろう」

「心配もしないの」

「おやじみたいに、おれが殺されることを期待したりはしない。それ以上にあいつにとっては、おれのことなんてどうでもいいんだよ」

「それで、弟さんに対して、どういう出方をするの」

「口止めするのさ」

「この別荘に、あなたとわたしがいたっていうことを誰にも言うなって口止めするのね」

「そうだ」

「効果があるの」

「多分……」

「でも、もうわたしたちは、この別荘にいられないわね」

「雅也と一緒にいるってわけにはいかないだろう」

「じゃあ、ここを出て行くってことになるんでしょ」

理絵はいまになって、全裸でいるということを意識した。

「まずは、服を着るということだ」

哲也も、バス・ローブと一緒にまるめてあるズボンに、目をやった。

哲也と理絵は競い合うように、急いで下着をつけて服を身にまとった。階下で、物音がした。雅也が別荘の中へ、はいって来ているのである。

　哲也が先に、寝室を出た。深呼吸をしてから、理絵はそのあとに従った。理絵だけどこかに、隠れているというわけにはいかなかった。二階から、脱出することはできないのである。

　階下の食堂に、雅也は立っていた。哲也とは、まったく似ていなかった。

　背は高いが、痩(や)せ細っている。なよなよとした感じで、どことなく女性的であった。ワイシャツにズボンという服装である。

　身装(みなり)には、かまわないほうなのだろう。髪の毛も、乱れたままであった。色白の少女のような顔に、メガネをかけていた。表情が豊かではなく、爬虫類(はちゅうるい)のように冷たい顔つきをしている。

　雅也は階段に、鋭い視線を据えていた。何者が別荘にいるのかと、いちおう警戒していたのだろう。その雅也の顔に、驚きの色が広がった。

　もちろん哲也の姿を見て、びっくりしたのである。だが、驚愕(きょうがく)したというほどの反応ではなく、おやっと目を見はった程度の驚き方だった。

「お前ひとりか」

　哲也が、声をかけた。

「ああ」

雅也は床に、スーツ・ケースを置いた。

哲也は二メートルほどの間隔を保ち、それ以上は雅也に近づこうとしなかった。そのことが兄弟の仲というものを、物語っているようであった。

理絵は哲也の背後に、隠れるようにしていた。

しかし、雅也は理絵に、目もくれようとしなかった。

「ここへくると言って、出かけて来たのかい」

哲也は、怒ったような顔になっていた。

「いや……」

雅也のほうも、笑うことがなかった。

「黙って来たのか」

「うん」

「スーツ・ケースの中身は……」

「本やノートばかりだよ」

「ここへ、勉強しに来たのか」

「東京の家は人の出入りが激しくて、落ち着いて本も読めない」

「警察か」

「マスコミ関係者が、例によって馬鹿騒ぎをしている」

「くだらない」

「それに、親類とか知り合い連中が、見舞いにくるんだ」

「馬鹿らしい」

「だから、逃げ出して来たんだ」

「相変わらず、自分のことしか考えないんだな」

「誰のことを、考えるべきなんだい」

「おれが誘拐されて殺されるかもしれないっていうときに、お前は落ち着いて本も読めないからって、家を逃げ出して来たんじゃないか」

「ぼくには、ぼくの人生がある。兄さんが誘拐されたからって、そのことでぼくの人生を邪魔されたくない」

「自分の将来が、何よりも大切か」

「当然だろう」

「おれが殺されても、お前は知らん顔でいるんだろう」

「殺されるのは、それが兄さんの人生であり、運命であるからなんだ。だから、仕方がない」

「おれの葬式っていうことになっても、お前は東京へ帰らずに、ここで本を読んでいるよ」

「兄さんは、殺されてなんていない。現にこうしてぼくの前に、生きて立っているじゃないか」

「少しは、驚いたか」

哲也は、苦笑していた。

「別に、驚かない」

雅也のほうは、依然として無表情であった。

変人の雅也というより、奇妙な兄弟であった。

いや、弟だけではない。哲也の両親も、また不可解な人間である。哲也がいちばんまともで、人間的でもあった。小田桐家における哲也の立場というものが、理絵にも次第にわかって来た。

哲也と雅也は、立ったままの姿で対峙している。なぜか、椅子に腰をおろそうともしない。

険悪な空気が漂ったりもしない代わりに、赤の他人以上に冷ややかな態度を示している。

もっともいまは、そういう雅也でいてくれたほうが、哲也と理絵にとっては救いになるのだった。

「どうして、驚かないんだ」

哲也が両手を、背後に回した。

その哲也の右手を、理絵は握った。

「どうしてって……」

兄を見守る目を、雅也は瞬時もそらさなかった。

「最初から、無関心だったんだろう」

哲也は、皮肉っぽい笑いを浮かべた。

「もちろん、関心はなかった」

ニコリともしないで、雅也ははっきりした答え方をする。

「もちろんって、どうして強調するんだ」

「すべては、兄さんの運命というものじゃないか。ほかの人間が、関心を持っても仕方がない」

「おやじは、どうなんだ」

「無関心じゃないだろう」

「いい意味で、関心を持っているわけじゃないな」

「まあね」

「お前の観察では、おれが誘拐されて殺されることを期待して、大いに関心を払っているってことにならないか」

「ぼくは、おやじを観察したりしないよ。そんな閑人じゃない」

「お前が受けた感じでいい」

「おやじとおふくろが話しているのを、耳にしたことがある」

「いつのことだ」

「兄さんの小指が、届いた直後だったと思う」

「どんなことを、話していた？」

「身代金を払うことを拒否して、犯人に自首を呼びかけるって、おやじが言った」

「うん」

「するとおふくろは、そんなことをしたら哲也は殺されますって言った」

「うん」

「それに対しておやじは、殺されても仕方がない、哲也は外国にいると思えばいいんだと言った」

「それにおふくろは、どういう応じ方をしたんだ」

「そうですね、もともと厄介払いするのに外国へ行かせるはずの哲也だったんだからって、おふくろは納得した」

「やっぱり、そうか。それで昨日今日のおやじ、おふくろはどういう心境でいるみたいだ」

「人前では悄然としたり、居ても立ってもいられないというように振る舞ったりしているよ」

「演技か」

「おやじとおふくろだけになると、落ち着き払っているから、演技ってことになるんだろうな」

「おれはもう、殺されていると思っているんだろう」

「親戚の連中に対しては、もう諦めたと言っているよ」

「警察の動きは、どうなんだ」

「聞き込み捜査に、全力を挙げるしかないという話だった」

「この山荘に目をつけるなんて、そんな気配もないだろう」

「全然……」

「お前も誘拐が狂言で、おれが生きてここにいるなんては、思ってもみなかったんじゃないのか」

「すべてが狂言じゃないのかなって、チラッと思ったことはある」

「どうしてだ」

「兄さんが、やりそうなことだもの。おやじとおふくろに、大がかりな挑戦状を突きつけるために……」

「おれは小指を切り落として、送りつけているんだぞ」

「何かやるんだったら、そのくらい徹底しなければ意味はない」

「じゃあ、おれが無事でいたことにも、誘拐が狂言だったことにも、無関心だっていうわけか」

「うん、関心ないね」

「よし、だったらおれが生きてここにいたっていうことも、誘拐が狂言だったことも、絶対に喋るな」

「黙っているさ」

「警察はもちろん、おやじやおふくろ、お前の知り合いにもだ。要するに、誰にも喋るなっていうことだぞ」

「頼まれたって、喋りはしないよ。関心のないこと、興味のないことを、ぼくが話題にするはずはないじゃないか」

「だったら、おれたちはここを出て行く」

「そうしてもらいたいね」

「お前はここに、いつまでいる予定なんだ」

「八月いっぱいここにいて、ひとりだけの時間を過ごしたいんだ」

「じゃあ、いまから出て行く」

「ぼくは、沈黙を守る。その代わり、兄さんは二度と再び、東京の家には帰れないだろう」

「二度と再び、帰りはしないさ。おやじやおふくろには、永久にさようならだよ」

哲也は、理絵の手を引っ張った。

歩き出しながら、理絵は哲也に寄り添った。雅也に見られたくない顔を、哲也の肩のかげに隠したのである。だが、雅也の視線を感じるようなことは、まるでないみたいだった。

「ぼくとも、永久にさようならだろう」

雅也が初めて、笑ったような顔になっていた。

「お前は将来、恐ろしい医者になるだろうよ」

振り返って、哲也が言った。

まったくそうだと、理絵は思った。冷徹な自己中心主義者は、変人ということになる。兄の生死にも、無関心でいられる。いかなる大事件だろうと、自分に関係がないとなれば、話題にすることもない。

口止めは、確実に実行される。約束を守るのではなく、興味もないからということだった。雅也は自分のほうから連絡もしないし、質問されないのに喋ったりは、絶対にしないだろう。

雅也は理絵に対して、好奇心を示すこともなかった。今後、八月いっぱい雅也は、この山荘にひとりだけでいるという。自炊しながら読書に耽(ふけ)る雅也の姿を想像して、理絵はやはり爬虫類の化身といったものを感じていた。

哲也が、ハンドルを握った。

理絵は、助手席にすわった。

「さて、どこへ行くか」

哲也は、前方の闇を見つめた。

「十二時に近いという時間では、泊まるところもないでしょうね」

走り出した車の窓から、理絵は別荘の建物を振り返った。

短い期間ではあったが、しあわせだった時間が詰まっている別荘である。哲也との新婚旅行先で、二人だけの世界を楽しんだホテルと変わらない。

しかも、二度とくることはない小田桐家の山荘であった。この建物にも永久にさよならなのだと、理絵は窓の明かりに別れを告げていた。

「目的地のない夜旅だ。行方を定めずに、車を走らせるか」

道路へ出たところで、哲也が笑った声で言った。

「そうね」

理絵は哲也に、これまでよりも孤独な男を感じた。

雅也という弟を、知ったせいかもしれなかった。肉親に永遠の別れを告げた哲也の気持ちが、理絵にもよくわかった。小田桐夫妻も雅也と同じように、乾いた顔をした人間なのに違いないと、理絵はつくづく思った。

北軽井沢の別荘地が、国道一四六号線の闇の彼方(かなた)へ、遠ざかっていく。さすがに、車の数は少なかった。

それでも、すれ違う車が長く途切れているということは、ないようだった。つまり、別荘地へ向かう乗用車ならば、まだ見かけるということなのだ。

夜になってから東京を出発して、別荘地へ向かって来ている人々の車であった。しかし、この時間に別荘地をあとにして、東京へ帰るという人間はほとんどいない。

それで前後を走る車というのは、滅多に認められなかった。たまに追い越す車は、すべて群馬県のナンバーである。

国道一四六号線を北へ向かっているとしか、理絵にはわからなかった。要するに、軽井沢や浅間山の逆方向へ、哲也は車を走らせているのだった。

「北軽井沢への出入口は、いつも軽井沢経由なんだ。この道を北へ向かうのは、今夜が初めてさ」

運転しながら哲也が、心細くなるようなことを言い出した。

「でも、どこへ出るのかぐらいは、見当がつくんでしょ」

理絵は前方に、目を凝らすようにした。

そうしても、何かが見えるというわけではなかった。下る一方の舗装道路が、多くのカーブを描いている。その両側は厚い闇に閉ざされていて、一軒の人家も見当たらない。

「長野原の町を抜けて、渋川に出るんだって聞いたことがある」

「群馬県の渋川ね」

「ここだって、群馬県だ」

「渋川から、伊香保温泉が近いんでしょ」

「群馬県には、温泉が多いからね。伊香保だけじゃなくて、渋川から飛ばして行ける温泉は、いくつもあるよ。上牧(かみもく)、水上(みなかみ)、猿(さる)ケ京(きょう)、老神(おいがみ)、法師っていったところが有名だ。渋川へ出る前だったら、四万(しま)温泉がある。ほかにだって、有名な温泉でなければ、二十ぐらいあるだろう」

「じゃあ、旅館もたくさんあるのね」

「ただ、こんな時間に予約なしでいっても、どこにも泊めてはくれないってことさ」

「だからって、アテもなく遠くまで、車を走らせても仕方がないわ」

「それに二、三時間でも、眠らなくちゃならないよ」

「そうね」

「寒かったら、後ろに毛布がある」

「寒くなんてないわ」

「一枚だけだけど、毛布をいただいて来たんだ」

「そんなことして、大丈夫なの」

「一枚ぐらいなら、わかるもんか」

「わたしね、群馬県にはいないほうがいいと思うの」

「どうしてだ」

「弟さんよ」

爬虫類を思わせる雅也の顔を、理絵は思い浮かべていた。

「おれたちが北軽井沢の山荘にいたって、あいつが東京へ電話を入れるかもしれないっていうんだろう。だったら心配ご無用、あいつは絶対に連絡しないって」

哲也は、鼻で笑った。

「でも、万一っていうことがあるわ」

理絵は、腕を組んでいた。

「自分に関係ないこととなると、あいつは完全な不感症だよ。そういう意味では、冷酷にして非情な人間でもある」

哲也は、自分の言葉が気に入ったように、繰り返しうなずいていた。

「近ごろ、そういう人間が多くなったってことは、わたしも知っている。だけど、そういう連中は同時に、気紛れでもあるわけよ。弟さんだって明日あたり、ふっとその気になったりすれば、あなたとの約束なんて無視して、平気で警察に通報するかもしれないわ。弟さんみたいな人間の気紛れっていうのが、わたしは恐ろしいのよ」

「なるほどね。あいつにとって、自分がその気になったということは、絶対なんだからな」

「警察に通報されたら、群馬県とその周辺は厳重な捜査網に、すっぽり包まれることになるでしょ」

「あいつのことだから、どうせ警察へ通報するとなれば、犯人がおれを連れて逃げたぐらいのことは、言うかもしれない。そうなると、警官を総動員しての大捜査網だ。道路も、検問だらけになるだろう」

「だから、群馬県にはいないほうがいいと思うの」

「じゃあ、どうする」

「どこかで夜明かしをして、明日の早い時間に東京へ帰りましょうよ」

「東京へ……?」

「こうなったら今度は、東京がいちばん安全みたいな気がするわ」

「東京のどこへ帰るんだ」

「例のマンションがあるでしょ」

理絵は、大きな声を出した。

あそこはまだわが家なのだと、グロス・ハウスの古ぼけた部屋が、理絵は懐かしくなっていた。

「おれたち二人が、小田桐病院を目の前に見る部屋にいる。こいつは、笑いがとまらなくなるほど、おもしろいや」

哲也は、笑い転げる子どものような声で、無邪気に笑った。

「話は決まりね」

まだ笑っている哲也の頬に、理絵は唇を押しつけた。

「オーケーだ」

哲也は、口笛を吹き鳴らした。

理絵は、ハンドルを握っている哲也の左手に、目をやった。繃帯が抜け落ちて、バンドエイドに包まれただけの小指が、むき出しになっている。

第一関節から先の部分が、欠落しているとはっきりわかる。小指が元どおりになることは、あり得ないのだ。哲也の小指は死ぬまで、このままなのであった。

それにしては、あまりにも無意味な代償ということにならないだろうか。期待をすべて裏切られたうえに、哲也は小指の一部を失ったことになるのだ。

小田桐直人と霧江は、誘拐事件を彼らにとってのチャンスとした。厄介者の哲也を世間の非難も浴びず、みずからの手を汚すこともなく始末するのに、絶好のチャンスと見たのである。

小田桐夫婦は、哲也を見殺しにすることで、厄介払いをしたのであった。切断された小指の一部が送られて来ているのに、なおも小田桐夫婦は哲也が殺されることを期待したのである。

これらは、哲也の推定や想像によるものではない。

雅也がそのように、証言しているのだった。

小田桐夫婦は、哲也が外国にいると思えばいいと、話し合っていたそうである。いかに哲也が手に負えない厄介者だろうと、親として異常な冷酷さといえる。

悪魔のような小田桐夫婦を、理絵は許せないと思った。

雅也も、同じであった。踏み潰してやりたい爬虫類という憎しみを、理絵は雅也にも感じるのだった。

だが、どうにも許せないのは、やはり小田桐直人と霧江である。屈託のない顔でいる哲也を見るたびに、理絵の小田桐夫婦への怒りは激しくなる。

誘拐事件は、もう終わった。二度と、小田桐夫婦とは、接触を持たない。誰も知らない土地へ行き、哲也と二人で生活できればいいという方針を、いったんは決めた理絵であった。

しかし、いまになって小田桐夫婦への復讐の念が、理絵の頭の中で再燃したのである。雅也はともかく、小田桐直人と霧江はこのままにしておけない。

敗北者の痛みを、思い知らせてやらなければならない。彼らを勝利者のままにしておくことは、どうにも我慢がならないのだ。許せない。新たな手段を用いて、小田桐直人と霧江を苦しめる。絶望感の淵の底に、沈めてやるのである。

理絵が東京へ帰るという気持になったのも、ひとつにはそうした目的があってのことかもしれなかった。

国道一四六号線は、一四四号線と合流して、一四五号線となる。一四五号線になってから、道路は東へ向かう。すでに対向車を、見ることもなかった。

渋川まで哲也は、フルスピードで飛ばした。初めての道は、長く感じられる。夜道になると、なおさらであった。いつ果てるともなく、ライトに照らし出される道は続く。標識に、目をやることもなくなった。渋川まで何キロという距離を、確認したくなかったのである。

ようやく渋川の市街地へはいり、国道一七号線を右折した。東京の反対方向へは走らないというだけで、行く先を定めての右折ではなかった。

長距離トラックを追い越すだけで、真夜中の町には動くものがなかった。突然、哲也がハンドルを左に切って、車は国道一七号線からの枝道へはいった。

　舗装道路だが幅が狭く、間もなく上りの坂道になった。一部に密集している人家が、たちまち疎らになる。

「どこへ行く道なの」

　理絵が訊いた。

「知らないよ」

　哲也は、ニヤリとした。

「だってこの道、山へ向かっているみたいよ」

「方角からいえば、赤城山の山裾へ向かっているはずだ」

「赤城山……」

「ただし、山裾だよ」

「行き止まりだったり、迷ったりしたらどうするの」

「そうしたら、そこに車を停めて寝ればいいんだろう」

「夜明かしをする場所を、見つけるっていうことね」

「一七号線沿いに車を停めて、眠るなんてことはできないからな」

「でも、この先に何があるのかしらね」

　理絵は、ガムを取り出した。

「さあね」

理絵が差し出すガムを、哲也は口で受け取った。

「絶対に職務質問されない場所だったら、それでいいわ」

理絵はいっさいを、哲也に任せることにした。

十字路をすぎたところから、完全に人家はなくなった。漆黒の闇が、四方に広がっている。灯火がひとつもない夜景というものを、理絵は生まれて初めて見た。それは夜景ではなく、闇そのものだった。

畑と思われる闇の空間もなくなり、地上は樹木に覆われていた。道幅が、更に狭くなった。行く手を塞ぐような木の枝が、ライトの中に浮かび上がった。

とっくに、舗装道路ではなくなっていた。かなり荒れた山道で、車の揺れが激しかった。ガムを嚙むだけで、二人は黙り込んでいた。小舟のように揺れながら、ゆっくりと走っていた車が、ようやく森林を抜けた。これまでになく巨大な闇の空間を、満天の輝く星によって二人は見出していた。

「やっぱりだ」

フロント・ガラスに顔を近づけて、哲也がブレーキを踏んだ。

粗末な立て札を、ライトが照らしていた。立て札には『諸車通行止』とか『この先通行不能』とか『危険！』とか、イタズラ書きのように躍った文字が記されていた。

　エンジンの音が消えて、耳鳴りがするような静寂が訪れた。どこに車を停めようと、問題ではなかった。道の真中だろうと、かまわないのである。ここまで、人や車がはいってくるとは、とても考えられないのだ。

　無人島と、変わりない。それこそ二人だけの世界であり、人間はいったいどこにいるのかと思いたくなる。何も見えず、何も聞こえなかった。

　哲也と理絵は、後部座席に移った。二人は抱き合うようにして、肩のあたりまで毛布をかぶった。ここなら安全だという思いが、理絵の瞼を重くする。

　言葉を交わすこともなく、二人は眠りに引き込まれた。

　夢も見ないで、理絵は熟睡した。だが、眠った時間は、三時間たらずだった。無理な姿勢が、目を覚ます原因になったのである。理絵が動いたことから、哲也も目をあけた。上体を起こした二人は、まず窓の外を眺めやった。

　もう四方に、闇は残ってなかった。午前五時に近い明るさが、人間の目に景色を与えていた。

　前方と後方に、森林が黒い壁を作っている。その壁に挟まれた部分、車の左右には草っ原が広がっていた。三、四十センチと丈が不揃(ふぞろ)いの草が、緩やかな斜面を覆っている野原だった。

すぐ近くに、山が見える。榛名山である。その榛名山の位置から推して、いまいるところは赤城山の西側の山裾なのに違いない。寒さを感じないのは、それほど高くない場所だからだろう。

理絵は、車から降り立った。夜明けの冷気が、肌に触れた。胸の中まで冷たくなったが、吐く息が白いというようなことはなかった。

理絵は、左手の草むらに、足を踏み入れた。今日も晴天で、暑くなりそうだった。草むらの中を進むと、足が朝露に濡れた。正面に、絵葉書のように美しい夜明けの榛名山を、眺めた。

榛名山と赤城山の裾野が、狭い平野部に落ち込むあたりに、渋川の市街地の遠景を望むことができた。利根川、橋、道路が小さく見える。

しかし、動くものはなくて、静止した景色になっていた。依然として無人の世界であり、地上には音も声もなかった。そうした広大な天下に、自分ひとり存在していることが爽快であった。

「横になって、もうひと眠りしようよ」

毛布を担ぎ、ウイスキーの瓶を手にして、哲也が近づいて来た。

「わたし、眠くないわ」

振り返って、理絵は笑った。

草むらに毛布を広げてから、哲也はウイスキーを口に含んだ。口をゆすいで、ウイスキーを吐き出す。ウイスキーの瓶を渡されて、理絵もそれを真似(まね)た。

口の中に刺すような痛みが残り、喉(のど)の奥まで熱くなった。だが、それらが消えると、口の中がさっぱりした。

哲也と理絵は靴を脱ぎ捨てて、毛布のうえに身体を投げ出した。毛布ごと身体が沈み、周囲の草が目の高さにあった。草がクッションとなって、固い地面を背中に感じさせなかった。

「欲しくなった」

哲也が荒々しく、理絵を抱き寄せた。

「駄目よ」

理絵はあわてて、哲也の顔を見やった。

唐突な哲也の求めに、理絵は驚いたのである。しかし、屋外でのセックスだからと、拒むつもりはなかった。

空の下の草っ原でも、ここは無人の世界なのだ。この時間であればなおさらのことで、誰かに見られるという心配はまったくなかった。

理絵の狂乱の声を、聞く人間もいないのであった。理絵には経験がないだけに、広大な大自然の中での交わりというものに、興味を感ずるのである。

「どうして、駄目なんだ」

哲也は、理絵を抱きしめた。

「だって、お風呂(ふろ)がないんですもの」

理絵はそう答えてから、そのとおりだと思った。昨夜、哲也と愛し合った身体のままで、シャワーも使っていない。だが、そのことにしても、それほどこだわってはいないのだ。そうしたことに関してはいつの間にか、極端に神経質な理絵ではなくなっていたのである。

「贅沢だよ」

哲也が、唇を重ねて来た。

そうなると理絵は、もう拒むどころではなくなっていた。互いにウイスキーの芳香を嗅ぎながら、忙しく舌を絡み合わせた。

昨夜の長く激しかった興奮の余韻が、たちまち発酵するのを感じて、理絵の身体から快く力が抜けていった。

第五章

意外な関係

舌を吸いながら哲也の手が、理絵の身体をまさぐるようにしている。愛撫(あいぶ)のつもりで、触れているのではない。

服を脱がせようとしているのだと、理絵はすぐに気づいた。陶然となりかけていた気分の中に、小さな理性が割り込んでくることになる。

服を脱ぐべきか。

こんなところで、裸になっていいのだろうか。

いくら何でも――。

唇を重ねているし、舌は哲也の口の中にある。そのままにしていたいが、それでは喋(しゃべ)れない。

仕方なく、理絵は首を振った。服は脱ぎたくない、という意味である。だが、理絵のそうした意思が通じないのか、哲也は手の動きを止めなかった。

理絵は、哲也の右手を押さえつけた。怒ったように哲也は、乱暴に唇を離していた。鼻が触れ合うほど、近くにある哲也の顔は笑っている。

「脱ぐんだ」

哲也が、脅すように声を出した。

「いやだあ」

理絵は、哲也の背中をつねった。

「いいじゃないか」

目つきだけは熱っぽいが、哲也は駄々をこねる幼児になっていた。

「だって、屋外なのよ」

理絵は哲也の肩越しに、次第に鮮明な青さを増す大空を見た。

「屋外だから、いいんだよ」

「でも、屋外で裸になるなんて、やっぱり気になるわ」

「見られる心配は、ないんだぞ」

「そりゃあ、無人の世界だっていうことは、わかっているけど……」

「誰(だれ)も見ていない、無人の世界にいる。だったら、屋外だって屋内だって、変わりないじゃないか」

「広すぎるのよ。屋内でも広すぎたら、裸でいると落ち着けないわ。それにこのままだって、いいんですもの」

　理絵は、両足を動かして見せた。

　パンティさえ脱げば、愛し合うことは可能なのだと、理絵は強調したのである。

「洋服を着たままのセックス、裸で愛し合う。そのどっちだって、誰かに見られたときの恥ずかしさは、同じなんだぜ。つまり、気になるとか落ち着かないという点では、同じだってことさ」

　哲也は、理屈を持ち出した。

　哲也はかなり、裸で愛し合うことに執着しているのだ。

「悪趣味ね」

「自然に戻ることが、どうして悪趣味なんだ。原始時代の男と女は、こういう大自然を寝室にして、裸で愛し合ったはずだ」

「いま、現代よ」

「だからこそ現代人は、自然の姿に戻りたくなるのさ」

「何のためにいまのわたしたちが、こうした場所で裸で愛し合って、自然に戻る必要があるの」

「おれは理絵と、純粋な男と女として、純粋に愛し合いたいんだ」

「わたしたちいつだって、純粋な男と女だし、純粋に愛し合っているわ」

「おれたちが現在、置かれている立場や境遇というものを、考えてみろよ。おれたちには未来がないって、言えないこともないだろう」

「ええ」

「こういう夜明けの大自然を眺めて、草原を褥にしとねおれたちが愛し合うなんてことは、もう二度とないだろう。再び経験できないことだったら、この世の名残りとしても、最高の経験にしておきたいじゃないか。大自然の中の二人だけの世界で、ほかに何もない男と女として純粋に愛し合ったということを、おれたちの大事な思い出にしたいんだ」

「わかったわ」

「悪趣味なんかじゃないだろう」

「ええ」

「いまここで裸になることが、おれたちは純粋に愛し合っているという証拠だよ」

「何だか、そんな気持ちになって来たみたい」

「おれは理絵を、純粋に愛している。だから、おれは裸になる」

「哲也さん、嬉うれしい」

「さあ、脱ぐんだ」

哲也は毛布のうえにすわり込んで、促すように理絵を引き起こした。

「全部、脱ぐの」

理絵は反射的に、四方へ目を配っていた。

離れた場所から誰かが見たら、草のうえに哲也と理絵の上半身だけを見ることになる。

しかし、周辺は相変わらず、無人の世界を保っている。

「もちろん、全裸になるんだ」

哲也はすでに、逞しい上体を見せつけていた。

二人は向き合ったまま、衣服を剝ぐという作業を進めた。裸身に風を冷たく感じたが、寒くはなかった。冷たい風が、清潔な肉体にしてくれるような気がした。

哲也と理絵は、ほとんど同時に全裸になっていた。

理絵の肌の白さが、いっそう輝くように鮮やかだった。単なる女体ではなく、神秘的な美しさを感じさせる。それは明らかに、夜明けの大自然が背景になっているからである。空と山をバックにした理絵の姿は、『裸婦』というテーマの絵画になっている。

「ほんとうに、きれいだよ」

満足そうに、哲也がうなずいた。

「でも……」

理絵は、恥じらいの笑みを浮かべた。

下腹部と太腿は、脱いだスカートで覆っている。胸をかかえるようにして、乳房も隠している。

それなのに恥ずかしくて、哲也の視線が痛かった。

ベッドのうえでは、もっと大胆に裸身を見せつける。狂乱のあとぐったりとなったときは、太腿を重ねるか、腰を横向きにさせるかするのがせいぜいだった。

それ以上に、あられもないポーズで、裸身を投げ出していることもある。ベッドのうえだろうと、電気の光線に照らされているのであった。

朝や昼間のうちに愛し合えば、直射日光を浴びることにもなる。

だが、哲也の視線が痛いほどには、理絵も恥じらいを感じなくなっていたのだ。哲也に見られていると意識することで、理絵は興奮するようにもなっていた。

ところがいまは、初めて男の前に裸身を置く少女のように、羞恥心を強めているのであった。

大自然の美しい景色が、理絵にとっては豪華な衣装になっている。

理絵の白い裸身を草の緑が、対照的な色として飾っている。

理絵自身もそう承知しながら、耐えられないくらい恥ずかしいのだ。やはり、こういうところに裸でいるという意識が、強く働いているからなのだろう。屋外で全裸になったのは当然、初めての経験なのである。

「横になって、いいんでしょ」

そう言って哲也の返事を聞かずに、理絵は裸身を毛布のうえに仰向けに倒していた。そうすれば、理絵の身体は草の中に沈む。遠くからは、見えない存在となる。そのせいか、理絵はホッとした気持ちになっていた。理絵の目に映ずるのは、空と周囲の草と哲也の姿だけだった。

無限に広がる空。

早朝の明るさ。

風にそよぐ草。

全裸でいる哲也と理絵。

そのような諸条件と状況に、刺激を受けている自分というものを、理絵はふと感じたのであった。

初めての経験には、新鮮な刺激が伴う。それに、純粋に愛し合いたいという哲也の言葉も、理絵の情感に響いていた。

これから、純粋に愛されるのだと思うと、理絵の身体は熱くなり、心臓の鼓動を早めるのだった。

目を閉じれば、夢心地となる。

理絵の下腹部を覆っているスカートを、哲也がそっと引っ張るようにして取り除いた。

理絵に寄り添って、哲也は裸身を横たえる。理絵は、哲也にしがみついた。自分でもよくわからない異様な興奮が、理絵の身体を震わせている。

理絵を抱きしめて、哲也は唇を重ねる。技巧的なディープ・キスを続けながら、哲也の指はピアノを弾くように理絵の性感帯に触れる。

理絵の身体の中心部から、これまでにない異質の性感が湧（わ）き上がる。その性感が、理絵の腰と下肢のあちこちに痙攣（けいれん）を呼ぶ。早くも理絵の瞼（まぶた）に光沢が広がり、苦悶（くもん）するような表情になっていた。

理絵の耳が、音らしいものを捉（とら）えている。何の音かは、判別できなかった。しかし、これまでの完璧（かんぺき）な静寂の中に、微（かす）かながら音が生じたことは確かだった。

人工音ではない。音楽のように、楽しくて美しい音である。

鳥の声――。

遠くから、聞こえてくる小鳥の囀（さえず）りであった。森林の中にたくさんの小鳥が集まって、早朝の囀りを聞かせているのだ。ほかには、何の音もない。

　哲也の唇が、首筋から胸へと移っていった。

　理絵の胸が、大きく波打ち始めていた。地面の震動が伝わっているみたいに、理絵の胸のふくらみが揺れている。乱れた息遣いが、声を含めての喘ぎに変わっていく。右に左にと、理絵は顔の向きを変化させる。

「ああ、哲也さん」

　甘い声がつぶやきとなって、理絵の唇から何度も洩れる。

　屋外の草っ原にいて、全裸で愛し合っているという意識は、消えることがなかった。目はあけられないが、空も山も草原も理絵には見えている。

　朝の澄みきった空気が、理絵の裸身を包んでいた。風が吹けば、草が爽やかに葉ずれの音を聞かせる。

　純粋に男と女になりきっていて、最高の愛され方をしているという気持ちに、理絵はならずにいられなかった。

　大自然の中で、全裸になって愛し合うことがいかに素晴らしいかという哲也の主張を、理絵はいまになって理解していた。その異常とも思える行為が、当たり前なこととして受け取れる。

性感が、これまでより細く鋭い電流になっていた。

細い代わりに、数が多かった。一本の電流となって、走るというふうには感じられない。無数の電流が、網の目のように伝わるといった性感だった。

理絵の声も、大きくなる。

だが、それでも声だけは、抑えているつもりであった。屋内のように、声が遮られるということはないのだ。無人の世界だろうと、声は遠くまで届く。

近くに人がいれば、確実に聞こえてしまうのである。それに、あたりが静かすぎる。そう思うと、どうしても傍若無人の発声は、遠慮せずにいられない。

声を抑えれば、身体のほうが耐え難い状態になる。理絵は両手を、毛布に押しつける。身体を浮かそうとする。そのために、肘を曲げて両手を突くという不自然な格好になってしまう。

両手に、力がはいらない。身体は、浮き上がらない。理絵の両手はただ、毛布に押しつけられるだけであった。毛布の下には草の弾力があって、いっそう頼りない。じっとしていられない気持ちが、苛立たしさになっていた。

耐えることが、苦しみになる。思いきり、声を出せばいいのだ。だが、それはできないという逡巡のほうが、まだ優位に立っている。

「素敵よ、哲也さん！」

　声を低めて、理絵は口走る。

　それはもう、苦しそうな呻き声になっていた。

　全身に、力がはいる。声を殺すという忍耐が、何倍もの力を要求する。理絵の四肢は硬直し、腰がもどかしげに弾む。のけぞった頭が、毛布に皺を寄せる。口を大きくあけたままになっている。

　哲也の顔が、理絵の太腿へ移動していた。太腿の内側を往復する哲也の唇と舌が、徐々に下腹部へ接近してくる。理絵の性感が急速に、身体の芯に蓄積されていく。

　昨夜、愛し合ってから洗ってない身体であることが、理絵にはまた気になった。しかし、甘美な性感に酔っていることで、理絵に拒んだりする気持ちはまるでなかった。むしろ、汚れているという考えを、理絵は打ち消そうとしていた。

　理絵のそこを満たしたのは、哲也の男の部分であった。ほかの人間のものが、侵入したわけではない。

　哲也が放った男のしるしと、理絵自身の蜜だけが、残滓となっているのにすぎなかった。

　そしていま、そこに触れるのも哲也の唇と舌なのだ。哲也と理絵のものなら、汚いとは感じない。

そんなことは一向にかまわないのだと、理絵は自分を納得させた。身体が軽くなるように、理絵は気が楽になっていた。

とたんに、哲也の唇の位置に、火を押しつけられたような熱さを感じた。

哲也の唇が、更に距離を縮めていることを意識すると、理絵の興奮度は上昇した。声をまじえた喘ぎが一段と激しくなり、期待感が不規則に胸を波打たせた。

理絵の下腹部の茂みに、哲也の息がかかった。

身体を固くした瞬間に、哲也の唇と舌が触れた。哲也の唇が理絵の花弁と接し、舌はやや深い部分を遊泳した。

理絵は、首を振った。声が出ないように、口を塞いでくれるものを捜し求めたのであった。

なぜか、手を口へ持っていくことを、理絵は思いつかなかった。理絵の両手は、毛布に押しつけられたままだった。指が毛布を摑むような動きを示している。

結局、理絵が捜し当てたのは、彼女自身の肩であった。首をねじって、理絵は肩に口を押しつけた。

押しつけたうえで、肩を嚙むようにする。だが、それだけで、声を封じられるものではなかった。

しかも、哲也の唇が理絵の最も敏感な突起を、捉えていたのだった。待ち続けていた一瞬を迎えたように、理絵は衝撃的な性感を掘り起こされた。

「ああ……！」

大きくのけぞった理絵の口から、空気を震わせるような叫び声がほとばしり出た。

当然、口は肩から離れていた。理絵の口を塞ぐものは、何にもなかった。そのうえ、大きな声は出すまいという理絵の自制心も、失われていたのである。

快美感に反応するときのいつもの声が、とまらなくなっていた。あるいは、それ以上に大きく高い声だったかもしれない。自分が自分でなくなったから、というだけではなかった。

いったん自制心を失うと、それまでの穴埋めをしようと努めるみたいに、人間は奔放になりきるものであった。忍耐から解放されて、苛立ちともどかしさが一度に爆発したのである。

哲也の舌が、理絵のピンク色の芽を膨張させた。舌先の微妙な回転によって、それはたちまち小粒の真珠となった。

「すごいわ！」

理絵の両手が、毛布を握りしめた。

その理絵の驚嘆する言葉は、単なる性感を表現したものではなかった。これまでよりも、はるかに強烈な快感が生じているということを、理絵は感動的に訴えたのであった。錯覚ではなく、戸惑いを覚えるような事実だったのだ。

哲也の前戯に、変化はなかった。これまでどおりのコースをたどり、技巧的にも同じ時間をかけている。変わったのは、理絵の感じ方に違いない。

純粋に愛し合っているという思いが、反応を強めているのかもしれない。もちろん、朝の空を仰ぐ草原に、生まれたままの姿で獣が戯れるように愛し合うということも、作用しているはずであった。

理絵の身体の中心部で、煮えたぎる蜜が、甘美な麻痺感を強めている。同じ性感でも、これまでとは違っていると、理絵の肉体が判断していた。

身体の芯まで突き刺して、抉るような強烈さが加わっているのだ。それに、快感には膨張し収縮するような一定のリズムがあって、熱を放っていた。

その脈搏つような甘い疼きには、電流に似た鋭さもまざっている。性感そのものが、腫れ上がって熱を持っているようだった。理絵は、寒気を覚えた。

性感が上昇するにしたがって、総毛立つような寒気がひどくなる。戦慄するような快美感であった。

膨張し収縮する快感の疼くようなリズムに合わせて、理絵は声を発し息を吸い込んだ。そのテンポが速まるにつれて、理絵の声も大きくなる。

沸騰する蜜は、すでに頂点に達して渦巻いていた。

理絵の両手が、毛布を掴んでいる。だが、ベッドのうえのシーツより、はるかに固定度が弱かった。

草の上の毛布は、初めから浮き上がっているように頼りない。掴んで持ち上げれば、毛布はどこへでも引き寄せられる。毛布の一部が、めくれてしまっていた。

全身に驚異的な力が加わるから、女は必死になって何かを掴もうとするのだ。その掴むものに手応え（てごた）えがないようでは、まるで意味がないのである。

やむなく理絵は、逃げるような動きを示す。のけぞり、伸び上がれば、理絵の裸身は移動する。

理絵の身体の下で、毛布がまるまったり斜めになったりする。理絵の頭は毛布からはずれて、草のうえにあった。理絵の顔に、草の葉が触れる。

「すごいのよ！」

草の中で、理絵は叫んだ。

のけぞっては、激しく首を振る。草の中で、何かが暴れているようだった。葉ずれの音を聞かせて、草が揺れていた。理絵の顔に、冷たいものが散る。

朝露であった。

降りかかる冷たい水滴も、一向に気にはならなかった。朝露だとわかっているし、そんなものに妨げられるほど、理絵の性感は浅くなかったのである。

理絵の両手が、摑めるものを捜し当てた。それもまた、草であった。手が切れるとか、トゲが刺さるとか、用心するような余裕はなかった。

一本や二本の草を、握っても仕方がない。理絵の両手には、摑めるだけの草が集められていた。それを引っ張るようにして、握りしめる。

遠くから大波が押し寄せてくるのを、理絵は感じ取っていた。

硬直するほど、下半身に力がはいる。太腿の筋肉が、引き攣れるように震えていた。宙に浮くように上下する両足が、伸びきっている。

反り返った足の甲が、臑と水平になっていた。

とまらなくなった理絵の声が、張り上げる強さを増して高くなる。合間に、苦しい息を吐き散らす。

波が、近づいてくる。途方もなく大きな波であることを、理絵は予感していた。海の泡立ちも、吹き荒れる風も、大波に伴ううねりも、これまでとはまったく違っているのである。

怖い——と、理絵に甘い不安があった。身体の芯がカーッと熱くなるにしても、いままで理絵が知らなかったような高温なのであった。

大波が、眼前に迫った。やはり、理絵が初めて見るような大波であり、凄まじい破壊力を持つ怒濤となって押し寄せて来た。防ぎようもなく、あとへは引かない大波なのである。

理絵の首の振り方が、弱々しくなっていた。

脳天が地面に接するほど、極端に顔をのけぞらせて、理絵は息と声をとめた。次の瞬間、大波は防波堤を打ち砕き、港のすべてを呑み込んでいた。

これまでになく強烈で、爆発力を感じさせるオルガスムスが訪れたのであった。訪れたというより、襲いかかって来たみたいだった。

沸騰する蜜が、火を噴いているように感じられた。その火は身体の芯に広がって、炎をかき回されるように熱くなっていた。灼かれるような麻痺感が、骨や肉に食い込んでくる。

「ああ！」

理絵の悲鳴がそのあと、発声練習のように忙しく高低の変化を聞かせる叫び声となって続いた。

口をあけたままで再び、理絵は激しい首の振り方に戻っていた。草も音を立てて揺れたが、もう朝露は落ちてこなかった。

持続しているオルガスムスが、更に灼熱の快美感を強めていた。身体の芯を突き刺すような異常に強烈な陶酔感に、理絵は耐えきれなくなっていた。

哲也の舌と指を拒むように、理絵は腰をよじろうと努めた。いかなるものでも持ち上げてしまいそうな力で、理絵は腰を横向きにさせようとする。

だが、そうはさせじと哲也は体重を利して、理絵の腰を押さえつける。いったんは哲也を押し上げたが、理絵の腰の力もそれ以上は続かなかった。

哲也に押さえ込まれて、理絵の腰はそのままになった。よじれたのは、上半身だけだった。

哲也の舌と指は、健在であった。それらの愛撫が、なおも性感を掘り起こす。哲也の愛撫が執拗ならば、理絵の性感も貪欲ということになる。

依然として、オルガスムスによる甘美な麻痺感が持続されているのに、新たな大波が押し寄せてくるのを、理絵は感じたのであった。

「またよ！　まただわ！」

理絵は叫んだ。

幼児が全身でイヤイヤをするように、理絵の上体が左右に揺れた。今度の大波は、急速に押し寄せてくる。

大波が近づくにしたがって、理絵の上体の揺れも激しくなる。

「哲也さん！」

泣いている顔で、理絵は連呼した。

大波が、砕け散った。

衝撃的な到達感が、理絵の身体の芯に火炎を放射した。その絶頂感は、理絵の頭の中まで響いた。

同時に、悲鳴とも喚き声ともつかない理絵自身の絶叫が、頭の中にピンク色の靄を震わせた。

理絵の全身が、波になっていた。繰り返し生ずるうねりが、理絵の身体をとめようもなく弾ませた。

硬直した腰が、別個の生きもののように、痙攣を続けている。踏ん張るようにした両足が、毛布のうえを滑った。

理絵の両手は、握りしめるものを失っていた。

瞬間的な強い力によって、両手に摑んでいた草が、抜けたりちぎれたりしたのであった。

理絵の両手は無意識のうちに、改めて草を握り直していた。理絵の汗に濡れた肩のあたりには、黒々と泥が付着している。引きちぎられた草が、毛布のうえにも泥と一緒に飛び散っていた。

泣きじゃくる声。

身悶(みもだ)えながらの呻き声。

歌うような甲高い声。

そのように声量と音質を変えて、理絵の声が途切れることなく、朝の空へ舞い上がっていく。

二種類のオルガスムスが、震動音を響かせるようにして、燃焼を続けている。しかも、第三波がすでに、怒濤のように押し寄せて来ているのだった。

今朝になって、どうしてこのように強烈な絶頂感を、知ることになったのか。屋外で愛し合うという新鮮な刺激と、自然の中で奔放になったことが、理絵の性感に影響を及ぼしているのかもしれない。

しかし、哲也によって理絵の肉体が熟したということも、それ以上に大きな原因となっているのだ。

もし、そうだとするならば、この異常なほど燃え盛る性感は、本物のエクスタシーを知ることの前兆ではないか。理絵は興奮に混乱する頭の中に、そのような期待感を置いていた。

第三波が押し寄せてくることを予期しながら、理絵は一種の真空状態を迎えていた。オルガスムスはやや余韻化したが、疼きを伝えて持続している。

めくるめく思いに、理絵は激しく喘いでいた。息苦しそうに波打つ胸と、高熱を発したように上気した顔を、短い線を描いて汗が走った。

歯がカチカチと鳴っている口からは、弾むようにして声が洩れている。

それでいて理絵の頭の一部だけが、冷静さを取り戻しているのだった。肉体は狂乱しているのに、頭の片隅が冴えているという真空状態である。

理絵は、うっすらと目をあけた。焦点が定まらないみたいに、視界がぼやけていた。それでも、草の間から空が見えた。青い空であった。

その青空が、目にしみるように美しかった。

この世にいるのだろうかと、思いたくなる。天国あるいは極楽にいて、空を眺めているようだった。

いずれにしても、ここはあの世に違いない。あの世へ、哲也と二人で来ているのだ。この世にいても、明日がない哲也と理絵であった。

あの世のほうが、二人にとっても住みよいはずである。あの世にも朝の青空と、無人の草原が広がっている。そこで哲也と理絵は、青空を眺めているのだった。

「父母も、どこかにいるはずなんだけど……」

「お父さんやお母さんに、会いたいのかい」

「いつかはね」

「いまは、おれと一緒にいるだけで、いいじゃないか」

「二人きりのほうがいいわ。これからも、ずっと……」

「ここは、永遠の世界なんでね。おれたちも永遠に、別れることはないのさ」

「素敵ね」

「やつらは、まだ現世で生きている」

「やつらって……」

「小田桐家の連中だ。ほら、見えるじゃないか」

「小田桐直人がいるわ」

「霧江も、雅也もいる」

「あまり、楽しく生きているって感じじゃないわね」

「おれたちのほうが、比べものにならないくらい楽しいよ」

「きっと、しあわせじゃないのよ」

「当たり前さ」

「わたしたちは、とってもしあわせですものね」

「やつらへの復讐を果たさなかったこと、後悔しているんじゃないのか」

「全然だわ。いまになってみると、馬鹿馬鹿しいことに思えてくるわね」

「おれもだよ。やつらには、価値なんてない。価値のない小田桐直人や霧江を、相手にしても仕方がないんだ」

「そうね、いまわたしたちのほうが、ずっとしあわせなんだし……」

「おれたちはここで、永久に愛し合っていればいいんだ」

「わたし、それだけでいいわ。あなたのほかには、何も欲しくない」

再び青空がぼやけて、遠ざかるように消えていった。顔のうえにある草も、見えなくなった。

理絵は、目を閉じた。真空状態が、頭の中で消滅する。

たちまち、苦悶して泣き喚くような表情に戻る。理絵は眉根を寄せて、口を大きく開いた。

カチカチと歯の鳴る音が消えて、代わりに理絵の口から、連続する叫び声が溢れ出た。

哲也の舌が回転しながら火を押しつけるように、理絵のピンク色の真珠が熱くなっている。

理絵の潤いすぎた蜜の中で、躍動する哲也の指も、火を放つような熱源体になっていた。理絵の身体の芯でも、第三波が打ち寄せるのを待つように、火炎放射の勢いを強めている。

まるで、火を使っての拷問、火責めのようであった。

火責めによって、責め殺されてもいい。いや、責め殺されたいと、理絵は思った。そうした願望が、真空状態にあって理絵が幻想的に描いたあの世における哲也とのやりとりに、表われていたのである。

このまま死ねたら、どんな素晴らしいことか。

哲也が与えてくれる歓喜に責め殺されて、狂い死にすることは、理絵にとって最高の幸福であった。

理絵の歓喜は、永遠に続く。哲也と永久に愛し合うというのは、このままの状態で理絵が死ぬことではないか。

「まただわ！」

再三襲ってくる恐怖に戦く(おののく)ように、理絵は絞り出すみたいな声で叫んだ。

第三波も大きくて、一気に性感を押し上げた。

絶頂を極めた性感は、間歇泉(かんけつせん)のように火を噴き上げていた。火が噴き上がるたびに、理絵の尻も浮き上がった。

「哲也さん、殺して！」

　理絵は、絶叫した。

　そのあとは、水に溺れて助けを求めているような声と息遣いになり、口走る言葉の意味もわからなかった。

　理絵は、狂乱した。

　全身で、暴れる格好になった。

　突っ張らせた両足が、毛布を蹴りつけた。毛布にはただ皺が寄るだけで、理絵が蹴りつけているのは、その下の草と地面だったのだ。

　髪の毛が左右に舞うほど、激しく首を振っていた。

　草の揺れ方も、一段と激しかった。朝露の代わりに、理絵の顔から汗が飛んだ。

　理絵の両手がまたしても、握っていた草を力まかせに引き抜いていた。いかに強く握りしめていたかを立証するように、引きちぎられた草は一本もなかった。

　理絵が両手に握っていた草はすべて、根から抜き取られたのである。地面も柔らかく、草の根が浅かったためだろうが、それにしても狂乱する理絵の力の強さを物語っていた。

　根についている泥をあたりに散らしたうえで、理絵は草を投げ捨てた。

身体の芯が溶解しそうな甘い熱さと、その周囲で脈搏つ陶酔感に、理絵は耐えられなくなっていた。

これ以上、オルガスムスに翻弄(ほんろう)されたら、身体の中心部にヤケドを負うか発狂するかだと、理絵は思った。

「堪忍……」

理絵の叫びも、唸(うな)るような低い声になっていた。

腰を持ち上げる力が、さっきよりも激しく動いた。尻を引くようにして、太腿を固く合わせる。哲也の顔は、完全に押しのけられていた。

腰を横向きにさせると、理絵は素早く腹這(はらば)いになった。投げ出されて沈むように、ぐったりとなった俯伏(うつぶ)せの姿勢だった。両足はそろえているが、左右の腕は横へ伸びきっていた。

横顔を毛布に押しつけて、荒々しく息を吐く。

背中がまだ、激しく波打っている。息も絶え絶えとは、このことだろうか。八方へ乱れ散っている髪の毛が、遭難者という感じである。

哲也の舌も、どこかへ消えた。彼の指も、理絵の中から去っていった。哲也はいま足もとのあたりにいて、背後からの理絵の裸身を眺めている。

そうしたことを気にする力も、理絵には残っていなかった。

かたちよく盛り上がった理絵の肉感的な尻が、思い出したように小さく弾んだ。

自分の身体という感じがしなくなっている。

力がはいらないだけではなく、肉体を支えている心棒が抜けてしまったようなのである。

骨抜きにされるという言葉を、思い出さずにはいられなかった。しかし、だからといって軟体動物のように、身体が柔らかくなっているわけではない。

筋肉が固くなっている部分は、そのままの状態にある。全身は弛緩しているが、部分的に硬直している筋肉が少なくなかった。柔らかくなっている一帯は、波打つように動いている。

筋肉が固いところは、痙攣が走るのであった。

身体の中心部には、まだ脈搏つように熱さが残っている。余韻ではなく、熱い陶酔感そのものだった。

それが小爆発を繰り返すように、引き絞られるみたいな強さを増すのであった。小さな到達感と変わりなく、そのたびに理絵の背中は波打ち、腰が弾むのである。

苦しい息が、声となって洩れる。理絵は目をあけられずに、苦悶する表情を作ることになる。

朝の日射しを浴びて、理絵の裸身は美しく輝く。まぶしいほど白い肌が、その滑らかさを強調している。

小さな範囲に、肌が粗くなっていることもない。肉感的に盛り上がっている尻などには、陶器のような光沢があった。それが陽光の下にさらされているだけに、妖しい美しさを見せる女体になっていた。

理絵の肉体は、激しく哲也を求めている。前戯だけに終わることを、是とするはずはなかった。

だが、哲也そのものが欲しいと、言葉に出して訴える気力を、理絵は失っていたのだった。

とにかく、身体が言うことをきかなくなっている。息苦しさも、続いていた。このまま意識をなくしたら、素晴らしいのではないかと思いたくなる。

しかし、哲也が求めてくれれば、彼にいっさいを任せることができる。理絵はそれを歓迎し、そのときが訪れることを期待していたのだった。

哲也は持ち上げるようにして、理絵の腰を引き寄せた。

骨抜きの状態ではあるが、もちろん理絵が逆らうことはなかった。哲也がいかなる体位を求めているか、理絵にもよくわかっていた。

だが、その体位に抵抗感もなく、理絵は素直に応じていた。屋外の草のうえで、そのような体位を示せば、いっそう動物的であった。

屈辱的な体位への嫌悪感があっても、おかしくはなかった。しかも、朝の日射しの中で、一方的に裸身を見られることになるのである。

そうした恥ずかしさは、女の気持ちを惨めにさせることもある。したがって、冷めた思いからそれを嫌悪するのも、当然といえるのだった。

しかし、そのように感じる余裕さえ、理絵にはなかったのだ。抵抗感もなく、嫌悪することもない。

極度の興奮状態が、欲望だけに忠実な理絵にさせていた。理絵の肉体が、哲也との結合を求めている。

その欲求が満たされるのであれば、どのような体位で愛されてもかまわない。されるがままになっていればいいと、理絵は哲也に任せきっていたのだ。

両膝(りょうひざ)をついて、尻だけを高くするような姿になった。

背中が弓なりに曲線を描き、胸は毛布に押しつけられている。顎(あご)も毛布に埋まる格好になり、理絵の両腕は投げ出したように草の中まで伸びていた。

上半身だけが、ぐったりとなっているように見える。

理絵の太腿に、哲也の熱くなっている部分が触れた。それが間もなく、哲也を迎え入れることになることを、予告していた。理絵の花弁に、異物感があてがわれる。

感動の一瞬を待つように、緊張した興奮を理絵は覚えていた。結合する部分だけに、理絵の期待感は集中する。

理絵はみずからの蜜の音を聞かされて、その豊潤さの中へ哲也が侵入してくるのを感じた。

「ああ、哲也さん！」

結合を果たしたという満足感が、理絵に感動的な叫び声を上げさせた。

哲也が押さえつけるように、しっかりと理絵の腰を引き寄せる。

理絵のほうも、力をこめて腰を固定させた。

理絵は身体の中心部に、引き裂かれるような量感を把握していた。その巨大さが、強烈な快美感を泡立たせるということを、理絵はいま初めて知ったような気がした。

理絵の両手が、忙しく草や毛布の端を握りしめた。小幅にではあったが、激しく首を振った。髪の毛が、左右に揺れる。顔を毛布に、こすりつけている。

理絵の弱々しく泣くような声が、とまらなくなっていた。息も絶え絶えに、すべての気力を失っていたはずの理絵が、にわかに蘇(よみがえ)ったのであった。

哲也の灼けた鉄柱は、溢れんばかりに理絵を満たして、その深奥部に達していた。そこに貯蔵されているまだ余韻にもなっていない陶酔感の中へ、哲也のつけた鉄柱が荒々しく埋没する。

苦痛を堪えるように、草を握った両手に力を入れて、理絵は顔を上げた。上体を静止させて、声も殺している。

哲也のこれまでにない量感と硬度が、理絵を埋め尽くしているのであった。完全に満たされて貫かれていることを、理絵ははっきりと自覚した。

渦を作り始めている前戯の陶酔感に、新たな性感が加わって上昇する、理絵は再び、悶えて泣くような声を、息とともに撒き散らした。

大地に伏して悲しみを訴えるように、理絵は首を振りながら毛布に顔をこすりつけていた。

哲也は、着実な性感の上昇を促すように、力強い動きを伝えている。その猛々しいほどの律動と躍動が、理絵の中に明確に快美感を伝播する。

そうした哲也と理絵の真摯な姿は、遠景と近景の別なく、神秘的に美しかった。空はいつの間にか、真っ青になっていた。ちぎれ雲ひとつないことが、いっそう無限の大空を感じさせる。

その青空から地上に、夏の陽光が降り注いでいる。

明るく澄みきった朝の日射しが、地上のすべての色彩を鮮やかにさせていた。榛名山を中心とした山々が、夏山らしい紺色の容姿を描いている。

朝露も乾いた近くの草原が、緑色の波を作っていた。周囲の野原の草と森林の緑の濃淡が、夏景色の一部として色鮮やかであった。そのような大自然に、汚れた部分は見当たらない。

風は草を靡かせる程度に吹き、新鮮な空気を運んでくる。日射しの暑さと、風による涼しさが配合されて、夏の朝の温度を定めていた。

文明の利器といったものは、何ひとつない世界である。人間も地上には、哲也と理絵しかいなかった。

全裸の男と女になっている。緑の草を愛の褥にして、男の浅黒い身体と女の真っ白な肉体が交わっているのだった。

それも、最も動物的な体位で、一心不乱に愛し合っている。男の動きは逞しく、歓喜する女の姿は美しい。男の激しい息遣いは真剣な労働を物語り、女の声は愛の讃歌になっていた。

その野性的な男女の姿を、陽光が磨きをかけるように照らしている。まるで、絵であった。男と女が神秘的に、生を営んでいる風景である。

理絵の顔が、上気したように赤くなっている。そのじっとしていない顔が、四方へ放つ声も大きくなっていた。

後背位を屈辱的に受け取る女は、性的経験が浅いほど多い。また歓喜を知らない女も、後背位を嫌悪することになる。

もちろん、後背位そのものの経験に不足している女も、恥ずかしい馴染めないということで敬遠する。

当然、相手の男にもよる。愛している男との体位に、女は注文をつけたがらない。愛する男との結合だけを、目的とするからであった。

それに、基本的な体位ならば、そのいずれを選んでも歓喜するという女は、後背位を屈辱的と感じない。

狂乱し歓喜を味わうことができるのであれば、体位など問題にならないからである。理絵の場合は、どうだろうか。

理絵はこのところ哲也によって、新婚夫婦のようにセックスの経験を積んでいる。もう、性的経験が浅いということにはならないだろう。

ただし、後背位そのものの経験は少なかった。

相手の男つまり哲也を、理絵は愛している。

理絵は九分どおり、肉体の歓喜を知っている。その歓喜の程度は、体位の変化と無関係である。

理絵に欠けている条件は、後背位そのものの経験が少ないということだけだった。しかし、理絵は後背位を屈辱的とは感じないし、嫌悪も敬遠もするつもりがなかったのである。

それは、前戯によって狂乱させられて、哲也との結合を強く求めていたからであった。結合さえ果たせるなら、体位などどうでもよかったのだ。

「わたしは後背位って、絶対に駄目みたいよ」

「そんなことないって……」

「動物的な体位を強制されるような気がして、女は屈辱感を与えられるわ」

「それは、頭でセックスしているからでしょうね」

「そうでなければ、犯されているようで、わたしはいやだわ」

「その逆じゃないの」

「どうして、逆なのよ」

「あなたは男と女のセックスを、同じように考えているんだわ。男と女のセックスは、感じ方が正反対に違うのよ。だから男と女は互いに求め合って、セックスもうまくいくんじゃないの」

「感じ方が違うって、どういうことなの」

「正反対よ。男は犯したいし、女は犯されたいのよ。セックスを通じて、男は女を征服したがるし、女は男に征服されたいのよ。男はセックスによって、女を愛したいんだし、女は男に愛されたいのよ」

「能動と受動なんて、古い考え方なんですからね」

「何年か前に、女は男に抱かれるものと決めてかかってはいけない、女が男を抱く時代になったんだなんて、馬鹿みたいなこと主張する連中がいたじゃないの」

「いたわね」

「いくら時代が変わっても、男と女の本質的な違いまで変わるなんてことはあり得ないわ」

「やっぱり、女は受け身になるってことなの」

「本来の女の感じ方に徹すれば、後背位が屈辱的だ動物的だなんて思わなくなるわ。犯されているような気がするって、そんなこともなくなるでしょうね」

こうした議論を理絵は、かつての職場で耳にしたことがある。

後背位を否定したのは、二十二歳の独身の同僚であった。それを間違っていると指摘したほうは、パートで働いている三十一歳の人妻だった。

理絵もいまになって、人妻の指摘が正しかったことを、痛切に教えられたのである。以前の理絵は、後背位が犯されているようでいやだという主張を、理解するほうだったのだ。犯される屈辱感であった。後背位は男からセックスを強制されているようで、それが犯される屈辱感にも通じてしまうのである。それに、裸の後ろ姿を一方的に見られるということも、後背位を嫌悪する理由のひとつになっていた。

だが、いまは違う。

本来の女の感じ方に、理絵は徹していたのだった。動物的、屈辱感、犯されているような嫌悪感など、理絵にはまったく無関係であった。

後背位によって、理絵は哲也の動きを受けとめている。しかも、哲也の一方的なリードと動きによって、理絵は完全に受け身になっているのである。

それでいて理絵の性感は、耐えきれなくなりそうに上昇を続けている。いまの理絵は、哲也に支配されている状態にあるのだった。理絵の肉体を、哲也が完璧に征服しているのであった。

支配されている。

征服されている。

そうした思いが精神的な喜悦となって、理絵の性感にも呼びかけているのである。哲也は、理絵だけを支配している。哲也は全身全霊をもって、理絵の肉体を征服し尽くしているのだ。

それが、愛されていることの歓喜に、昇華するのであった。

いまほど理絵は、哲也に愛されていると感じたことはなかった。愛されているのだ——と、理屈抜きに理絵の肉体が感じ取るのであった。

後背位こそ、このうえなく愛されていることを、実感する体位なのである。理絵はそのように、思い知らされたのだった。

「ああ、狂いそうに素敵だわ！」

毛布にこすりつける口で、理絵は叫んでいた。

上体が前後に動くようになり、理絵の胸や顔が一段と深く毛布に押しつけられる。そのリズムが的確に、理絵の性感を強めているのであった。

快美感は、すでに溶岩になっている。何千度という高温の溶岩が、どろどろと理絵の身体の芯に湧出(ゆうしゅつ)しているのだ。

理絵の深奥部に衝撃を与える哲也の鉄柱が、身体の芯にある溶岩に波動を広げていく。その波動が溶岩の色を真っ赤にさせることで、理絵は中心部に痺(しび)れるような快美感を与えられる。

理絵が口走ることは、もはや言葉にならなかった。大小高低が乱れきった悲鳴であり、呼吸とも合わない叫び声の長短が一定しなくなっていた。

閉じた目の瞼が、ピクリとも動かなかった。無意識のうちに、上下の唇で毛布を挟もうとする。

何か噛みしめるものを求めているのか、理絵は口の中に毛布を含もうとしているのだった。

しかし、毛布を口の中に、吸い込めるはずはなかった。代わりに毛布を掴んだ理絵の右手が、その端の部分をまるめるようにしていた。

理絵の左手は、束にした草を握りしめている。左腕が、震えていた。束ねた草がそっくり抜けそうに、強く引っ張っているのであった。

哲也の右手は、理絵の下腹部へ回されていた、蜜を確かめるようにしては指先が、理絵のピンク色の真珠に触れるのである。そこに生じる甘美な感覚が、結合による陶酔感とひとつに溶け合って、溶岩の表面を盛り上げるのだった。

理絵はまるめた毛布の一部を、顔の下へ引っ張り込んだ。前後の動きで、顔をこすりつける。摩擦によって、理絵の頰(ほお)や鼻が赤くなっていた。

もどかしげに、理絵は毛布に嚙みついた。小さな範囲だったが、毛布が理絵の口の中にはいった。

同時に、理絵は声を発していた。愛している、ねえ愛しているわ、と理絵は叫んだつもりだった。だが、それは猿轡を嚙まされているみたいに、くぐもった悲鳴にしかならなかった。

「わたし、愛されているのよ！」

今度は毛布を吐き出して、理絵は狂ったように叫んだ。愛されているという肉体の実感を、理絵は全世界に訴えたかったのである。

未知への世界の扉が、すでに開け放たれていた。理絵はそこを通り抜けて、未知の世界へ迷い込む。

噴き上げる快美感も、骨まで溶解させるような陶酔感も、身体の芯に響く甘い疼きも、中心部を締めつけるとろけそうな麻痺感も、狂乱させられる興奮度も、これまでの理絵が経験していないものばかりだった。

そういう意味で未知の感覚や歓喜ではないが、理絵にとって未知の世界へ突入したのと、変わりなかったのである。

溶岩の表面が、凄まじい勢いで盛り上がっている。その勢いの激しい盛り上がり方に、いままでとはまるで違うものが感じられた。頭の中まで溶岩の熱気で、灼かれているようであった。

これが本物のエクスタシーだろうかと、思いたくなるような快美感が、突き上げて来ている。

だが、それらは上昇感であって、到達しているわけではなかった。上昇感は凄まじい勢いで強まっていても、まだ先があるようであった。

いつまでこのような状態が続くのだろうかと、理絵は焦りを感じていた。それは、耐えきれるのだろうか、という不安があってのことだった。

途切れることのない悲鳴と、酸素吸入のような音を伴った喘ぎとが、忙しい合唱を続けていた。

口はあけたままである。目も開いたところで、何も見えないだろう。青白い顔は、死人のように表情を失っている。

理絵はただひたすら、汗まみれの顔を毛布にこすりつけているだけだった。喉(のど)の渇きが、痛みに変わっていた。

このままの状態がいつまでも維持されていたら、とても耐えきれなくなるに違いない。耐えきれなくなれば、エクスタシーは訪れないだろう。

ついにエクスタシーを知るという予感と期待が、理絵にはあったのである。それなのに上昇感だけが強まって、理絵をもどかしくさせるのであった。

上昇が続けば、必ず絶頂に達する。では、上昇感が強まっているというのは錯覚であって、一定の段階で停滞しているのだろうか。これほど強烈な快美感に翻弄されていれば、なおも上昇していると錯覚するのも不思議ではない。

停滞しているとすれば、それはなぜなのか。

エクスタシーを知るための諸条件が、いまはすべてそろっているのだ。そうなると、原因は体位にあるとしか考えられない。後背位を長く続けたことで、理絵の姿勢のどこかに無理が生じているのかもしれない。

そういうことが、女の性感には強く影響する。

しかも、理絵は後背位を、あまり経験していない。愛されているという実感を強める体位が、必ずしも性感に効果的とは限らないのだ。

まして理絵はいまこそ初めて、本物のエクスタシーを知ろうとしているのであった。そのための諸条件が、完全にそろわなければならない。

理絵には、はぐらかされたくないという気持ちがある。

どうしても、エクスタシーを知りたいという切実な欲求だった。

哲也の動きが、急に緩慢になった。理絵は哲也が、離れていくのを感じた。理絵の中から、哲也のものが遠のいていく。そのことが理絵にとっては、苦痛にも通じる不満であった。

「いや、いやよ！」

泣きそうな顔になって、理絵は叫んだ。

なぜ抜去されるのかとか、快美感が中断するとかいう理屈ではなかった。満たされての充足感が一方的に消え去ることを、女は恐れるのであった。

むなしい喪失感に、一瞬にして現実に引き戻されることを女は嫌う。続行を求める欲望に、冷水を浴びせられるのと変わらない。不満を感じて、当然である。

理絵には、愛の接点を取り除かれたような寂しさもあった。肉体の結合という何よりも大切なものを失い、そのあとには突き放されたような失望感だけが残った。

全身の力が抜けていく。

ひとりで、不自然な姿勢を保ってもいられない。立てていた膝は同じ位置にあって、上体を伸ばしたというべきであろう。

俯伏せになったとき、理絵の胸からうえは草の中にあった。

その理絵を、哲也が転がした。力がはいらない理絵の身体は、苦もなく仰向けになった。

どうされるのかわからないが、再び結合することを理絵は予知していた。後背位に無理があると、哲也も感じ取ったのに違いない。あるいは理絵の焦りが、哲也に通じたのかもしれない。

いずれにしても理絵には、そうした哲也の心遣いが嬉しかった。哲也は彼自身の欲望を、優先させてはいないのだ。

哲也は、理絵に初めてのエクスタシーを与えることを、目的としている。ともに歓喜することが、いまの哲也と理絵にとって何よりも大切だと、彼は承知しているのだった。そのためのテクニックとして、哲也は体位を変えたのである。

そういう心遣いは、愛であった。それを理絵は、喜んだのだ。その喜びが再度の結合への期待感と、興奮の炎を更に強く燃え上がらせた。

哲也は、理絵を抱き起こした。あぐらをかくようにして、哲也は毛布の上にすわっている。

理絵は哲也の腕の中で、喘ぎとともに震える声を洩らした。目もあけられない自分の身体が、理絵はひどく重くなっているように感じた。

向かい合いに引き寄せられて、理絵は哲也の膝のうえに尻を沈めた。両足を伸ばして、哲也の背後へ回す。

理絵は夢中で、哲也の首に腕を巻きつけた。

後背位での愛されている実感とは、また違った感激を理絵は味わっていた。やはり男と女は、正面から抱き合うようにできているのだ。

愛し合っている、という安心感を得られる。それは、最も安定した男女の接触感でもあった。

唇を重ねることもできる。しかし、もちろんいまの理絵には、唇を重ねるといった余裕などなかった。

哲也の量感と硬度が、一度に理絵を埋め尽くしたのである。いったん、その量感と硬度を喪失したあとだけに、充足感は強烈だった。

背中に深い傷でも負わされたように、理絵は悲鳴を発しながら、大きくのけぞっていた。哲也の両腕が、理絵の腰を支えていなければ、後ろへ倒れ込んだことだろう。その哲也の両腕を、理絵は差しのべるようにして摑んでいた。

理絵は哲也の巨大な鉄柱によって、全身を貫かれているような気がした。それだけ、結合感が強いということになる。理絵は完全に満たされているということを、叫び声で哲也に告げた。

同時に理絵は、錯覚ではない上昇感が湧き起こるのを、明確に捉えていた。後背位では停滞していた溶岩の表面が、目に見えるように力強い上昇を始めたのだ。

体位を変えたことが、これほどの効果を生むとは思いも寄らなかった。理絵はたちまち未知の世界の奥深くへと誘い込まれていった。

溶岩は着実に、火口を目ざしている。その上昇する動きが、快美感を恐ろしいくらいに膨張させる。

もはや、未知の性感となっていた。想像も及ばない甘美さと、表現のしようもない快感を、いま理絵は初めて知ったのであった。八十パーセントの線を超えて、溶岩はすでに火口までの九十パーセントに達していた。

エクスタシーへの階段が、目の前に迫っていることを理絵は自覚した。これもまた理屈抜きで、初めてであろうと女には、察知できることなのであった。

溶岩は、火口を満たしていた。火口がいまにも、崩れ落ちそうになっている。それでもなお、溶岩は盛り上がりつつあった。膨張しきった上昇感が、限界を超えているように感じられた。

理絵は声を失って、激しく首を振った。のけぞったままなので、髪の毛が左右に円を描くように揺れた。

理絵の肉体ではなくなっている。快美感に溶解する肉体の中に、狂喜する理絵がいるのであった。

「ねえ、知るのよ！　わたし、知るわ！」

理絵は泣き叫んだ。

陶酔感が、頭の中を火の海にしている。だが、理絵は哲也も到達するという声を、はっきり聞き取ることができた。理絵も哲也に、果てることを求めた。

激しい律動に、哲也のものが猛々しく溶岩を揺さぶった。

瞬時にして、火口が崩壊した。溢れ出た溶岩が四方に急流を作り、雲を突き破るように噴き上げた。

その中で理絵は、一段と量感と硬度を増した哲也が、脈搏つように熱さを放つのを感じていた。理絵は、身体が燃えてなくなるような絶頂感の訪れに、狂乱していた。偉大なる神秘としか言いようのないエクスタシーを、称賛するみたいに理絵は絶叫を続けていた。

理絵の伸びきった両足が、そり返った状態で哲也の腰を挟みつけている。下半身だけが硬直して、上体は弾むように揺れていた。しかし、自分がどうなっているかについては、まるで意識しない理絵になっていた。

気が遠くなるようで、一定の姿勢を保っていることはできない。そうなったときの人間は、倒れるしかなかった。哲也のほうも、後ろへ倒れ込む理絵を、支えきれなくなっていた。

理絵は草の中へ、仰向けに倒れ込んだ。そのうえに裸身を重ねて、結合を保ちながら両足を伸ばした。

理絵は哲也の背中に手を回し、草を騒がせるように首を振った。理絵の甘い悲鳴も、依然として続いている。理絵はまだ、エクスタシーを感じていたのだった。

間もなく哲也の萎(な)えた部分が、理絵に別れを告げる。別れを惜しむように、理絵が小さく叫ぶ。

遠ざかって消えたサイレンのように、理絵の喘ぎと声がやむ。波打つ胸の上下動も、腰や太腿の痙攣も、目立たなくなっていた。朝の日射しが、汗を乾かす。

並んで大の字になっている哲也に、理絵はすがりついて動かなかった。エクスタシーによる歓喜の強烈さを、まだ忘れてはいない。その余韻が、理絵の身体には残っている。それに、ついに知ったという満足感が、理絵を夢心地にさせていた。

それが急に静かになったあたりに、囁(ささや)きの花を咲かせる。

――ここは、天国のようだ。生きていることは、素晴らしい。哲也とわたしは、愛し合っている。二人とも、もう孤独ではない。わたしは、世界一しあわせだ。

「泣いているのか」

哲也が、草の中で動いた。

「ううん」

理絵は笑って、首を振った。

「涙が流れている」

乱れ放題の理絵の髪を、哲也の指がそろえていた。

「嬉し涙よ」

目を開かずに、理絵は涙を拭いた。

「今日が記念すべき日、この場所が記念すべき場所になったな」

「そうね。でも、不思議だわ」

「何が……」

「こんなところで裸になって愛し合ったり、乱れに乱れて大声を出したりして、このうえなく恥ずかしいことをしたわけでしょ。それなのにいまは全然、恥ずかしいと思わないのよ」

「この世が自分のものみたいに感じるくらい、満足しているからだろう」

「ねえ、夢路って知っているでしょ」

「その言葉の意味かい」

「ええ」

「夢そのものか、夢を見ることじゃないか」

「いまわたし、夢路をたどる思いでいるのよ」

「夢を見るような気持ちか」

「あなたとの出会い、あなたと愛し合ったこと、そしていまあなたによって最高の歓び（よろこび）を知ったでしょ。そのすべてが、夢のように思えてくるの」

「夢じゃないよ」

「それくらい、何もかもが運命的だっていうことね」

「たとえば、おれたちの出会いだ。理絵は無作為におれのことを、身代金要求の人質に選んだんじゃない。理絵の目的は、小田桐直人に霧江という特定の人間から、身代金を奪い取ることだった」

「もうすっかり、察しはついているんでしょうね」

「奪った身代金で、豪勢な生活を楽しむ。これもちょっぴり本気で、考えたことかもしれない」

「そうよ」

「だけど、それよりはるかに大きな目的があって、理絵はおれを誘拐することを思いついたのさ。それは、小田桐直人と霧江への復讐だ」

「なぜわたしが、小田桐夫妻に復讐しなければならないの」

「そこまでは、おれにもわからない」

「ひとつには、わたしの父のための復讐だわ。養父だけど、実の父以上に最愛の父だったの」

「その最愛の父上に、小田桐直人が何をしたんだ」

「父は長年、小田桐病院で働いていたのよ。小田桐病院が、経営に四苦八苦していて、まだ吹けば飛ぶようなオンボロ病院だったころのことだわ。父はその小田桐病院に、運転手兼守衛として働いていたの」

「ほう」

「母も一緒だったのよ。わたしにとっては同じく養母だけど、小田桐病院の住み込み看護婦でした」

「驚いたな」

「驚くのは、まだ早いわ。わたしもそのころ、小田桐病院の人間だったのよ。小田桐直人と霧江の長女として……」

「やっぱり、そうだったのか」

「戸籍謄本に抹消された長女理絵の名前が、記載されていたでしょ」

「おれはそういうことに興味がないんで、名前まではは っきり記憶していない。だけど、おれに姉さんがいたっていうことは、ちゃんと知っていたよ。言われてみれば、確かに理絵という名前だ」

「わたしが、その理絵だわ」

「ちょっと、待ってくれよ。それじゃあ、おれたちは……」

哲也があわてて、起き上がった。

「実の姉と弟だなんて、心配することはないのよ」

理絵は、目を開いた。

青空と哲也の顔が、理絵にはまぶしかった。

「実の姉弟だなんて、思ってはいないけど……」

さすがに哲也は、真剣な面持ちになっていた。

「ある未亡人が、小田桐病院でわたしを出産したの。未亡人としては、わたしという子どもを歓迎できなかったわけね。それで未亡人は情が移らないうちに、すぐにでもわたしをもらって欲しいと希望したのよ。そこで霧江が三十になっても妊娠の経験がないということで、養子を迎えるつもりでいた小田桐夫婦が、その気になってわたしを実子として入籍したんだわ」

理絵は、衣服を指さした。

「実子の長女だったら、養女に出したりするはずはないからな」

哲也は、理絵の衣服を引き寄せた。

「実際には小田桐夫婦の養女だったわたしは、もう一度二歳のときに養女になったということなのよ」

理絵は改めて、哲也の顔を眺めやった。

哲也はあわてたが、特に驚きはしなかった。そのうえ、実の姉弟だとは思っていないと、哲也は言いきった。どうしてなのか。

いちおうの説明を、理絵は続けることにした。

理絵を養女とした花村洋之助と良子は、中野区の江古田へ移り住んだ。花村洋之助はタクシー会社で働いたのち、独立して個人タクシーをやっていた。

花村洋之助は律義な男で二十年間、小田桐家への中元と歳暮を欠かしたことがなかった。それに対して年賀状の一枚も、よこしたことのない小田桐夫婦だった。そうしたところにも、人情の差といったものが、はっきり表われていたのである。

花村洋之助は、いまから十五カ月ほど前に病死した。

昨年の初夏のことで、日曜日の夜八時ごろであった。花村洋之助は後楽園球場の近くで客を降ろした直後に、只事(ただごと)とは思えないほど気分が悪くなった。

胃がむかついて、吐き気を催した。元来が胃腸の弱い洋之助だが、このような気分の悪さは初めてであった。

単なる胃病ではなくて、命にかかわるような身体の異変だと、洋之助は直感したのである。

病院へ行くべきだと、洋之助は咄嗟に判断していた。しかし、今日は日曜日で、診療を休んでいる医院が多い。救急病院に指定されている大きな病院を、捜さなければならなかった。

そのとき洋之助が思いついたのは、すぐ近くにある小田桐病院だったのだ。小田桐病院へ行けば、院長みずからが診察してくれるはずである。

洋之助は、小田桐直人の自宅に電話を入れた。

日曜日だから院長は、病院のほうにはいないと読んだのであった。果たして小田桐直人は、自宅にいて電話に出た。

「院長先生、花村です」

洋之助はすでに、苦しみを訴える声になっていた。

「何だね、突然……」

小田桐直人は、不機嫌そうにそう応じた。

「いま、病院の近くにいるんですが、尋常とは思えないくらい気分が悪いんです」

「だったら、病院のほうへくればいいじゃないか」

「参ります。二、三分のうちに参りますが、院長先生に診ていただきたいんです」

「あんたね、患者が医師を指定するなんて、贅沢がすぎるよ」

「そこを何とか、むかしの誼みでお願いしたいんです。実は、命取りになるような病気みたいに思えて、仕方がないんです」

「日曜日にわたしは、病院へ行かないことになっているんだ」

「それも、よくわかっているんですけど……」

「それにいまは、大事なお客さまをお招きして、パーティを開いているところでね」

「院長先生、死にそうに気分が悪いんですよ」

「病院にはちゃんと、当直の医師がいるんだ」

「院長先生、お願いします」

洋之助は、哀願した。

「わかった、わかった。とにかく、病院へ来なさい」

小田桐直人はそう言って、一方的に電話を切った。

洋之助は、吐き気を堪えてハンドルを握った。小田桐病院につくまで、生きた心地はしなかった。人気のない病院にたどりついて、すぐに診療を受けることになったが、担当はやはり若い当直医であった。

若い医師だからといって、診察を拒むわけにはいかなかった。間もなく小田桐直人が姿を現わすものと信じて、洋之助は若い医師の問診に応じた。

洋之助が日ごろから胃腸疾患で苦しんでいること、それに胃のむかつきと吐き気という症状により、若い医師は胃病と診断した。型通りの診察を終えて、医師は胃薬の投与を指示した。

洋之助は、そのように単純な病気ではないことを訴えたが、医師は笑いながら首を振るだけであった。

小田桐直人は、ついに姿を見せなかった。十五分ばかり休息してから、洋之助はやむなく帰途についた。

翌朝、洋之助の容体は一変し、救急車で病院へ運ばれた。だが、手遅れであった。洋之助は間もなく、心筋梗塞（しんきんこうそく）によって死亡したのである。

「心筋梗塞か」

ズボンをはきながら、哲也が青空を振り仰いだ。

「前の晩、父が苦しくなったのは、急性の狭心症だったのよ」

理絵も横になったままの姿勢で、衣服を身にまとった。

「それを小田桐病院の若い医者が、誤診したということなんだな」

「あなた、そういう騒ぎを、知らなかった？」

「去年の五月に、若い医者が責任をとって病院を辞めたという話は、おれも耳にしたみたいだ」

「そう」

「つまり、誤診の責任をとらされたんだな」

「小田桐病院を訴えるべきだって、そういう声もあったのよ」

「訴えれば、よかったんだ」

「でも、院長にまでは、責任が及ばないでしょ。誤診した若いお医者さんの一生を狂わせても、意味がないからって母はその気にならなかったの。それに母は、補償金欲しさに訴訟なんて起こしたくないって……」

「誤診しなければ、つまり適切な処置がとられていたら、花村洋之助氏は死なずにすんだんだ」

「多分ね」

「まずは患者の安静と、酸素吸入だな。即座に、入院させなければならなかったのに、胃薬を与えて患者を帰すとはね」

「狭心症の最初の症状には、胃のむかつきや吐き気があるんですってね。それで、胃腸が弱いという患者だと、単なる胃病だって誤診する場合があるんだそうよ」

「うん」

「帰された患者に何か触発されるようなことがあると、狭心症が心臓に血がなくなる症状を起こすということだわ」

「虚血症っていうやつだろう」

「それで、心筋梗塞となって死亡するというケースね」

「花村洋之助氏の場合が、そのケースだったんだ」

「もし、小田桐直人が診察していたら、狭心症を胃病と誤診したりはしなかったでしょうね」

「小田桐直人は、心臓系統が専門なんだからな」

「誤診なんて、絶対にあり得なかったはずよ。だから、小田桐直人が診察してくれていたら、父は死ななかったんだわ」

「間接的には、小田桐直人に重大な責任がある」

「見も知らない赤の他人だったら、小田桐直人が診察しないというのは、病院のシステムとして仕方がないことでしょうね。でも、父は小田桐直人に直接、電話で院長先生に診察してもらいたいって、頼み込んでいるんですものね」

「それも、見知らぬ赤の他人なんかじゃなかった」

「古い友人、知人も同じだったわ。父は少なくとも年に二回は、お中元とお歳暮を届けながら小田桐家へ、挨拶の顔出しをしていたんだから……」

「そういう人間関係を、小田桐直人は無視した」

「むかしの誼みでって、父は哀願さえしたのよ。それに耳も貸さなかったということで、わたしは小田桐直人と霧江を許せなかったの」

「霧江も、同罪か」

「当然でしょ。父がかけた電話に出て、小田桐直人に取り次いだのは、霧江だったんですもの」

理絵は、毛布のうえに正座した。

「霧江は小田桐直人に、花村洋之助氏がどういう電話をかけてよこしたのか、訊いたはずだな」

哲也は、理絵の肩に手を回した。

理絵は、哲也の胸に凭れた。姿勢を変えただけでも、身体の中心部に甘い疼きが湧き上がる。陶酔の余韻の中で、思い出したように性感が蘇るのであった。溜め息をつくような気持ちにさせられて、哲也にすがりつきたくなる。

哲也が求めるならば、再び愛し合うことを理絵も承知してしまうだろう。そうしたときに、憤激したりはしたくない。だが、父親の死について語っているうちに、理絵は改めて怒りを覚えていたのだった。

小田桐直人は、冷酷にすぎる。

霧江には、人情のカケラもない。

留守だというならやむを得ないが、小田桐直人は家にいたのである。電話を切ったあと、小田桐直人と霧江は、次のようなやりとりを交わしたのに違いない。

「花村さん、何を言って来たんですか」

「この近くまで来て、急に気分が悪くなったそうだ」

「だったら病院へくればいいのに……」

「それが只事ではなさそうだ、命にかかわる病気みたいだ、だから院長先生に診察してもらいたいっていうんだよ」

「まあ、厚かましい」

「もちろん来客中だし、駄目だと言ったんだがね」

「当然ですよ」

「ところが、むかしの誼みで何とかお願いしますって、しつこいんだよ」

「何が、むかしの誼みですか。むかしといまでは、何もかも違うんですものね」

「なかなか諦めないので、わかったと言って電話を切ったんだがね」

「じゃあ、花村を診察するために、あなた病院へいらっしゃるんですか」

「どうするか」

「およしになったら。当直の先生が、いらっしゃるんだし……」

「そうだな」

霧江が小田桐直人に、病院へ行くようにすすめなかったことは、絶対に確かである。霧江とはそうした女だということを、今度の誘拐事件を通じて、理絵も痛感させられたのであった。

花村夫婦はただ単に、むかし小田桐病院の使用人だったというだけではないのだ。一時は実子として入籍した理絵を、小田桐夫婦の養女として託したのであった。いわば、理絵の養い親同士なのである。

そのような人間の情とか縁とかいうものを、一顧だにしない霧江も同罪であった。特に養母として、また同じ女として、理絵は霧江が許せなかった。

洋之助の死後、理絵は小田桐夫婦に憎しみを覚えた。良子のように、寛容にはなれなかった。

だが、その時点で理絵はまだ、小田桐病院で出産をした未亡人、小田桐夫婦、花村夫婦とリレーされたという出生の秘話を、聞かされていなかったのである。

それで理絵にも、小田桐夫婦に復讐してやろうといった具体的な意思は、芽生えていなかった。

「いつかチャンスがあったら、償いをさせてやろうって、小田桐夫婦への憎悪は激しかったけれどね」

理絵は目を細めて、空と山の遠景に見入った。

「花村家にどうせ、顔出しもしなかったんだろう」

哲也の声が、皮肉っぽく笑っていた。

「小田桐夫婦が……？」

「うん」

「全然だわ。父のお通夜にも告別式にも、夫婦そろって姿を見せなかったわ」

「そういうところが、いかにもあの夫婦らしいんだよな」

「代わりに、小田桐病院の事務長というのが来たのよ」

「やたらと腰の低い男だろう」

「そうそう、揉み手をしながらよく喋るのよね」

「香典を、届けに来たのか」

「それも小田桐夫婦の名前じゃなくて、ただ小田桐病院という名義のお香典なんですものね」

「花村氏の死に、あくまで小田桐夫婦は関係ないということか」

「お香典は、五十万円ぐらいあったみたいよ」

「受け取ったのかい」

「母が、突き返したわ」

「そうだろうな」

「その母も、去年の五月に亡くなって……」

「亡くなる前に、理絵の出生の秘密を明かしたのか」

「亡くなる三日前にね。でも、出生の秘密なんて陰湿なものじゃなくて、母は謎解きをしてくれたんだわ」

「どういう謎解きだ」

「だから、小田桐病院で出産をしたある未亡人が、わたしの実の母だったということよ。そのわたしを小田桐夫婦が実子として入籍したけど、二年後には花村夫婦に養女として引き取ってもらった。なぜ小田桐夫婦は実子として入籍したうえに、二歳まで育てたわたしを急に養女に出したのか」

「何か都合があったんだろう」

「だけど実子じゃなくても、二歳になるまで育てれば、情が湧くもんでしょ。もう、わが子同然よ」

「おれを、見ろよ。二十一年も育てたこのおれだって、都合によっては見殺しにする直人と霧江なんだぜ。小田桐夫婦に、自然の情なんてあるもんか」

「そうね」

「それで、その答えはどういうことだったんだ」

「あなたの言うとおり、小田桐夫婦には都合があったのよ」

「どんな都合だ」

「わたしが、邪魔になったのね」

「邪魔になった？」

「霧江が、妊娠したの」

「えっ……」

「つまり、実の子ができたのよ。そうなったら、わたしなんていないほうがいいでしょ。

将来、小田桐家の財産を実の子だけに、継がせたいと思ったのかもしれない。あるいは、わたしと実の子を、同じように可愛がれないことを、恐れたのかもしれないわ。いずれにしても、その話を聞いたとき、わたしの心は決まったの」

「どう決まったんだ」

「小田桐夫婦に、復讐してやろうって決心したの」

「新たな怒りが、沸騰したってわけか」

「父の死と、わたしに対する薄情なご都合主義が重なって、小田桐夫婦への憎しみが倍加したのね」

「つまり、過去の理絵への冷たい仕打が、引き金になったんだな」

「そうよ」

「それで理絵は、花村洋之助氏のための復讐を誓った」

「三日後に母が死んだことも、わたしをその気十分にさせたわ。もう、わたしがどんなことをしでかそうと、心を痛める人はいないんだ。あの世で父と母が、待っているんだ。そう思ったら、わたしには恐ろしいものがなくなったの」

「どうしたら、最も効果的な復讐になるかを、まず考えた」

「小田桐夫婦の親としての気持ちを痛めつける、親として最大の苦しみを与えてやる。これがいちばん効果的だろうと、わたしは判断したわ」

「肉親の情がどんな苦しみに変わるか、思い知らせてやろうとしたんだろう」

「わたしが邪魔になったのは、実子ができたからだった。その実の子を、誘拐するという計画よ」

「理絵が二歳のときに、実の子が生まれたとなると、実の子というのは理絵と二つ違いだな」

「そうよ」

「おれと理絵も、二つ違いだ」

「その実の子っていうのは、あなたってことなのよ」

理絵は哲也の頬に、手をあてがった。

「その話を理絵は、お母さんだけから聞いたのかい」

哲也は、笑いを堪える顔になっていた。

いったい何がおかしいのかと、理絵は哲也の顔をにらみつけるようにした。笑うような話ではないのにという思いが、理絵にはあったのだ。

「もちろん、母から聞いたことよ。ほかの人には、確かめようもない話でしょ」

理絵は立ち上がって、着衣の不完全な部分を改めた。

ていた。

「そうか」

哲也はそっくり返って、笑い声を立てた。

口をあけて、ゲラゲラ笑っている。何がそんなにおもしろいのかと、理絵はムッとなっ
「どうして、笑うの」

靴をはいて、理絵は哲也を見おろした。

「こいつは滑稽(こっけい)だ」

笑いながら哲也は、草のうえまで転がった。

「滑稽とは、どういうことよ」

理絵は、険しい表情になっていた。

「お母さんだけの話を信じて、理絵はとんでもない復讐劇を演じたんだ。それが、滑稽なんだよ」

哲也か起き上がって、毛布を引っ張った。

毛布のうえの土や草を払い落とす。そうしてから哲也は、乱暴に毛布を畳んだ。

「とんでもない復讐劇って……」

何のことやら、理絵にはさっぱりわからなかった。

「霧江が妊娠したなんて、それはお母さんの勘違いだ」

　毛布を担いで、哲也は歩き出した。

「そんなことあるもんですか」

　理絵は小走りに、哲也のあとを追った。

「勘違いというより、お母さんの想像だろうな」

「母が想像で、わたしにそう言ったっていうの」

「そうさ。霧江がおれを妊娠したなんて、そんな事実はないからだ」

「嘘（うそ）でしょ」

「そんなつまらない嘘を、つくはずないだろう」

「じゃあ、母が嘘をついたってことになるじゃないの」

「お母さんも、嘘をついたんじゃないんだ。そのように想像して、それに間違いないって思ったんだろう」

「そんなに軽率な母じゃないわ」

「じゃあ、お母さんは自分の目で、霧江の腹が出っぱっているのを、ちゃんと確かめたんだろうかね」

「そこまでは、わたしも話に聞いていないけど……」

「おれも、理絵と同じなんだ」

「何が同じなの」

「実の子じゃないんだよ」

「え……」

「小田桐直人と霧江のあいだにできた子どもではないってことさ」

道路へ出たところで、哲也は理絵を振り返った。

「ほんとうなの！」

理絵はその場に、立ちすくんだ。

「おれも、実子として入籍された養子なんだ」

哲也は車の反対側へ回って、運転席のドアをあけた。

「信じられないわ」

理絵は、首を振った。

「信じられなくたって、事実なんだから仕方がない」

哲也は毛布を、後部座席へ投げ込んだ。

やはり事実なのだと、理絵は思った。哲也が意味もなく、そんな作り話を聞かせるはずはない。

理絵から姉弟だという話を聞かされて、哲也が驚きもしなかったのは、そのためだったのだ。普通なら実の姉弟ではないかと疑って、近親相姦に愕然となるところである。だが、哲也は実の姉弟だなんて思わないと、言ってのけたのであった。哲也のほうが、実の姉弟ではないと、承知していたからだろう。

哲也が小田桐夫婦の実子でなければ、そのように断言できるのである。理絵が誰の子どもだろうと、哲也が小田桐夫婦の実子でない限り、実の姉弟ということにはならないのであった。

理絵の乗車を促すように、哲也が助手席のドアをあけた。理絵はぼんやりと、車に乗り込んだ。放心したような顔つきで、理絵はドアをしめた。

「霧江の従妹にあたる十九歳の娘が、妊娠八カ月で男に捨てられた。十九歳で、未婚の母にするわけにはいかない。生まれた子どもは、誰かにもらってもらうほかなかった。その娘はやがて、小田桐病院で男の子を出産した」

哲也は暗い眼差しを、前方の森林に向けていた。

「その男の子が、哲也さんだったのね」

理絵の声も、沈んで弱々しくなっていた。

「そうだ。小田桐夫婦は生まれてすぐに、おれを実子として入籍した」

「養子を二人も実子として入籍するのはつまらない、片方だけでいいってことになったんでしょ」

「これから先はおれの想像ってことになるんだが、女の子より男の子のほうがいい、それに従妹の子どもで少しでも血がつながっているからって、小田桐夫婦はおれを選んだんだろう」

「邪魔になったわたしは養子に出すということで、花村夫婦に話を持ちかけた」

「そのころの花村夫婦は、もう小田桐病院を辞めていたんだろう」

「夫婦そろって退職して、中野区へ移り住んだとたんに、小田桐院長がわたしを養女にしないかって話を持ち込んだんだそうよ。なぜ小田桐病院で働いているうちに、そういう話にならなかったのかって、考え込んでしまったそうだわ」

「そういう疑問から、霧江が妊娠したのに違いないって思ったんだろう。実の子ができたために、理絵を養女に出したくなったんだって……」

「わたしを養女にして半年後に、あなたが生まれたんで、やっぱりそうだったんだって父も母も納得したらしいわ」

「花村夫婦が小田桐病院を退職したころ、霧江が妊娠していたとすれば三、四カ月。そのくらいであれば、まだ見た目にはわからないけど、やはり霧江は妊娠していたんだと、花村夫婦は想像を事実として信じてしまったんだろう」

「ところが、あなたを生んだのは、霧江の従妹だった」

「おそらく花村夫婦は、おれが生まれるまでの半年以上のあいだ、一度も霧江と会わなかったんだと思うよ」

「父も母も、あなたは霧江が生んだ実の子だって、頭から決めてかかっていたんでしょうね」

「うん。だから小田桐夫婦に対しても、それなりに祝いの言葉を述べたんじゃないのかな」

「小田桐夫婦のほうも、余計なことはいっさい口にしなかったんだわ。実子ではないとか、従妹が生んだ子どもだとかいったことは……」

「実の子だと思っているんだったら、そう思わせておけばいいという気持ちでいたんだろう。そうすれば理絵を養女に出したことについて、無理もないと花村夫婦が納得するだろうからってね」

「雅也さんは……」

「雅也こそ、小田桐夫婦のあいだに生まれた実の子さ」

「あなたが三歳のときに、雅也さんは生まれたのね」

「そのときの霧江は、ほんとうに妊娠したんだ」

「三十五歳になって、霧江は初めて妊娠と出産を経験した。ところが皮肉にも、すでにあなたという養子がいた」

「あと三年待てば、おれなんかいなくて雅也だけだったのにと、小田桐夫婦はさぞ悔んだことだろうよ」

哲也はニヤリとして、ハンドルを握った。

「でも、あなたをまた養子に出すということは、さすがに小田桐夫婦もできなかったのね」

理絵は、うなずいた。

「仕方がないからって、おれという荷物をしょい込むことにしたんだ」

哲也は荒々しく、エンジンを吹かした。

理絵は、窓外へ目をやった。無人の世界に、変わりはなかった。草っ原に、視線を向ける。愛の褥としたあたりの草むらが、風に揺れていた。そこには毛布に押し潰された草、歓喜する理絵が引き抜いた草など、愛し合った痕跡がはっきり残っているはずだった。

それに理絵は、別れを惜しんだのであった。生まれて初めて、理絵が極楽に遊び、天国を知った場所なのである。狂乱し歓喜して、エクスタシーを極めた理絵の顔と声を、草っ原のうえにある空が眺め、吹き抜ける風が聞いたのだ。

理絵にとっては、記念すべきこの地であった。

人生における思い出の場所は数知れないが、ここだけは絶対に忘れることがないだろう。

車が走り出して、理絵は草っ原に別れを告げた。輝ける景色は、たちまち理絵の視界から消えた。

それにしてもと、理絵は現実に引き戻された。小田桐夫婦の実子ではない、という哲也の意外な告白は、このうえないショックだった。

滑稽な復讐劇――。

まさに、そのとおりであった。実子でないだけではなく、小田桐夫婦にしてみれば、哲也は手に負えない厄介者だったのだ。その哲也を誘拐して、小田桐夫婦を苦しめてやろうとしたのだから、間が抜けている。

かえって、小田桐夫婦の荷を軽くしてやったのである。哲也の言うとおり、厄介払いができたのであった。哲也がいなくなり、雅也だけになって、小田桐夫婦は救われたのだった。

滑稽な復讐劇と笑われても、仕方がなかった。

「小田桐夫婦は、雅也を可愛がることに夢中だ。雅也に小田桐病院を継がせることが、小田桐夫婦にとって唯一最大の夢でもあるしね」

サン・グラスをかけながら、哲也が言った。

理絵は、爬虫類のような雅也の顔を、思い浮かべていた。

「だからっておれは、そのことで僻んだりはしなかった」

「実の親子、実の兄弟ではないってことを知ったのは、いくつのときだったの」

「小学校六年のときに、おれが悪いことをした。烈火の如くに怒り狂ったおやじが興奮の余り、お前はほんとうの子じゃないんだ、霧江の淫乱な従妹が生んだ子どもだって、口走りやがった」

「ひどい」

「そのことは、おやじもかなり後悔したらしい。それ以来、おれが何をしようと、直人も霧江も知らん顔でいるようになった。つまり、怒ったり叱ったりしないことを、贖罪としたんだろうな」

「小田桐夫婦らしいやり方ね」

「その代わり、おれを厄介者として扱うようになった。言動では示さないけど、いろいろなときに、いろいろなかたちで本心がのぞくんだ」

「それが、あなたの非行化の原因ね」

「中学から高校にかけて、おれは家の中でも暴れまくってやったよ。いわゆる家庭内暴力っていうやつだけど、家の外でも親に迷惑がかかるようなことをやり続けた。厄介者だからって知らん顔でいるな、本気になって怒ったらどうだ、という気持ちからだったんだな」

「でも、効果はなかったでしょ」

「腫れものに触るようにするか、無視するか、逃げるかだったね」

「そう」

「そのおれを誘拐して、殺してくれるというんだから、内心しめたと思うのは当然じゃないか」

「小田桐夫婦が必要なのは、雅也さんだけだったんですものね」

「手に負えない厄介者で、霧江にも手を上げるようになれば、血のつながりがないということで、情も何もなくなるさ。赤の他人に、戻ってしまう」

「そうでなければ、身代金の支払いを拒否して、あなたを見殺しにすることなんてできないわ」

「雅也が生まれても、おれを追い出すわけにはいかなかった。だけど二十一年後に直人と霧江は、世間の同情を集めながら、おれを小田桐家から消すことができたんだよ」

虚ろな声で、哲也は笑った。

「そういうチャンスを、わたしが作ってしまったのね」

理絵は、項垂れた。

「いいんだ、おれは小田桐家よりも、理絵のほうに執着したんだからな」

理絵の二の腕を、哲也は軽く摑んだ。

「ありがとう」

顔を伏せたままで、理絵は頭を下げていた。

「おれたちは同じように、小田桐夫婦の実子として入籍された。だから戸籍上は、姉弟ということになる。そうしたおれたちが、ともに小田桐家を逐われて、愛し合う男と女になった。これはやはり、おれたちの宿命ってものさ」

哲也はおどけたように、口笛を忙しく吹き鳴らした。

「哲也さん、愛しているわ」

理絵は手を伸ばして、哲也の太腿に触れた。

前橋まで道を選びながら、車をゆっくり走らせた。関越自動車道へはいってからも、制限速度を守るようにした。途中で、食事をすませた。都内では何度も、交通渋滞にぶつかった。

それでも午後二時には、文京区白山のグロス・ハウスについてしまった。だが、マンションとその周辺に、変わった様子はまったく見られなかった。

そうなるとむしろ、白昼堂々と戻って来たことが、よかったかもしれない。駐車場へ車を乗り入れたとき、再びここへ帰って来たことに、理絵は感慨を覚えていた。

真夏の午後のマンションは、眠っているように静かだった。哲也と理絵は、五〇二号室にはいった。

室内は蒸し風呂のように暑かったが、何もかも出ていったときのままになっていた。二人は急いで、窓を開け放った。窓外には、見慣れた眺望があった。

四階建ての小田桐病院の全景である。その手前の住宅と樹木の緑に遮られているが、そこには小田桐邸と広い庭があるはずであった。

「懐かしくない？」

理絵は哲也を見上げて、ウインクを送った。

「この部屋のほうが、なぜか懐かしいんだな」

哲也は、理絵の腰を引き寄せた。

「わたしたち、初めて結ばれたところに、戻って来たんですもの」

理絵の声が、甘くなっていた。

「それより、あそこに住んでいる連中、びっくりするだろうね」

哲也は、小田桐病院のあたりを、指さして言った。

「あなたが、ここにいるっていうことを、知ったらでしょ」

「うん」

「あなたとわたしが、すぐ近くのマンションの一室にいて、小田桐病院を眺めているなんて、夢にも思っていないでしょうね」

「そんなふうに想像する人間なんて、この世の中にひとりもいないよ」

「そうと知ったら、小田桐夫婦は気絶するわ」

「まだあそこに警察が詰めているんだとしたら、おれはこの部屋から出られないよ。このマンションの住人もテレビを見ているかもしれないし、近所の人はもちろんおれの顔を知っている」

「わたしは、大丈夫ね。だったらわたし、小田桐邸の近くまでいって、偵察してこようかしら」

理絵は、思いつきを口にした。

「それは、いい考えだ」

哲也が、賛成した。

夕方になって、理絵はグロス・ハウスを出た。

車には、乗らなかった。小田桐邸まで、歩いて行くのである。ただし、化粧は念入りにしなければならなかった。それに理絵は白いスーツを着て、同じく白のバッグを手にしていた。

万が一の場合、近くから来たと思われないようにするためだった。

時間は夕方でも、実際には白昼と変わらない。濃い影を地面へ落とす日射しが、まだ明るかった。そう遠い距離ではないが、歩いていると汗をかく。

八月十一日なのだから、暑いのが当然だということを理絵は確認していた。路上に、人影が少なかった。やはり暑い東京では、車を利用する人間が多いのだろうと、妙な理屈付けをしたくなる。

小田桐邸が、見えて来た。小田桐病院のほうへ回れば、人や車が目につくことだろう。しかし、小田桐邸はいちおう住宅地にあって、人も車も少ないのである。門の付近に人影もなく、邸内は森閑としていた。

門前を通りすぎて、鉄柵の扉の奥に目を走らせた。玄関のあたりまでしか見通せないが、何台もの車が停めてあるということはなさそうだった。

もちろんパトカーとか、制服警官の姿とかは認められない。それが当然なのだろうが、あわただしく人が出入りするといったことはないのである。

捜査本部の係官が何人か、詰めていることは間違いない。だが、小田桐邸はすでに、事件の舞台にはなっていないのだ。いまさら誘拐犯人が、小田桐邸に連絡してくる可能性はほとんどないものと、捜査本部では判断しているはずである。

そうなれば犯人の潜伏先と、哲也の安否を探ることに全力を注ぐ。いまや小田桐邸は、直人と霧江という怪しげな役者がいるだけの楽屋なのであった。

それで小田桐邸とその周辺には、緊迫感も何もないのである。どうやら小田桐邸を、警戒する必要はなさそうだった。すぐ近くのグロス・ハウスにいても心配はないと、理絵は結論を出していた。

いつまでも、うろうろしているわけにはいかなかった。結論を出すと同時に、理絵は引き揚げることにした。小田桐邸の長い塀が途切れた地点で、理絵は向きを変えると逆戻りを始めた。

小田桐邸の門前を通り過ぎるのは四度目だが、これが最後だと理絵は自分に弁解した。汗をかいている理絵自身に、申し訳ないような気がしたのであった。

小田桐邸の門前にさしかかったとき、一台の乗用車が理絵を追い越した。黒塗りの乗用車は、小田桐邸の門の前で停まった。運転手が、後部座席のドアをあけた。それから二人の女が、地上に降り立った。

五十すぎの女と、二十前後の若い女であった。若い女のほうが、大きな荷物をかかえていた。

「すぐ車を、病院のほうへ回してちょうだい」

五十すぎの女が、運転手に命令口調の指示を与えた。

「かしこまりました」

運転手は丁寧に一礼すると、急いで運転席に戻った。

多分、小田桐病院の院長専用の運転手付き自家用車で、それを女二人がたまたま使うことになったのだろう。それで五十すぎの女は、すぐに病院のほうへ戻るように、運転手を急がしたのに違いない。

五十すぎの女は当然、小田桐霧江であった。テレビの記者会見風景では終始、俯向きかげんの霧江だったが、理絵がその顔を忘れるはずはなかった。

いまの霧江は、奥さま然とした和服姿だった。淡いブルーの紗の着物に、濃紺の帯が豪華である。急用があり、若いお手伝いを従えて外出し、霧江は帰宅したところなのだろう。

「奥さま……」

足早に近づきながら、理絵は咄嗟にそう声をかけていた。

霧江に、用はない。この場で霧江と言葉を交わしても、まったく意味はなかった。だが、理絵は衝動的に霧江への接近を、図っていたのであった。

このまま見逃すのが、惜しいような気がしたのだ。それに理絵としては、実は自分が誘拐犯人だということを、霧江に対して誇示してみたかったのかもしれない。

鉄柵の扉の前で足をとめて、霧江と若いお手伝いが怪訝（けげん）そうに振り返った。もちろん霧江の表情に、反応らしきものは浮かばなかった。

まるで知らない相手から、声をかけられたという顔つきでいる。何度か電話でやり合っているのにと、理絵はおかしくなっていた。当然、ハンカチを口にあてがった理絵のくぐもった低音とは、間違いなく別人の声なのである。

「あなたは……」

見ようによっては上品な霧江の顔立ちが、目つきなどに意地の悪い五十三歳の女の冷たさが感じられた。

「理絵です」

一メートルの間隔を置いて、理絵は霧江と向かい合った。

「リエさん……？」

霧江は、眉をひそめた。

「ええ。理由の理に絵本の絵で、理絵なんですけど……」

甘えるように、理絵は笑って見せた。

一瞬、霧江の目が驚いていた。たとえ二十三年前の記憶だろうと、実子として入籍した女児に、理絵と名付けたことを忘れるはずはなかった。

霧江には、はっきりとわかったのである。しかし、霧江は思い当たらないというように、首をかしげていた。明らかに霧江は、とぼけているのだった。

「どなたかしら」

霧江は、目を伏せた。

「花村理絵です」

霧江の下手（へた）な芝居が、理絵には不愉快であった。

「花村さん……」

「お忘れなんですか」

「ちょっと、思い出せないんですけど……」

「いやだわ、奥さまったら……」

「それはとにかく、何かご用がおありなのかしら」

「用なんてことじゃないんですけど、テレビや新聞で事件を知って、心配になったもんだから……」

「哲也のことですね」

「はい。それで、せめてお見舞いにでも伺おうって思って、いまこちらについたところなんです」

「そうですか。それではもうあなたから、お見舞いをいただいたということになるし、厚くお礼を申し上げましょうね。わざわざどうも、ありがとうございました」

「だったら、わたしが誰かっていうことも、わかってくださったんですね」

このままでは引き下がれないと、逃げようとする霧江に理絵は腹立たしさを覚えていた。

「先に行って、玄関をあけておいてちょうだい」

霧江は、若いお手伝いに言った。

「はい」

お手伝いは脇（わき）の通用口から、門の中へはいっていった。

霧江は理絵とのやりとりを、お手伝いに聞かれたくなかったのである。それで、お手伝いを追い払ったのだ。お手伝いの姿が門の奥へ消えるまで、霧江は黙り込んでいた。

「奥さまは、花村洋之助や良子のことまで、お忘れなんですか」

理絵は、挑戦的な口調になっていた。

理絵のほうも、お手伝いがいなくなったことで、気持ちが楽になったのだ。

「忘れるはずがないでしょ」

若き日の美貌(びぼう)の名残りを留(とど)める霧江の顔が、急に険しくなったようだった。

「じゃあ、わたしが……」

「誰だっていうことも、わかりましたよ。でも、あなたはもうとっくに、小田桐家とは関係がなくなったんですからね」

「そんなこと、わたしにもよくわかっています。小田桐家との関係があるなんて、思ったこともありません」

「でしたら、どうして訪ねて来たりするんですか。何の関係もない赤の他人が、お見舞いに来たりはしないでしょ」

「わたしは名前だけでも、小田桐哲也という人を知っているんです。そのうえ、遠い過去のことでも一時的に、わたしと哲也さんには縁というものがありました。その哲也さんの身に大変なことがあったと知れば、心配するのが人情というものじゃないんですか。それが、当たり前だと思いますよ」

「心配してくれるだけで、充分だって言いたいんです。だからって、わざわざ訪ねてくることはないんじゃないかしら。もう小田桐家には、何の関係もないあなたがよ」

「わたしがお見舞いに伺ったことが、そんなにご迷惑なんですか」

「取り込み中の余計な訪問客って、やっぱり迷惑でしょうね」

「余計な訪問客……」

「いまはただそっとしておいてもらいたい、というわたくしたちの心境だって、わかると思うのよ」

「結局、面倒なんですよね」

「何が……」

「いまみたいなときに、小田桐ご夫妻の過去にかかわり合いを持つわたしが、現われたりするっていうことがです」

「かかわり合いなんて、もうないのも同然だわ」

「いいえ、世間が知らないことを、わたしは知っているかもしれないでしょ。そういうことが小田桐ご夫妻には、煩わしいかかわり合いになるんだと思います。よく、わかりました。わたし、帰ります」

「申し訳ないけど、そうしてくださいな。わたしも何かと忙しいし、主人なんか病院と自宅のあいだを一時間置きに往復しているんですものね」

「どうも、失礼しました」

最後の痛烈な皮肉を用意したうえで、理絵は殊勝な挨拶を送った。

「わざわざ、ありがとう」

霧江も、頭を下げた。

「哲也さんが、小田桐ご夫妻の実の子どもではないっていうことだって、わたし誰にも喋っていませんから……」

理絵は言った。

言葉を失って驚愕する霧江の顔を確かめてから、理絵はゆっくりと歩き出した。いまの小田桐夫婦にとって、哲也が実子ではないという事実こそ、最も世間に知られたくないことなのである。

そうした痛いところをつかれて、霧江が立ちすくんでいる気配を、理絵は背後に感じていた。

ざまあみろ――と、怒りが渦巻く胸のうちで、理絵はつぶやいた。

翌日は、忙しかった。理絵は一日、車で買物に回った。グロス・ハウスが危険でなければ、しばらくはそこで暮らすことになる。新世帯には、あれこれと生活用品が必要であった。

炊事用具、食器類、男物のパジャマや下着、敷布、枕（まくら）といった最低限の品物は、買いそろえなければならない。それに、食料品も買い込んだ。

車は、元どおりにしてあった。窓の遮光フィルムも車体のステッカーも、残らず剝ぎ取ったのである。いまの理絵は、車に擬装を施す必要がない善良な市民なのであった。理絵は単純に、新婚気分を味わっていればよかったのだ。

食事の仕度と片付け、掃除や洗濯も簡単にすむ。哲也は部屋から、一歩も出なかった。いつも、二人きりでいる。午後になると、哲也と理絵は愛し合った。

昼間のグロス・ハウスは、無人のマンションに等しかった。愛し合えば必ず、知ったばかりのエクスタシーの訪れに、理絵は狂乱することになる。昼間のほうが安心して、歓喜の絶叫を放てるのであった。

夜もまた愛し合いたくなれば、テレビの音声で誤魔化しながら、理絵は枕を顔の一部とするのだった。

そうした三日間があっという間にすぎて、八月十六日を迎えていた。この日は、朝から雨であった。

朝食をすませたあと、哲也と理絵は例によって窓から、小田桐病院のある風景を眺めやった。降りしきる雨が、大都会の遠景には銀色の幕をおろしている。近くの緑は、久しぶりの雨に蘇っていた。

「いつまでも、こうしてはいられないな」

哲也の眼差しは、雨雲が広がる空のように暗かった。

「でも、どうしようもないわ」

ベッドにすわり込んで、理絵は腰を弾ませた。

「部屋から一歩も出ない生活が、いつまで続けられるかね」

哲也は壁に凭れて、視線だけを窓の外へ投げかけていた。

「だからって、わたしたちにはここのほかに、行くところがないのよ」

上体を横に倒して、理絵は腕枕をした。

「金もないしな」

「それにこのままどこかへ行ってしまうって気にはなれないわ」

「どうしてだ」

「小田桐夫婦、特に霧江が許せないのよ。この女、人間じゃない。わたし霧江と会ってみて、改めてそう思ったわ」

「何の関係もない赤の他人だって、理絵を追っぱらったことか」

「赤の他人だっていうのは、事実なんだからいいのよ。ただ、どうして懐かしそうな顔ぐらい、できないのかっていうの。あら理絵さん、すっかり大人になってとか何とか、言うのが人間じゃないの。それを、関係もないあんたがなぜ訪ねてくるんだの一点張り」

「あの女の頭の中には、自分と亭主と雅也のことしかないのさ」

「わたし、やっぱり復讐したい。邪魔になった二歳のわたしを、猫の子をくれるみたいに養女に出したことを。死なずにすんだはずの父を、死に追いやったこと。小指まで切り落としたあなたを、見殺しにしたこと。何の関係もない赤の他人がなぜ訪ねて来たって、わたしを責めたこと。この四つの罪を、どうしても償わせてやりたいわ」

「いま思いついたんだけど、最も効果的な復讐となるうえに、小田桐夫婦から大金をせしめる方法がひとつだけある」

哲也が並んでベッドに腰をおろすと、理絵の尻を軽く叩くようにした。

「ほんとに……?」

起き上がって理絵は、哲也の背中に手を回した。

「まさに、一石二鳥だ。これほど、うまい手はないよ」

哲也は、ニヤリとした。

「どうするの」

「雅也を、誘拐するんだ」

「え……!」

「おれと理絵で、雅也を誘拐するんだよ。そうすれば小田桐夫婦は、気が狂わんばかりの苦しみを味わうことになる。身代金だって、要求どおりに出す」

「三億円でも、出すかしら」

「いくらでも要求に応じるから、雅也を返してくれって泣いて頼むだろう」

「素晴らしい考えだわ」

「雅也はまだひとりで、北軽井沢の別荘にいるはずだ。今夜にでも、北軽井沢へ向かおうじゃないか」

哲也は、理絵を抱きしめた。

「ねえ、わたしって雨の降る火曜日に、生まれたのよ。これまでも何か重大なことってなると、雨が降る火曜日に起きているわ。わたしにとって、雨の火曜日はとてもツイている日なの」

理絵は哲也の首に、両腕を巻きつけた。

輝くような笑いが広がった理絵の顔を、哲也が真摯な眼差しで見守った。それから二人は、おもむろに唇を重ねた。とてもツイている日、雨の降る火曜日があまりにも遅すぎたのだと、理絵は思った。今度こそ、大丈夫――。

窓の外へ、哲也と理絵の歌声が散った。雨に煙る眼下の景色が、それを受けとめた。

振り返れば
人生
思い出ばかり……

本書は1987年6月徳間文庫として刊行されたものの新装版です。なお、本作品はフィクションであり実在の個人・団体などとは一切関係がありません。

徳間文庫

遅すぎた雨の火曜日

2020年5月15日 初刷

著者 笹沢左保

発行者 小宮英行

発行所 株式会社徳間書店

東京都品川区上大崎三−一−一
目黒セントラルスクエア 〒141−8202

電話 編集〇三(五四〇三)四三四九
販売〇四九(二九三)五五二一

振替 〇〇一四〇−〇−四四三九二

印刷 製本 大日本印刷株式会社

ISBN978-4-19-894560-2